LE HORLA

*Du même auteur
dans la même collection*

© Flammarion, Paris, 1984, pour cette édition.
ISBN 2-08-070409-5

MAUPASSANT

LE HORLA

Établissement du texte,
introduction, bibliographie et notes
par
Antonia FONYI
C.N.R.S.

Chronologie
par Pierre COGNY

GF Flammarion

INTRODUCTION

CONTES D'ANGOISSE

« Il ne se passe guère de jour sans qu'on lise dans quelque journal le fait divers suivant :

» "Dans la nuit de mercredi à jeudi, les habitants de la maison portant le n° 40 de la rue de... ont été réveillés par deux détonations successives. Le bruit partait du logement habité par M. X... La porte fut ouverte, et on trouva ce locataire baigné dans son sang, tenant encore à la main le revolver avec lequel il s'est donné la mort.

» M. X... était âgé de cinquante-sept ans, jouissait d'une aisance honorable et avait tout ce qu'il faut pour être heureux." » (*Suicides*, p. 153)

Aujourd'hui, 22 mars 1983, mon voisin de palier a été trouvé mort. Il a laissé une lettre où il a expliqué son suicide : il allait prendre sa retraite en avril. Il vivait dans une aisance honorable. Un dimanche, je l'ai vu déjeuner seul dans un restaurant du quartier. Je l'ai revu à la même place d'autres dimanches. Maupassant est d'actualité.

Non que le monde n'ait changé en un siècle. La preuve en est qu'à partir de la Première Guerre mondiale à peu près et jusqu'il y a quelques années, Maupassant a été peu apprécié, et que, à présent, nous découvrons un Maupassant nouveau. Le suicide de mon voisin n'a réveillé personne, et ne figurera pas dans les journaux. Notre Maupassant à nous exprime l'angoisse diffuse et silencieuse dans laquelle nous vivons, et qui veut que le suicide soit une banalité — Maupassant est un écrivain banal — et que ses raisons restent ignorées par celui-là même qui s'est donné la mort.

La retraite de mon voisin n'était que l'échéance. La mort devait se préparer en lui depuis longtemps. Il m'a adressé la parole une seule fois pour me demander si je supportais les pigeons dans la cour, ajoutant aussitôt qu'il les détestait. Pourquoi s'est-il tué au lieu de tuer les pigeons ? Et pourquoi les pigeons ? Je l'ignore et, probablement, il l'ignorait. Le personnage de Maupassant avait pris son parti de « l'horrible misère des choses », quand, un soir, « une lumière nouvelle sur le néant de tout » (p. 151) lui apparut : il relut ses vieilles lettres. C'était le soir de l'échéance. Les lettres, c'était sa vie, lue à rebours. La dernière qui lui tomba dans la main avait été écrite par lui-même, dans son enfance, à sa mère. Alors il arma son revolver... Pourquoi ce soir-là ? Et pourquoi cette lettre ? Maupassant ne le dit pas. Il l'ignore. Mais cette lettre, comme les pigeons de mon voisin, est le signe de quelque chose de monstrueux dont nous savons la présence et que nous ignorons.

Savoir que c'est là et ignorer ce que c'est, voilà ce que nous raconte en 1983 notre Maupassant. Il se peut qu'il nous vienne en aide : il a pris plaisir à parler de l'angoisse.

Contes d'angoisse.

Tous le sont. Tous les récits de Maupassant sont pénétrés de l'angoisse d'une époque qui commence par la saignée de 1870 et se termine, vingt ans après la mort de l'écrivain, par le suicide collectif de la Grande Guerre. Calme et brillante, la surface dissimule le danger. Mais si l'élite — ceux qui lisent Maupassant — se donne l'ordre de jouir avec ostentation d'une prospérité qu'elle croit éternelle, c'est pour endiguer un déses-

poir sans raison, signe avant-coureur de l'effondrement. De l'angoisse ambiante, Maupassant se sert pour
envelopper la sienne propre, pour confondre son mal
sournois avec la maladie cachée du corps social, dans
l'espoir d'ignorer ce qui l'attend et aussi, peut-être, de
retarder l'échéance. Le résultat sera une œuvre où deux
sortes d'angoisse, l'une diffuse et l'autre concentrée,
s'exacerbent en se faisant écho.

La production incessante de Maupassant est une
défense contre l'angoisse, de même que ses fruits,
innombrables — des centaines de récits et de chro-
niques —, le sont aussi, ne serait-ce que grâce à la
variété des enveloppes anecdotiques qui dissimulent le
noyau tragique. Devant une œuvre pareille, les critiques doivent se défendre à leur tour. Un de leurs
moyens les plus efficaces sera de classer les récits, tantôt
suivant l'absence ou la présence des traces de la psychose qu'ils y décèlent, introduisant ainsi une distinc-
tion rassurante entre la santé et la maladie, tantôt en
groupes thématiques, point de vue plus objectif en
apparence, mais qui n'en exprime pas moins l'urgence
de supprimer un désordre, de maîtriser l'angoisse. Or,
chez Maupassant les frontières ne sont jamais nettes,
pas plus entre la ville et la campagne qu'entre le réel et
le fantastique, la raison et la folie. Ses recueils n'ont pas
d'unité. Il les publie à mesure qu'il produit, parce qu'il
est pressé, et aussi, probablement, parce qu'il sait que
l'unité de son œuvre est plus réelle que celle qu'un
recueil peut avoir.

Nous classons pourtant. Dans l'espoir, surtout, d'y
voir plus clair. Nous tentons même d'introduire une
catégorie nouvelle, celle des contes d'angoisse rassem-
blés dans ce volume et dans celui qui suit (GF Flammarion 417), et qui contient *Le Père Judas, Mademoiselle Cocotte, Apparition, Lui?, L'Enfant, Solitude, La
Chevelure, Le Tic, Promenade, La Peur, La Tombe,
Un fou?, Un cas de divorce, L'Auberge, La Nuit,
L'Homme de Mars, L'Endormeuse, Qui sait?*[1] Ce sont
des récits où l'angoisse se déguise moins que dans
d'autres : ce sont, pour la plupart, des contes appelés

« fantastiques » et quelques histoires qui en sont proches, des histoires de fuite dans la folie ou dans le suicide, catastrophes auxquelles le bon sens ne trouve pas d'explication satisfaisante. Dans tous les cas, l'agressivité se retourne contre le sujet lui-même, c'est pourquoi l'angoisse ne peut pas se dissimuler derrière des erreurs, des accidents, des crimes, mais se manifeste à l'état nu dans l'anecdote elle-même. Nombre d'autres récits pourraient prendre place dans ces deux livres ; y manquent, nécessairement, des contes du même type publiés dans d'autres volumes de cette collection[2]. Mais aussi prétendre à l'exhaustivité serait insensé, puisque, nous le répétons, Maupassant ignore les catégories, et que l'angoisse pénètre toute son œuvre.

Mystère, folie, suicide.

Le fantastique est « la seule littérature essentielle de l'âge de décadence ou de transition où nous sommes parvenus. Nous devons même reconnaître en cela un bienfait spontané de notre organisation ; car si l'esprit humain ne se complaisait encore dans de vives et brillantes chimères, quand il a touché à nu toutes les repoussantes réalités du monde vrai, cette époque de désabusement serait en proie au plus violent désespoir, et la société offrirait la révélation effrayante d'un besoin unanime de dissolution et de suicide[3] ». C'est Charles Nodier qui publia ces lignes en décembre 1830. Le bon Nodier ne craignait pas de se montrer agressif : il haïssait des régimes politiques, des institutions, des mœurs ; des choses temporelles. Mais il savait leur opposer sa foi en Dieu, en l'homme, en la littérature, et un optimisme profond qui fut sa bonté.

En 1883, Maupassant voit approcher « la fin de la littérature fantastique », conséquence du changement du regard que l'homme jette sur l'univers : « Il semble que la Création ait pris un autre aspect, une autre figure, une autre signification qu'autrefois[4]. » C'est une

Création sans Dieu, livrée aux forces hostiles qui œuvrent dans son sein. Désormais, seul le pessimisme saura être profond.

Nodier avait vu la Révolution, l'Empire, la Restauration et, en 1830, il assiste à la conquête définitive du pouvoir par la bourgeoisie, d'une grosse partie du pouvoir par la partie cossue de la bourgeoisie. C'est alors qu'il parle de désespoir et de suicide, et qu'il espère sauver l'humanité avec de consolantes chimères. Pendant le demi-siècle qui suit, de nouveaux acquis s'ajoutent à ceux de la Révolution de Juillet. Plus de dispute entre l'ancien et le nouveau régime, la particule épouse le capital. Idéaux, modèles, structures, tout a changé. Plus de dualisme, plus d'opposition entre la misère d'ici-bas et la miséricorde de l'au-delà, plus de rupture entre le naturel et le merveilleux. C'est l'ère du monisme, matérialiste dans les deux sens : le règne de l'argent et de la science. Le fantastique, en effet, n'a plus de raison d'être. Pourtant, Maupassant continuera à en faire, comme ses contemporains, par dépit.

« Oui ! vive la science, vive le génie humain ! gloire au travail de cette petite bête pensante qui lève un à un les voiles de la création ! [...] Eh bien ! malgré moi, malgré mon vouloir et la joie de cette émancipation, tous ces voiles levés m'attristent. Il me semble qu'on a dépeuplé le monde. On a supprimé l'Invisible. Et tout me paraît muet, vide, abandonné[5] ! » Il est mal vécu, ce monisme dont le « temple » est le palais de l'Industrie où les foules passent, « avec un sourire d'orgueil, devant l'antique foudre des dieux, la foudre de Jupiter et de Jéhova emprisonnée en des bouteilles[6] ! » Ce n'est pas l'homme orphelin de son Dieu que plaint Maupassant, mais l'homme emprisonné, lui aussi, en une bouteille, dans un système unique.

« Les choses ne parlent plus, ne chantent plus, elles ont des lois ! La source murmure simplement la quantité d'eau qu'elle débite[7] ! » « Nous avons rejeté le mystérieux qui n'est plus pour nous que l'inexploré[8]. » Ces affirmations s'inscrivent sur un fond intellectuel riche en nouveautés, en pensées audacieuses et souvent pessimistes. Rappelons quelques livres que Maupassant a lus, ou dont, tout au moins, il connaissait les idées maîtresses : *Pensées, Maximes et Fragments* de Schopenhauer, 1880 — nous retenons les dates des traductions françaises —, *Le Monde comme volonté et comme représentation*, 1886 ; *Les Premiers Principes* de Spencer, 1871, ouvrage qui inspire des idées sur les imperfections de nos connaissances et renforce ainsi l'influence du maître allemand ; *La Pluralité des mondes habités*, 1862, et *Les Terres du ciel*, 1877, de Camille Flammarion, ouvertures sur l'infini de l'espace ; *De l'origine des espèces* de Darwin, 1862, ouverture sur l'infini biologique ; les découvertes psychiques, enfin, *Sur les rapports anatomiques du crâne et du cerveau* de Broca, 1876 ; *Des aberrations du sens génésique* de Moreau de Tours, 1880 ; *Leçons sur les maladies du système nerveux* de Charcot, 1885. D'autres noms, d'autres titres pourraient être ajoutés à cette liste ; qu'il nous soit permis de renvoyer au large tableau de la vie intellectuelle de l'époque qu'a brossé Marie-Claire Bancquart dans son livre *Maupassant, conteur fantastique*.[9]

Paradoxalement, toutes ces ouvertures deviennent aux yeux de Maupassant les preuves de l'existence d'un système fermé qui s'étend à l'infini. C'est que, grâce au progrès, la frontière entre l'exploré et le mystérieux se trouve dépourvue de fonction séparatrice : « En deçà, le connu qui était hier l'inconnu ; au-delà, l'inconnu qui sera le connu demain[10]. » Simplification railleuse, tragique. Tout relève du connaissable ; en termes quotidiens, tout est monotone, tout se répète, et ni les différences intellectuelles ou sociales, ni celles du vécu n'y peuvent rien.

Humbles exemples. Le héros de *Suicides*, qui vit dans l'aisance, se désespère : « Tous les jours, à la même heure depuis trente ans, je me lève ; et, dans le même restaurant, depuis trente ans, je mange aux mêmes heures les mêmes plats […] » (p. 154) ; « Il faut tourner, tourner toujours, par les mêmes idées, les mêmes joies, les mêmes plaisanteries, les mêmes habi-

tudes, les mêmes croyances, les mêmes écœurements. »
(P. 155) Pour y échapper, il se retourne vers ses souvenirs, et se tue. Le héros de *Promenade*, qui vit d'appoin-
tements modiques, traîne le même désespoir : « A la
même heure, chaque jour, il se levait, parlait, arrivait
au bureau, déjeunait, s'en allait, dînait, et se couchait
sans que rien eût jamais interrompu la régulière mono-
tonie des mêmes actes, des mêmes faits et des mêmes
pensées[11]. » Pour y échapper, il fait une promenade, et,
effrayé de l'idée de rentrer dans « sa chambre [...] vide
de souvenirs, comme sa vie », il se tue. Tout relève du
connu, donc il n'y a pas d'ailleurs, pas d'espoir d'une
vie autre ; tout relève du connaissable, donc pas
d'ouverture dans le système. « Vraiment nous nous
contentons de peu. Est-ce possible que nous soyons
joyeux, rassasiés ? Que nous ne nous sentions pas sans
cesse ravagés par un torturant désir de nouveau,
d'inconnu[12] ? »

Mais où en chercher si « le mystérieux [...] n'est plus
pour nous que l'inexploré » ? Là-même, semble-t-il.
« Heureux ceux [...] que ne soulèvent point sans cesse
des élans impétueux et vains vers l'au-delà, vers
d'autres choses, vers l'immense mystère de l'Inexploré[13]. » Suffirait-il d'une majuscule pour que l'Inexploré change de valeur, cesse d'être le prolongement du
même pour devenir autre ? Piège relativiste. Ce n'est
que la bouteille qui vient de se rétrécir : cette fois, ce
n'est pas de celle du système que parle Maupassant,
mais de celle où l'individu est enfermé. « [...] la pensée
humaine est immobile. / Les limites précises, proches,
infranchissables, une fois atteintes, elle tourne comme
un cheval dans un cirque, comme une mouche dans une
bouteille fermée, voletant jusqu'aux parois où elle se
heurte toujours. Nous sommes emprisonnés en nous-
mêmes, sans parvenir à sortir de nous, condamnés à
traîner le boulet de notre rêve sans essor. / Tout le
progrès de notre effort cérébral consiste à constater des
faits insignifiants au moyen d'instruments ridiculement
imparfaits qui suppléent cependant un peu à l'incapacité de nos organes. Tous les vingt ans, un pauvre

chercheur qui meurt à la peine, découvre [...] que parmi les innombrables étoiles ignorées il s'en trouve une qu'on n'a pas encore signalée dans le voisinage d'une autre vue et baptisée depuis longtemps. Qu'importe[14] ? »

Pas de contradiction, mais analogie : le microcosme individuel est fait sur le modèle du macrocosme galactique. C'est la même fermeture qui s'y reproduit : « [...] j'ai beau vouloir [...] ouvrir les portes de mon âme, je ne parviens point à me livrer », lit-on dans *Solitude*. « Nous sommes plus loin l'un de l'autre que [les] astres, plus isolés surtout [...] ». L'humanité est la somme de ces isolements individuels : « Je te parle, tu m'écoutes, et nous sommes seuls tous deux, côte à côte, mais seuls. » Et, sur ce plan aussi, à l'idée de la clôture s'associe celle, non moins angoissante, de l'infini : « [...] il me semble que je m'enfonce, chaque jour davantage, dans un souterrain sombre, dont je ne trouve pas les bords, dont je ne connais pas la fin, et qui n'a point de bout, peut-être ! [...] Ce souterrain, c'est la vie. » On ne peut que s'y résigner, obéir à la loi de la clôture : « [...] maintenant, j'ai fermé mon âme. [...] Ma pensée, invisible, demeure inexplorée[15]. » Inexplorée, donc mystérieuse.

Le mystère n'est pas au-delà, mais en deçà, à l'intérieur du système fermé, de l'homme isolé. Aussi n'offre-t-il pas de possibilité d'échapper au même, de s'échapper à soi-même. L'infini et le clôturé, le mystérieux et le connu, sont des aspects du même monde, du même objet que l'on peut, le relativisme aidant, regarder tantôt d'un point de vue, tantôt d'un autre. Dans la plupart de ses récits, toutefois, Maupassant confronte deux systèmes de valeurs, propre chacun à un groupe social, à une catégorie morale — citadins et campagnards, hypocrites et naïfs —, de façon à provoquer un choc qui fasse oublier que les différences sont illusoires, que, dans le fond, tout est le même. Grâce à cet oubli, l'angoisse peut se déguiser en consternation ou en pitié. Mais lorsque l'homme est seul, privé de la souffrance que lui inflige son semblable, l'angoisse apparaît à nu, elle s'avoue endogène, « sans raison », autrement dit *causa sui*, donc mystérieuse.

Ce n'est pas « l'immense mystère » convoité par ceux qui veulent briser la clôture. C'est un mauvais mystère. Le fantastique de Maupassant est sécrété, de nombreux critiques l'ont dit, par des objets familiers, par des actions habituelles. Par une maison, un meuble, un aliment, par une promenade, une lecture, un baiser, qui, tout à coup, deviennent insupportables, prennent une allure hostile et passent à l'attaque. Et cela tout naturellement, sans coupure entre le connu et l'incompréhensible : le canotier de *Sur l'eau* s'arrête pour jouir du calme du soir, et ne peut plus lever l'ancre ; pendant la nuit d'angoisse qu'il passe sur la rivière, le paysage bien connu ne cesse de changer autour de lui, et devient le théâtre de phénomènes proches du surnaturel ; le jeune montagnard de *L'Auberge*, resté seul dans un relais coupé par la neige des vallées habitées, prend les gémissements de son chien pour les plaintes d'une âme errante et perd la raison. La critique est unanime : la particularité des contes fantastique de Maupassant réside dans la continuité du trajet du rationnel à l'irrationnel. En effet, même lorsqu'il fait irruption dans le récit, le surnaturel peut être mis au compte d'une imagination affolée : dans *Qui sait ?*, des meubles révoltés quittent une maison, mais le propriétaire, craignant d'éveiller des soupçons, s'interdit de parler de cet étrange déménagement, et se fera enfermer, de sa propre initiative, dans un asile d'aliénés ; dans *Le Horla*, l'existence d'un persécuteur surnaturel est expliquée et prouvée, mais, comme le montre une spirituelle étude de Michel Dentan[16], il y a trop d'arguments, et ces arguments se contredisent trop souvent, en sorte que le lecteur finit par mettre en doute la réalité de ce qui vient d'être prouvé.

Pas d'opposition donc entre deux catégories distinctes, entre les réalités repoussantes et les brillantes chimères comme chez Nodier, entre la platitude du quotidien et la fascination du merveilleux comme chez

Hoffmann, entre la tristesse naturelle et l'épouvante surnaturelle comme chez Poe. Le dualisme est fini, Maupassant l'a dit. Mais ce n'est pas non plus le fantastique de la réalité qu'affectionne Barbey d'Aurevilly, ce fantastique inhérent à la volupté de dissimuler des voluptés criminelles. Ni le fantastique cruel, la machinerie en panique de Villiers de L'Isle-d'Adam.

Le fantastique de Maupassant, c'est l'angoisse poussée au délire, une angoisse provoquée par l'appréhension de la claustration universelle. Claustration dans un corps aux sens cadenassés ; claustration dans la solitude où l'on ne rencontre que son propre reflet dans la glace *(Suicides, Promenade)*, où l'on risque de rencontrer des êtres qui s'évanouissent dès qu'on veut les toucher *(Lui ?)*, et d'autres, plus terribles encore, des invisibles qui suppriment notre image dans le miroir *(Lettre d'un fou, Le Horla)* ; claustration dans le souterrain de la vie *(Solitude)* ; claustration dans un canot qu'il est impossible de détacher d'on ne sait quoi *(Sur l'eau)*, dans une maison, dans un hameau entourés de neige *(L'Auberge, Conte de Noël)*, dans un château abandonné *(Apparition)*, dans les limites de l'espèce humaine *(Le Horla)*, de l'espace terrestre *(L'Homme de Mars)*, dans le temps arrêté *(La Nuit)*... A des degrés différents, cela se répète sur la même échelle.

Les objets familiers deviennent angoissants, donc mystérieux, parce qu'on les a trop souvent vus, les actions habituelles parce qu'on les a trop souvent accomplies. Ce sont les symboles de la répétition, du tournoiement sur place, de la claustration. Et, affolé d'angoisse, on leur attribue une volonté hostile, une fonction de geôlier, de persécuteur. Car la claustration et la persécution sont, chez Maupassant, des idées voisines ; le Horla, persécuteur imaginaire, finit par priver sa victime de la liberté de ses mouvements.

Les seules issues sont la folie et la mort : se libérer de l'idée obsédante. Mais de l'idée seulement. Parce que celui qui perd sa raison ou sa vie, sera enfermé encore, dans un asile ou dans une tombe.

Sur les suicides provoqués par l'angoisse, raison

incompréhensible pour ceux qui se contentent de leur sort de prisonniers, « on met [...] le mot "Mystère" (*Suicides*, p. 153), ou on les attribue à « un accès subit de folie » (*Promenade*[17]). Suicide, folie, mystère — voilà les trois thèmes dominants des contes d'angoisse, associés dans un même ordre d'idées. Le fantastique chez Maupassant n'est pas une catégorie délimitée, ce n'est qu'un moyen de montrer l'angoisse à son paroxysme, à ce degré d'exacerbation où elle détruit celui qui l'éprouve. Aussi ne doivent-ils, ces contes, ni étonner ni épouvanter le lecteur, mais lui communiquer l'angoisse : lui faire perdre pied « comme en une eau dont le fond manque à tout instant », le contraindre à « se débattre [...] dans une confusion pénible et enfiévrante comme un cauchemar[18] ».

Eau sans fond, confusion pénible : ce n'est pas l'immense mystère de l'ailleurs rêvé, ni le mystère que la science promet d'explorer ; c'est le mauvais mystère de l'indistinct. Nous approchons du fond sans fond. Car il existe une angoisse plus forte que celle qui se rattache à la hantise du même, du répétitif. Celle-ci implique une division, une structuration, ne serait-elle que quantitative, et devient ainsi le fondement affectif d'un système moniste. Or, parler de monisme est une lénification, une défense, c'est donner un contenu intellectuel, élaboré par la conscience historique, à ce qui est trop primitif pour en avoir : à cette autre angoisse que la conscience ne maîtrise pas et qui semble vide de contenu parce que le seul qu'elle a est l'impératif de se noyer dans l'indistinct. « Plus rien, plus rien, plus un frisson dans la ville, pas une lueur, pas un frôlement dans l'air. Rien ! plus rien ! [...] du sable... de la vase... puis de l'eau... j'y trempai mon bras... elle coulait... elle coulait... froide... froide... froide... presque gelée... presque tarie... presque morte. / Et je sentais bien que je n'aurais plus jamais la force de remonter... et que j'allais mourir là... moi aussi, de faim — de fatigue — et de froid. » (*La Nuit*[19].)

Nous sommes loin du raisonnement socio-historique par lequel nous avons abordé le fantastique de Maupassant. Certes, Charles Castella insiste à juste titre sur le parallélisme entre ce fantastique où s'instaure le règne des objets sur l'homme, et la réification capitaliste, conséquence de l'aliénation de l'homme par ses propres produits, par ses propres actions[20] ; mais pourquoi cette réification s'accompagne-t-elle d'une angoisse de claustration, de persécution, d'indistinction ? Nous sommes loin aussi des livres inspirateurs. Leur influence est importante, mais pourquoi Maupassant exploite-t-il ces ouvrages qui sont autant d'ouvertures sur l'inconnu, de façon à en tirer des arguments pour son obsession de clôture, pour son angoisse d'engluement dans l'indistinct mystérieux ?

Pierre-Georges Castex met en rapport direct le fantastique de Maupassant avec sa maladie[21]. Dans ce fantastique nous voyons la manifestation la plus claire de la maladie, et non seulement de la syphilis et d'une trop grande sensibilité nerveuse, mais aussi d'une prédisposition à la psychose. L'histoire de la syphilis de Maupassant est connue : elle a été contractée en 1876 ou 1877, elle a causé d'abord des troubles optiques, des migraines, puis elle a attaqué le cerveau, elle a paralysé à des moments de plus en plus fréquents les mouvements, la parole, la pensée, et en janvier 1892 ce fut un agonisant que l'on amena dans la maison de santé du docteur Blanche, où il mourut le 6 juillet 1893. La fragilité nerveuse peut être constatée à partir des données biographiques, fournies par Maupassant lui-même, par ses amis, ses serviteurs ; ces données font connaître aussi que cette fragilité n'est pas sans rapport avec la personnalité d'une mère, elle-même « névropathe », malheureuse, dominatrice, et à qui son fils est très fortement attaché. Quant à la structure psychotique, seules les œuvres la laissent entrevoir. Avec la plus grande netteté, les œuvres les plus mystérieuses. Contes d'angoisse : contes de la psychose.

Le monstre universel.

Qui a donné l'ordre d'arrestation ? Qui a instauré l'ordre de la claustration ? Quel pouvoir absolu, quelle puissance omniprésente persécute le « bétail humain » (*Le Horla*, p. 75) ?

L'angoisse apparaît comme endogène, comme *causa sui*, avons-nous dit, dans les contes que nous présentons. Endogène, elle l'est, mais elle n'est pas réellement *causa sui*. « Je n'ai pas peur d'un danger. Un homme qui entrerait, je le tuerais sans frissonner. [...] J'ai peur de moi ! j'ai peur de la peur ; peur des spasmes de mon esprit qui s'affole, peur de cette horrible sensation de la   terreur incompréhensible. » (*Lui ?*[22]) Peur de moi : la cause, le danger, l'ennemi sont intériorisés. Si, dans les contes de ce recueil, ils réapparaissent à l'extérieur, c'est sur un mode hallucinatoire. Dans les autres contes, sur un mode réaliste. Mais quelle que soit la modalité de l'expression, c'est toujours le même schéma fantasmatique qui est à la base des contes de Maupassant.

On — ici le plus souvent « je » ou un « il » sans nom, ou encore un personnage désigné par un prénom, ou par un patronyme qui est un prénom, anonymat et dénominations qui indiquent une insertion peu solide dans la société, dans le monde des autres ; dans les contes réalistes, l'usage des prénoms en guise de patronyme est fréquent aussi, et quant aux autres patronymes, ils sont d'une banalité surprenante : insertion peu solide, car chacun est enfermé dans sa bouteille, et les bouteilles, interchangeables, s'alignent à l'infini, on vit dans sa clôture accoutumée et tolérable, dans sa maison natale, sur une terre à laquelle on est attaché par de « profondes et délicates racines » (*Le Horla*, p. 55), dans un appartement auquel on s'est habitué *(Suicides)*, que l'on aime *(Qui sait ?)*, selon un train-train devenu un automatisme *(Promenade)*, en accomplissant des tâches rituelles *(L'Auberge)*, en se donnant des plaisirs devenus coutumes, comme le canotage *(Sur l'eau)*, ou comme la chasse *(Le Loup)*. Un jour, on casse le rythme, on brise la clôture, parce que l'occasion se présente et parce que, aussi, on a envie de le faire, juste un peu — saluer un navire qui vient du lointain *(Le Horla)*, arrêter le canot pour fumer une pipe *(Sur l'eau)*, aller au Bois un soir de printemps *(Promenade)* —, parce qu'on le désire, très fort — posséder la femme idéale, une femme différente des autres *(La Chevelure, La Tombe)* —, parce que, simplement, on en a besoin, comme le héros de *Lui*? qui, sans le savoir, n'en peut plus de l'emprisonnement dans la solitude et hallucine un compagnon, ou comme le solitaire de *Suicides* qui, lui, en souffre consciemment, et, pour y échapper un instant, se met à ranger ses lettres espérant rencontrer ainsi autrui. Aucune opposition de la part du geôlier invisible. Au contraire, son silence semble être une permission, presque une invitation à profiter de l'occasion. (Dans de nombreux contes réalistes, la permission est même explicitée.) Mais mal leur en prendra. La clôture se resserrera, plus étouffante, définitive souvent, étranglante, cette fois. L'employé de *Promenade* prend conscience du vide de sa vie et se perd ; le persécuté de la deuxième version du *Horla*, s'étant rendu compte que la destruction de sa maison n'a pas suffi pour détruire l'ennemi, décide de se tuer ; celui de la première version doit être enfermé dans un asile, de même que les protagonistes de *La Chevelure*, de *Mademoiselle Cocotte*, de *Qui sait ?* ; le fou de *L'Auberge* se barricade, le pervers d'*Un cas de divorce* passe ses jours dans une serre avant que la médecine les déclare aliénés. Il se peut que la fin soit moins brutale, mais elle n'en est pas moins terrible : libéré de l'obstacle qui l'a immobilisé, le canotier de *Sur l'eau* apprend que c'était le cadavre d'une vieille femme, retenu au fond par une grosse pierre, et le vieillard d'*Apparition*, bien qu'il pût sortir du château sinistre, cinquante-six ans après garde encore « une empreinte de peur », « une sorte de terreur constante [...] dans l'âme[23] ». Le chasseur mort du *Loup* est vengé par son frère qui étrangle le meurtrier, la bête mystérieuse ; mais une interdiction pèse désormais sur la famille : aucun descendant ne connaîtra la joie libératrice de la chasse, ne se sentira dans les cuisses cette puissance des aïeux qui leur faisait enlever leurs chevaux « comme s'ils s'envolaient » (p. 174). Le solitaire de *Lui ?* a trouvé une solution : pour faire taire l'angoisse, il se marie, il va « enchaîner [sa] vie », « couper l'aile à la fantaisie qui nous pousse sans cesse à toutes les femmes[24] », pour épouser Mademoiselle Lajolle, la jolie, la geôle.

C'est la même histoire, simple et terrible comme la fatalité, que Maupassant répète inlassablement, dont il s'ingénie à renouveler chaque fois le déguisement anecdotique pour s'empêcher de prendre conscience du mal inguérissable. Clôture initiale tolérable parce qu'on croit pouvoir s'en libérer ; moment de liberté dans un espace ouvert, que l'on croit ouvert ; clôture définitive. C'est tout.

Une étude de Micheline Besnard-Coursodon met en lumière une constante essentielle de l'œuvre de Maupassant : le piège, thème central et structure dominante[25]. Le schéma que nous venons d'esquisser est la fable du piège ; du piège de la liberté, du désir, de la vie. On a été mis dans un piège — on n'y est pas tombé, on y a été colloqué — et, lorsqu'on tente d'en sortir, il se resserre et tue. Mais d'où vient cette hantise du piège ? Qui est accusé de l'avoir tendu ?

Sous le couvert d'une « singulière aventure » (p. 142), le canotier de *Sur l'eau*, une des premières nouvelles de Maupassant, raconte un vécu fantasmatique. Bien sûr, il ne sait pas de quoi il parle. C'est au plus spectaculaire retour du refoulé dans toute l'œuvre que nous assistons.

« J'habitais comme aujourd'hui la maison de la mère Lafon » (p. 142) : le fond, au féminin. Un soir, en rentrant en canot, « je m'arrêtai [...] pour reprendre haleine » (p. 142), à cause d'une de ces difficultés de respiration fort répandues dans l'univers clôturé de Maupassant. Temps magnifique, « air [...] calme et doux » (p. 143). « Cette tranquillité me tenta ; je me disais qu'il ferait bon de fumer une pipe en cet endroit. » (p. 143.) Tentation de respirer du plaisir, au lieu de respirer par besoin. Il jette l'ancre. Mais le calme est trompeur et l'endroit mal choisi. Impossible de fumer dans ce « silence extraordinaire » (p. 143) qui ne tarde pas à devenir inquiétant. « Il me sembla [que ma barque] faisait des embardées gigantesques, touchant tour à tour les deux berges du fleuve ; puis je crus qu'un être ou qu'une force invisible l'attirait au fond de l'eau et la soulevait ensuite pour la laisser retomber. » (p. 143.) Alors que tout est tranquille. Il décide de repartir, mais ne peut pas lever l'ancre. Inutile de songer à « casser [la] chaîne » ou à « la séparer de l'embarcation », elle est trop forte et trop fortement rivée (p. 144.)

Clôture accoutumée : la mère Lafon. Tentative de rester dehors un moment pour respirer avec plaisir, suivie de resserrement de la clôture, d'immobilisation au moyen d'une chaîne. Avançons, dès à présent, une interprétation du noyau fantasmatique : la ligature impossible à défaire et la sensation d'être ballotté par l'eau dans un espace nocturne et silencieux renvoient à la situation de l'enfant dans le ventre maternel. Hypothèse à confirmer par la suite du récit.

Un brouillard épais se lève. « […] je ne voyais plus le fleuve, ni mes pieds, ni mon bateau, mais j'apercevais seulement des pointes de roseaux […]. J'étais comme enseveli jusqu'à la ceinture […]. » (p. 144.) Peur de ce qu'on ne distingue pas, d'« êtres étranges » (p. 145) au-dehors. « J'éprouvais un malaise horrible, j'avais les tempes serrées, mon cœur battait à m'étouffer ; et, perdant la tête, je pensai à me sauver à la nage ; puis aussitôt cette idée me fit frissonner d'épouvante. Je me vis, perdu, allant à l'aventure dans cette brume épaisse, me débattant au milieu des herbes et des roseaux que je ne pourrais éviter, râlant de peur, ne voyant pas la berge, ne retrouvant plus mon bateau, et il me semblait que je me sentirais tiré par les pieds tout au fond de cette eau noire. » (p. 145.) Peur de naître. Car c'est la naissance qui commence : enseveli seulement jusqu'à la ceinture — l'ombilic — on entrevoit les roseaux du pubis maternel ; il faut sortir, les tempes serrées, râlant, au risque de ne plus retrouver la sécurité du clos, de se perdre dans un dehors peuplé d'inconnu et d'inconnus, ou, si non, rester, se laisser retirer par les pieds et se noyer. Dispute entre « mon *moi* brave » et « mon *moi* poltron » (p. 145). Attendre. « Quoi ? Je n'en savais rien, mais ce devait être terrible. » (p. 145.) Crier. Attendre encore. « Je me disais : "Allons, debout !" [...] A la fin, je me soulevai avec des précautions infinies, comme si ma vie eût dépendu du moindre bruit que j'aurais fait, et je regardai par-dessus le bord. » (p. 145-146.) C'est fait, il est sorti.

Merveilleux, étonnant spectacle : « une de ces fantasmagories du pays des fées, une de ces visions racontées par les voyageurs qui reviennent de très loin » (p. 145) ; la découverte du nouveau monde. Le brouillard s'est retiré sur les deux rives, formant « deux montagnes blanches ; et là-haut, sur ma tête, s'étalait, pleine et large, une grande lune illuminante au milieu d'un ciel bleuâtre et laiteux. » (p. 146.) Une mère bonne, la meilleure, qui n'a que seins et visage. De la lumière et, enfin, des voix. « Chose étrange, je n'avais plus peur ; [...] j'avais fini par m'assoupir. » (p. 146.)

Réveil triste dans le froid, sous un ciel nuageux. « Je cherchai à voir, mais je ne pus distinguer mon bateau, ni mes mains elles-mêmes que j'approchais de mes yeux. » (p. 146.) Le corps de la mère est perdu, le propre corps n'est pas encore connu. « Le jour venait, sombre, gris, pluvieux, glacial, une de ces journées qui vous apportent des tristesses et des malheurs. » (p. 147.) L'aube de la vie.

Des pêcheurs viennent, et aident à retirer l'ancre. Elle monte, chargée d'« une masse noire » (p. 147). Placenta sorti, cordon ombilical coupé.

« C'était le cadavre d'une vieille femme qui avait une grosse pierre au cou. » (p. 147.) Cette phrase qui termine le récit en expliquant l'immobilisation énigmatique de l'ancre, a été qualifiée par certains critiques de superflue, même de superfétatoire, parce qu'ils ne

voyaient dans cette nouvelle qu'une description, magis-
trale, d'un état d'anxiété. Nous avons laissé de côté
l'analyse psychologique menée, en effet, avec une
grande lucidité par le conteur. Nous avons omis aussi
d'interpréter un thème récurrent, la bouteille de rhum,
qui a suggéré à d'aucuns l'hypothèse d'un délire alcoo-
lique ; nous croyons en savoir assez long sur les bouteilles chez Maupassant. L'essentiel, ici, était de retracer les grandes lignes d'un fantasme inconscient. Dans
cette perspective, la dernière phrase du récit a une
grande importance : elle résume l'histoire en répétant
la relation entre mère et enfant liés par une corde
laquelle, nouée cette fois autour du cou, indique la peur
de l'étranglement ; elle explicite l'idée de la mort,
associée à cette relation ; elle révèle, enfin, le sens de la
clôture initiale : au début comme à la fin de l'histoire,
apparaît la Mère La Fond. Car le début et la fin de la vie
humaine sont, symboliquement, équivalents. « C'était
[...] un canotier enragé », dit le narrateur du héros de
l'aventure. « Il devait être né dans un canot, et il
mourra bien certainement dans le canotage final. »
(p. 141.)

Ce fantasme révèle le contenu principal de l'angoisse
de claustration : peur de l'appareil maternel, du piège
tendu par la mère qui donne la vie à un enfant promis à
la mort, qui ne laisse sortir le prisonnier de son ventre
que pour l'y reprendre.

Le persécuteur est donc la mère. Son crime est
quelquefois manifeste, mais dans ce cas il est travesti en
contrainte imposée par les injustices sociales : les filles
pauvres qui risquent de perdre leur emploi et leur
avenir si leur honte devient publique, se voient obligées
d'étrangler ou de noyer leur enfant illégitime. La haine
de la mère contre son enfant, sujet interdit et idée
refoulée, fait explicitement surface une seule fois dans
l'œuvre : dans *L'Enfant*, conte paru en 1883 dans *Le
Gaulois*, et que Maupassant, comme effrayé de ce qu'il
a osé écrire, n'a ni recueilli ni republié dans la presse.
Certes, là encore, l'infanticide est une accusation contre
l'hypocrisie sociale. Une femme séparée de son mari,

torturée par ses sens, tombe dans les bras de son jardinier et devient enceinte. Son médecin lui conseille d'aller accoucher au loin. Affolée par la peur des préjugés, elle ne l'écoute pas. « [...] exaspérée de haine contre cet embryon inconnu et redoutable, le voulant arracher et tuer enfin, le voulant tenir en ses mains, étrangler et jeter au loin », elle se fendit le ventre et saisit l'enfant. « Mais il tenait par des liens qu'elle n'avait pu trancher, et [...] elle tomba inanimée sur l'enfant noyé dans un flot de sang[26]. » Ils sont liés l'un à l'autre, comme la vieille femme et la grosse pierre à son cou. Ils meurent tous deux : suicide et assassinat. C'est la mère qui l'a voulu, prête à sacrifier sa vie pour satisfaire sa haine.

Présent dans tous les récits — le schéma narratif qui leur est commun en donne la preuve —, le fantasme de la naissance mortifère se laisse rarement déceler dans son intégralité. Mais toute l'œuvre est jonchée de ses représentants : contenants qui s'ouvrent et se referment, eaux pernicieuses, fils, filets et autres instruments de strangulation, colliers, cheveux, mains, maladies des organes respiratoires, odeurs étouffantes, dettes étranglantes, chaînes de l'amour.

En relisant ses vieilles lettres, le solitaire de *Suicides* remonte sa vie comme « on remonte un fleuve » (p. 157.) Il revoit sa mère. « Elle me hantait surtout dans une robe de soie à ramages anciens » qu'elle portait le jour où elle proféra cette phrase : « Robert, mon enfant, si tu ne te tiens pas droit, tu seras bossu toute ta vie » (p. 157). Bossu, courbé comme un fœtus, pris pour toujours dans les liens, entouré d'archaïques ramages. La dernière lettre qu'il trouve a été adressée par lui-même, à l'occasion de son anniversaire, à sa mère qu'il remercie de lui · « avoir donné le jour » (p. 158). « C'était fini. J'arrivai à la source [...]. » (p. 158.) A la source du fleuve de la vie. A cette source qui est la fin. Suivant la logique inconsciente du récit, c'est la naissance qui commande la mort.

Et ainsi de suite. Le souterrain ténébreux de *Solitude*, la chevelure de la femme fantomatique d'*Apparition*, histoire racontée dans une société où l'on parle de cas de séquestration, l'idée de la noyade inévitable dans la Seine, dans le sein d'une ville noire où le temps s'est arrêté, idée qui termine *La Nuit*, dans *Mademoiselle Cocotte* la charogne enflée d'une chienne qu'il fallait noyer à cause de son immonde fécondité, et que son maître et meurtrier reconnaît au collier qu'elle porte encore, tous ces motifs renvoient au danger originel.

Certes, on vit aussi des moments de bonheur, puisque cette crainte constante est l'envers d'un terrible désir d'y retourner, de s'y retrouver, d'y mourir. Moments de bonheur morbide, toujours : « Des rêveurs prétendent que la mer cache dans son sein d'immenses pays bleuâtres, où les noyés roulent parmi les grands poissons, au milieu d'étranges forêts et dans des grottes de cristal. » (*Sur l'eau*, p. 142.) Le plus heureux est, peut-être, l'amant de *La Chevelure*, d'une chevelure trouvée dans la cachette d'un vieux meuble, et qui possède dans ses rêves « l'Adorable, la Mystérieuse, l'Inconnue », « l'Insaisissable, l'Invisible, la Morte[27] ». Il est heureux parce qu'Elle est morte, il est libre parce qu'Elle n'existe pas. Ou est-il plus heureux encore celui dont le corps devient « léger, léger comme de l'air » sous l'effet de l'éther, « comme si la chair et les os se fussent fondus et que la peau seule fût restée, la peau nécessaire pour [lui] faire percevoir la douceur de vivre, d'être couché dans ce bien-être » (*Rêves*, p. 168)? Être léger pour s'envoler dans la liberté, être vide à l'instar de la mère idéale, celle qui est vide.

Mais elle n'est pas. L'Insaisissable, l'Invisible, la Mystérieuse n'est pas morte ni vide. C'est l'imago, éternellement vivante, d'une mère qui n'est qu'un utérus gigantesque comme la nature, la grande procréatrice. Elle est immense, comme la Vénus de Syracuse, « le symbole de la chair... Elle n'a pas de tête ! Qu'importe, le symbole n'en devient que plus complet. [...] Schopenhauer avait dit que la nature, voulant perpétuer l'espèce, a fait de la reproduction un piège. Cette forme de marbre, vue à Syracuse, c'est bien le piège humain [...], la femme qui cache et montre l'affolant mystère de la vie[28] ».

La Mère-Nature, le geôlier, le persécuteur, le monstre universel qui a instauré l'ordre de la claustration ; nous sommes tous ses enfants, c'est pourquoi nous nous ressemblons tous, c'est pourquoi nous n'avons que des prénoms — en constatant cette ressemblance et la fréquence des prénoms en guise de patronyme, Philippe Bonnefis les a mises en rapport avec l'ascendance maternelle[29] — c'est pourquoi seul le même existe. Nous ressemblons à elle qui n'a pas de tête. Elle ne peut pas en avoir puisque nous vivons dans son ventre. Laquelle est plus mystérieuse, cette tête qui n'est pas ou cette matrice qui est partout ? Affolantes, toutes deux.

La prédominance de l'imago de la mère primitive dans l'œuvre de Maupassant accuse une forte fixation à un stade archaïque de l'évolution de la personnalité. Bien sûr, ce stade a été dépassé, on pourrait aisément retracer le défilé complet des imagos parentales relevant des différents moments de l'évolution, jusqu'au complexe d'Œdipe qui représente le plus haut degré de la maturité sexuelle infantile. Il n'en reste pas moins que la souffrance profonde qui s'exprime dans ces contes vient d'une angoisse de claustration, et non de l'angoisse de castration. La personnalité — l'édifice dont le sommet est l'œdipe — est fragile, et menace ruine. La crainte permanente du monstre primitif correspond à la crainte de retomber dans le noir où il règne. La syphilis aidant, cela s'accomplira.

Car l'angoisse de claustration n'est que le symptôme. La maladie est cette possibilité d'effondrement. Pour qu'il y ait claustration, il faut être deux, il faut un prisonnier et une prison. L'effondrement, c'est l'indistinct, proche, mais pas identique au même qui permet l'existence des doubles, d'autres ressemblants ; c'est quand cela ne fait qu'un parce qu'il n'y a pas de moi. De cela, on n'écrit pas, puisque, quand cela est, il n'y a plus personne pour écrire.

Maupassant en a écrit, ou presque : il a dû vivre des moments où il l'a entrevu, où cela était, ou presque. Des moments de cette « décomposition de l'âme[30] » où l'« être moral » est comme un corps malade dont « les os [seraient] devenus mous comme la chair et la chair liquide comme de l'eau » (*Le Horla*, p. 72). C'est un moment pareil, un incident psychotique, dont le souvenir est consigné dans ce bréviaire de l'angoisse qu'est *Le Horla*. Son avènement est préparé longuement, avec soin. L'angoisse ambiante d'une société qui s'amuse à jouer à l'hypnose — à la dépossession de la volonté —, et qui doit sa prospérité à un progrès technique et scientifique confronté à tout instant à ses propres limites — « Est-ce que nous voyons la cent millième partie de ce qui existe ? » (p. 61) —, cette angoisse collective qui culmine dans une « épidémie de folie » (p. 75), imprègne tout le récit. Mais le phénomène collectif est aussi un écran derrière lequel se cache et sur lequel, en même temps, se projette, le phénomène individuel. Le Horla est un hypostase du monstre sans visage. C'est un vampire d'abord qui dérobe les liquides vivifiants, le lait et l'eau, que la mère devrait donner, et qui ne fait qu'un avec l'étrangleuse primordiale : « [...] j'ai senti quelqu'un accroupi sur moi, et qui, sa bouche sur la mienne, buvait ma vie entre mes lèvres » (p. 61) ; « [...] quelqu'un [...] s'agenouille sur ma poitrine, me prend le cou entre ses mains et serre... serre... de toute sa force pour m'étrangler » (p. 58). Mais cette relation à deux ne tarde pas à se déséquilibrer. Le persécuteur, non content d'être omniprésent dans l'espace extérieur, investit l'espace psychique « comme une autre âme parasite et dominatrice » (p. 73). Son hostilité, bienfaisante tant qu'elle provoque la souffrance qui prouve que le moi existe, s'acharnera à la fin à supprimer tout ce qui permet de se reconnaître : « [...] je ne me vis pas dans ma glace !... [...] Mon image n'était pas dedans... » « Comme j'eus peur ! Puis voilà que tout à coup je commençai à m'apercevoir dans une brume, au fond du miroir, dans une brume comme à travers une nappe d'eau ; [...]. C'était comme la fin d'une éclipse. Ce qui me cachait ne paraissait point posséder de contours nettement arrêtés, mais une sorte de transparence opaque, s'éclaircissant peu à peu. » (p. 79.) Ce fut une « éclipse » du moi, un moment où la spécularité elle-même étant détruite, l'indistinct put apparaître à la place de « mon image ». Mais si cela se peut, plutôt mourir.

« Le suicide ! mais c'est la force de ceux qui n'en ont plus, c'est l'espoir de ceux qui ne croient plus, c'est le sublime courage des vaincus ! Oui, il y a au moins une porte à cette vie, nous pouvons toujours l'ouvrir et passer de l'autre côté. La nature a eu un mouvement de pitié ; elle ne nous a pas emprisonnés[31]. » Il existe même dans l'imagination de Maupassant une institution charitable qui vend un suicide indolore, tue par asphyxie le patient allongé sur une chaise longue appelée « l'Endormeuse ». Elle, l'Endormeuse : consentante ou résistante, c'est dans le sein maternel que la victime s'étouffe.

La pathologie du texte.

Force motrice de la création de Maupassant, l'angoisse ronge en même temps son texte, elle le voue à l'effritement, à une existence indéterminée — telle est la leçon de la présente édition, de la comparaison des différents états des textes parus du vivant de l'auteur. (Nous apportons à la fin du volume les variantes significatives de tous ces états, exceptées celles des reprises précédées d'une note qui indique que l'auteur est interné, d'où nous concluons qu'il n'a pas pu voir le texte.) Le destin posthume de l'œuvre confirme cette leçon.

Voici les faits. Sauf quelques-uns, conservés, dirait-on, par hasard, les manuscrits sont perdus, détruits probablement ; à l'imprimerie, à la rédaction, par l'auteur ? La chose écrite ne devait avoir d'autre valeur que de servir de modèle pour la chose imprimée. La première publication se fait, à peu d'exceptions près, dans la presse périodique ; elle reproduit, cela semble évident, le manuscrit ou une épreuve corrigée par l'auteur. Ensuite la plupart des récits sont publiés dans des recueils dont Maupassant revoit, en principe, le texte, comme en témoignent des changements qui résultent sans aucun doute de ses corrections. Mais tous les textes recueillis ne sont pas relus ni toutes les épreuves corrigées — les nombreuses fautes d'impression souvent porteuses de sens le prouvent (nous les mentionnons parmi les variantes) —, comme si l'auteur ne voulait consacrer de temps ni à l'affinement ni même à la conservation de ce qu'il a une fois achevé. L'état suivant est la reprise, dans la presse périodique pour la plupart des cas. Cela se fait au hasard de la demande. Certains contes sont repris jusqu'à six fois. Maupassant ne s'en préoccupe pas, on peut même supposer qu'il n'a pas relu le texte : souvent c'est le premier état, différent de celui qui a été publié dans un recueil, qui se trouve reproduit. Le dernier état, hypothétique, serait celui que Maupassant eût préparé en vue d'une réédition en recueil ou dans ses œuvres complètes; mais ce sont là des projets, réalisés par des publications posthumes; rien ne permet d'affirmer que l'auteur a participé à la préparation de ces recueils.

Quel est alors le bon texte ? Tous les états sont signés, mais qu'authentifie la signature ? Le refus de la stabilisation, le consentement à la détérioration ? Car, comme le relevé des variantes le montre, d'un état à l'autre des mots, des phrases, parfois des passages entiers disparaissent, ou, ce qui est pis peut-être, se déforment, entraînant des glissements de sens, vertigineux, parce qu'il est impossible de savoir d'où ils viennent et où ils s'arrêteront. « L'âme se fond; on ne se sent plus son cœur; le corps entier devient mou comme une éponge; on dirait que tout l'intérieur de nous s'écroule », lit-on dans sept états d'*Apparition*[32]. Dans un huitième (deuxième ou troisième selon l'ordre chronologique), la phrase se termine ainsi : « tout l'intérieur de nous s'écoule ». C'est une coquille sans doute, un lapsus de l'imprimeur, du correcteur. Mais « s'écoule » ne s'accorde-t-il pas mieux avec le reste que « s'écroule » ? Fondu, mou, spongieux, liquéfié devient l'être envahi par l'angoisse; rappelons « la chair liquide comme de

l'eau » de la victime du Horla (p. 72). Si ce n'était pas
une coquille ? Si c'était la bonne leçon, et les sept autres
états des versions erronées ? Les endroits douteux sont
fréquents, et le texte finit par devenir incertain comme
s'il se liquéfiait à son tour, envahi qu'il est, lui aussi, et
en premier lieu, par l'angoisse.

Les éditeurs, dès lors, ne peuvent que continuer
l'œuvre de la décomposition. Les uns — la plupart —
omettent d'indiquer quel état ils publient, quelles corrections ils font et pour quelles raisons ; de toute évidence, ils négligent de faire retour à ce qui a paru du
vivant de Maupassant, comme s'ils mettaient en doute,
sans vouloir prendre conscience de leur doute, l'existence d'un original. Ce procédé est dicté, croirait-on,
par une fidélité, non pas au texte, mais à la logique de
son destin qui veut qu'il ne puisse pas se fixer, que,
laissé à lui-même et à n'importe qui, à l'imprimeur, au
correcteur, à l'éditeur, il perde ses contours déterminés ; son créateur ne fut-il pas le premier à l'abandonner ? C'est cohérent, impitoyable : l'état indéterminé
du texte est un symptôme par lequel l'angoisse se
manifeste sur le plan matériel, entraînant les mots
eux-mêmes « en une eau dont le fond manque à tout
instant[33] », dans l'eau mortelle de l'indistinct.

Quant à ceux — dont nous-même — qui veulent
conjurer le sort par l'établissement ou, plutôt, le réta-
blissement d'un texte authentique, ils ont des difficultés
de prendre prise sur la chair liquide d'une écriture
envahie par l'angoisse. Dans l'édition des *Œuvres
complètes* par Gilbert Sigaux et Pascal Pia, les états pris
en considération sont précisés, mais le texte est inexact.
Dans *Le Horla et autres contes cruels et fantastiques*,
Marie-Claire Bancquart donne le texte de l'édition
posthume des *Œuvres complètes* publiées chez Ollendorff, tout en se demandant si la leçon de la première
publication dans la presse périodique n'est pas la meilleure. Dans son édition des *Contes et Nouvelles*, Louis
Forestier a entrepris un immense travail d'assainisse-
ment : retour au texte original — le texte de la dernière
publication en recueil du vivant de Maupassant ; de la

première publication dans la presse périodique pour les récits que l'auteur n'a pas recueillis ; de la publication de certains inédits dans deux recueils posthumes (*Le Père Milon*, 1889 ; *Le Colporteur*, 1900) parus chez Ollendorff dont on présume que Maupassant a préparé l'édition — et constitution d'un appareil exhaustif des variantes relevées dans tous les états qui datent du vivant de l'auteur. Il arrive, toutefois, que la pratique défie les principes de cette édition, que le texte publié ne soit pas identique au texte que l'éditeur déclare avoir choisi. Chacune de ces erreurs est comme un signal d'alarme. Comment se seraient-elles glissées dans ce travail circonspect sinon sous la pression irrésistible de la fatalité qui veut la détérioration du texte ? Qu'est-ce qui brouille les rapports entre la pratique et les principes, qu'est-ce qui empêche le retour systématique à l'original sinon l'angoisse sournoise que l'œuvre communique à ses éditeurs ?

A quelques différences près — nous écartons toute publication que Maupassant n'a pas pu voir — nous avons suivi les principes de Louis Forestier : dernière publication en recueil du vivant de l'auteur ; première publication dans la presse périodique pour les récits non recueillis. Si, pourtant, notre texte n'est pas identique à celui de la Pléiade, c'est que nous espérons avoir évité certaines erreurs. N'en avons-nous pas, cependant, commis d'autres que les éditeurs futurs découvriront avec inquiétude ? Nos choix ne sont-ils pas arbitraires ? Mais aussi les meilleures intentions d'assurer une stabilité à ce texte que son auteur a négligé de fixer, n'aboutissent-elles pas nécessairement à des certitudes provisoires ?

Là s'ouvre une autre interrogation. Texte de la Pléiade (t. II, p. 925) : « Vous rappelez-vous ce qui s'est passé hier chez vous ? » Notre texte (p. 68) : « Vous rappelez-vous ce qui s'est passé hier soir chez vous ? » Texte de la Pléiade (t. II, p. 930) : « Je désire seulement me lever, me soulever, afin de me croire maître de moi. » Notre texte (p. 73) : « afin de me croire encore maître de moi ». « Hier » ou « hier soir »,

« me croire » ou « me croire encore », quelle importance ? En changeant de perspective, on pourrait même affirmer que ces déformations témoignent de la vitalité du texte : il invite la postérité à continuer l'œuvre de l'écrivain. Le stabiliser, serait-ce alors le figer ? La volonté de rétablir l'original correspondrait-elle à notre désir de mettre fin à cette vie posthume qui nous paraît pathologique ?

Inutile de chercher des réponses. Le doute est inhérent au texte, à sa nature instable. D'où une dernière question, lapidaire : pourquoi le texte de Maupassant a-t-il cette nature instable ?

Il est temps d'en finir avec une légende. Le style de Maupassant n'est pas parfait, Maupassant ne l'a pas parfait. Le « dur apprentissage » à l'école de Flaubert que la critique rappelle souvent pour en conclure à la perfection de l'écriture du disciple, n'est pas la base de la pratique de celui-ci. Bien sûr, Maupassant sait ce qu'il a appris, il sait écrire avec une grande rigueur, *Boule de suif*. *Une vie*, *Bel-Ami* et des passages disséminés par toute l'œuvre en témoignent. Mais il ne veut pas le faire. Si les déformations que subit son texte semblent être, pour la plupart, sans importance, c'est que la phrase qu'elles affectent, composée de mots interchangeables, remplaçables, possibles à supprimer, est une phrase banale. Ce qui explique le manque de scrupules de la postérité, et aussi que Maupassant laisse faire l'imprimeur, le correcteur, l'éditeur : ce n'est pas le texte, mais l'histoire que sa signature authentifie. Encore les histoires, ressemblantes, nous l'avons vu, peuvent être qualifiées de banales. L'histoire de n'importe qui, racontée dans la langue de n'importe qui : sur tous les plans, l'œuvre est déterminée par l'impérieuse tendance de tout réduire au même, de tout noyer dans l'indistinct. Commandée par la structure prépsychotique, la banalité prend ainsi chez Maupassant une dimension tragique. Mais c'est de la banalité tout de même, c'est le contraire, sur le plan de l'écriture, du recherché, du rigoureux, du fini. L'instabilité du texte s'impose donc comme un prolongement du style et, en même temps, comme un symptôme du mal qui compromet la stabilité du moi.

Elle s'explique aussi par la prolifération de la production. Diverses raisons provoquent celle-ci, le désir de gagner beaucoup d'argent pour s'acheter beaucoup de plaisirs, de faire lire sa signature des milliers de fois à des milliers de lecteurs pour consolider une identité défaillante et, bien sûr, l'angoisse qui pousse à une activité dont résulteront quotidiennement des preuves matérielles de l'existence du moi. Mais c'est le mode de production qui nous intéresse ici. Les manuscrits se perdent, les pages imprimées se multiplient : Maupassant n'écrit pas, il publie. Ou, mieux, les pages écrites sont des modèles dont il laisse l'exécution à autrui réservant ses forces à en créer de nouveaux, dans le souci d'augmenter le plus possible la quantité des produits. Ces modèles, nous l'avons vu, se ressemblent entre eux si bien qu'ils pourraient s'aligner indéfiniment : l'œuvre prend l'aspect d'une série dont chaque élément est, virtuellement, le point de départ d'une nouvelle série, constituée par les reprises qui, elles aussi, pourraient s'aligner indéfiniment. C'est encore la loi du même qui détermine les structures. Elles évoquent, cette fois, celles de la production industrielle dont la logique veut que le produit final échappe au contrôle du créateur du modèle. Ou, pis, que le modèle s'use à force d'être trop souvent reproduit. A quoi bon s'efforcer alors de donner au texte une forme définitive ? Et, puisqu'il est voué à se reproduire sur ce mode, est-il légitime d'exiger sa stabilité ?

Le texte authentique de Maupassant est, peut-être, le texte instable. Nous avons pourtant tenté de l'établir parce que, d'origine pathologique, sa nature mouvante fait peur. Mais cette nature est aussi, nous l'avons dit plus haut, garantie de pérennité : le texte se déforme parce qu'il est trop souvent reproduit, donc trop souvent demandé.

Alberto Savinio a appelé « ferroviaire » cette littérature, appellation qui se justifie non seulement par la présence des recueils de Maupassant dans les kiosques des gares, mais aussi par leur ressemblance à des convois de chemin de fer : « Avez-vous remarqué que les contes de Maupassant produisent la même impression de claustration de "ne pas pouvoir descendre" que celle que produisent les compartiments de chemin de fer ? Avez-vous remarqué que les contes de Maupassant, à la ressemblance des voyages en chemin de fer, ne laissent pas derrière eux une impression de plaisir et que des contes de Maupassant aussi on descend avec cette même hâte, avec ce même sentiment de libération que celui avec lequel on sort d'un train[34] ? » Réapparaît, une fois de plus, l'angoisse de la claustration. Et si l'instabilité du texte, liée à la production de séries infinies, était une promesse d'ouverture ? Mais, dans le système dyspnéique de Maupassant, l'infini aussi, nous le savons, est clôturé.

Que ce soit donc du côté de ses contenus, idéologiques ou fantasmatiques, ou de sa mise en forme, de sa production, que nous approchons l'œuvre, nous arrivons toujours au même centre noir d'où rayonne l'angoisse. Mais à quoi sert la littérature sinon à nous faire vivre, sur le mode fantasmatique et en nous procurant une jouissance esthétique, des émotions que nous n'osons pas affronter dans la réalité ? Marchandise banale, produit industriel, l'œuvre de Maupassant est d'actualité. Elle a la vertu de mettre l'angoisse à la portée de tous. Davantage, de la transformer en plaisirs à la portée de tous. On raconte que lorsque Kafka lisait ses récits, les auditeurs riaient. De Maupassant à Kafka, le chemin est sinueux mais court.

Antonia Fonyi.

NOTES

1. Dans les deux volumes, les récits se succèdent selon l'ordre chronologique, à une exception près : pour introduire d'emblée le lecteur dans l'univers fantastique de Maupassant, nous avons placé en tête de ce volume-ci *Le Horla* (1887), bréviaire de l'angoisse, et ses deux premières versions, *Lettre d'un fou* (1885) et *Le Horla* de 1886.

2. Ainsi, par exemple, *La Peur*, publié dans les *Contes de la Bécasse ; Fou ?* dans *Mademoiselle Fifi ; Le masque*, dans *La Maison Tellier. Une partie de campagne.*

3. « Du fantastique en littérature » (*Revue de Paris*, décembre 1830), *Rêveries*, t. V des *Œuvres*. Paris, Eugène Renduel, 1832, p. 78-79.

4. « Le Fantastique », *Le Gaulois*, 7 octobre 1883.

5. « Adieu mystères », *Le Gaulois*, 8 novembre 1881.

6. *Ibid.*

7. *Ibid.*

8. « Le Fantastique », *id.*

9. Paris, Minard, « Archives des Lettres modernes » N° 163, 1976. Cf. en particulier le chapitre II.

10. « Adieu mystères », *id.*

11. *Apparition et autres contes d'angoisse*, GF 417.

12. « Par-delà », *Gil Blas*, 10 juin 1884.

13. *Ibid.*

14. *Ibid.*

15. *Apparition et autres contes d'angoisse*, GF 417.

16. « *Le Horla* ou le vertige de l'absence », *Études de Lettres*, 1976/2.

17. *Apparition et autres contes d'angoisse*. GF 417.

18. « Le Fantastique », *id.*

19. *Apparition et autres contes d'angoisse*, GF 417.

20. « Une divination sociologique : les contes fantastiques de Maupassant (1875-1891) », dans « *agencer un univers nouveau* », textes réunis par Louis Forestier, Paris, Minard, « L'Avant-Siècle » Nº 2, 1976.

21. *Le Conte fantastique de Nodier à Maupassant*. Paris, Corti, 1951. Chapitre VIII : « Maupassant et son mal. »

22. *Apparition et autres contes d'angoisse*, GF 417.

23. *Apparition et autres contes d'angoisse*, GF 417.

24. *Apparition et autres contes d'angoisse*, GF 417.

25. *Étude thématique et structurale de l'œuvre de Maupassant : le piège*. Paris, Nizet, 1973.

26. *Apparition et autres contes d'angoisse*, GF 417.

27. *Apparition et autres contes d'angoisse*, GF 417.

28. « Sur une Vénus », *Gil Blas*, 12 janvier 1886.

29. *Comme Maupassant*. Presses Universitaires de Lille, 1981.

30. *La Peur*, dans *Contes de la bécasse*, GF 272, p. 90.

31. *Apparition et autres contes d'angoisse*, GF 417.

32. *Apparition et autres contes d'angoisse*, GF 417.

33. « Le Fantastique », *id.*

34. *Maupassant et l'« Autre »*, traduit par Michel Arnaud. Paris, Gallimard, 1977, p. 40.

LETTRE D'UN FOU[1]

Mon cher docteur, je me mets entre vos mains. Faites de moi ce qu'il vous plaira.

Je vais vous dire bien franchement mon étrange état d'esprit, et vous apprécierez s'il ne vaudrait pas mieux qu'on prît soin de moi pendant quelque temps dans une maison de santé plutôt que de me laisser en proie aux hallucinations et aux souffrances qui me harcèlent.

Voici l'histoire, longue et exacte, du mal singulier de mon âme.

Je vivais comme tout le monde, regardant la vie avec les yeux ouverts et aveugles de l'homme, sans m'étonner et sans comprendre. Je vivais comme vivent les bêtes, comme nous vivons tous, accomplissant toutes les fonctions de l'existence, examinant et croyant voir, croyant savoir, croyant connaître ce qui m'entoure, quand, un jour, je me suis aperçu que tout est faux.

C'est une phrase de Montesquieu qui a éclairé brusquement ma pensée. La voici : « Un organe de plus ou de moins dans notre machine nous aurait fait une autre intelligence.

« ... Enfin, toutes les lois établies sur ce que notre machine est d'une certaine façon seraient différentes si notre machine n'était pas de cette façon[2]. »

J'ai réfléchi à cela pendant des mois, des mois et des mois, et, peu à peu, une étrange clarté est entrée en moi, et cette clarté y a fait la nuit.

En effet, — nos organes sont les seuls intermédiaires entre le monde extérieur et nous. C'est-à-dire que l'être intérieur, qui constitue *le moi*, se trouve en contact, au moyen de quelques filets nerveux, avec l'être extérieur qui constitue le monde.

Or, outre que cet être extérieur nous échappe par ses proportions, sa durée, ses propriétés innombrables et impénétrables, ses origines, son avenir ou ses fins, ses formes lointaines et ses manifestations infinies, nos organes ne nous fournissent encore sur la parcelle de lui que nous pouvons connaître que des renseignements aussi incertains que peu nombreux.

Incertains, parce que ce sont uniquement les propriétés de nos organes qui déterminent pour nous les propriétés apparentes de la matière.

Peu nombreux, parce que nos sens n'étant qu'au nombre de cinq, le champ de leurs investigations et la nature de leurs révélations se trouvent fort restreints.

Je m'explique. — L'œil nous indique les dimensions, les formes et les couleurs. Il nous trompe sur ces trois points.

Il ne peut nous révéler que les objets et les êtres de dimension moyenne, en proportion avec la taille humaine, ce qui nous a amenés à appliquer le mot grand à certaines choses et le mot petit à certaines autres, uniquement parce que sa faiblesse ne lui permet pas de connaître ce qui est trop vaste ou trop menu pour lui. D'où il résulte qu'il ne sait et ne voit presque rien, que l'univers presque entier lui demeure caché, l'étoile qui habite l'espace et l'animalcule qui habite la goutte d'eau.

S'il avait même cent millions de fois sa puissance normale, s'il apercevait dans l'air que nous respirons toutes les races d'êtres invisibles, ainsi que les habitants des planètes voisines, il existerait encore des nombres infinis de races de bêtes plus petites et des mondes tellement lointains qu'il ne les atteindrait pas.

Donc toutes nos idées de proportion sont fausses puisqu'il n'y a pas de limite possible dans la grandeur ni dans la petitesse.

Notre appréciation sur les dimensions et les formes n'a aucune valeur absolue, étant déterminée uniquement par la puissance d'un organe et par une comparaison constante avec nous-mêmes.

Ajoutons que l'œil est encore incapable de voir le transparent. Un verre sans défaut le trompe. Il le confond avec l'air qu'il ne voit pas non plus.

Passons à la couleur.

La couleur existe parce que notre œil est constitué de telle sorte qu'il transmet au cerveau, sous forme de couleur, les diverses façons dont les corps absorbent et décomposent, suivant leur constitution chimique, les rayons lumineux qui les frappent.

Toutes les proportions de cette absorption et de cette décomposition constituent les nuances.

Donc cet organe impose à l'esprit sa manière de voir, ou mieux sa façon arbitraire de constater les dimensions et d'apprécier les rapports de la lumière et de la matière.

Examinons l'ouïe.

Plus encore qu'avec l'œil, nous sommes les jouets et les dupes de cet organe fantaisiste.

Deux corps se heurtant produisent un certain ébranlement de l'atmosphère. Ce mouvement fait tressaillir dans notre oreille une certaine petite peau qui change immédiatement en bruit ce qui n'est, en réalité, qu'une vibration.

La nature est muette. Mais le tympan possède la propriété miraculeuse de nous transmettre sous forme de sens, et de sens différents[3] suivant le nombre des vibrations, tous les frémissements des ondes invisibles de l'espace.

Cette métamorphose accomplie par le nerf auditif dans le court trajet de l'oreille au cerveau nous a permis de créer un art étrange, la musique, le plus poétique et le plus précis des arts, vague comme un songe et exact comme l'algèbre.

Que dire du goût et de l'odorat ? Connaîtrions-nous les parfums et la qualité des nourritures sans les propriétés bizarres de notre nez et de notre palais ?

L'humanité pourrait exister cependant sans l'oreille, sans le goût et sans l'odorat, c'est-à-dire sans aucune notion du bruit, de la saveur et de l'odeur.

Donc, si nous avions quelques organes de moins, nous ignorerions d'admirables et singulières choses, mais si nous avions quelques organes de plus, nous découvririons autour de nous une infinité d'autres choses que nous ne soupçonnerons jamais faute de moyen de les constater.

Donc, nous nous trompons en jugeant le Connu, et nous sommes entourés d'Inconnu inexploré.

Donc, tout est incertain et appréciable de manières différentes.

Tout est faux, tout est possible, tout est douteux.

Formulons cette certitude en nous servant du vieux dicton : « Vérité en deçà des Pyrénées, erreur au-delà. »

Et disons : vérité dans notre organe, erreur à côté.

Deux et deux ne doivent plus faire quatre en dehors de notre atmosphère.

Vérité sur la terre, erreur plus loin, d'où je conclus que les mystères entrevus comme l'électricité, le sommeil hypnotique, la transmission de la volonté, la suggestion, tous les phénomènes magnétiques, ne nous demeurent cachés, que parce que la nature ne nous a pas fourni l'organe, ou les organes nécessaires pour les comprendre.

Après m'être convaincu que tout ce que me révèlent mes sens n'existe que pour moi tel que je le perçois et serait totalement différent pour un autre être autrement organisé, après en avoir conclu qu'une humanité diversement faite aurait sur le monde, sur la vie, sur tout, des idées absolument opposées aux nôtres, car l'accord des croyances ne résulte que de la similitude des organes humains, et les divergences d'opinions ne proviennent que des légères différences de fonctionnement de nos filets nerveux, j'ai fait un effort de pensée surhumain pour soupçonner l'impénétrable qui m'entoure.

Suis-je devenu fou ?

Je me suis dit : je suis enveloppé de choses

inconnues. J'ai supposé l'homme sans oreilles et soup-
çonnant le son comme nous soupçonnons tant de mystères cachés, l'homme constatant des phénomènes
acoustiques dont il ne pourrait déterminer ni la nature,
ni la provenance. Et j'ai eu peur de tout, autour de moi,
peur de l'air, peur de la nuit. Du moment que nous ne
pouvons connaître presque rien, et du moment que tout
est sans limites, quel est le reste? Le vide n'est pas?
Qu'y a-t-il dans le vide apparent?

Et cette terreur confuse du surnaturel qui hante
l'homme depuis la naissance du monde est légitime
puisque le surnaturel n'est autre chose que ce qui nous
demeure voilé!

Alors j'ai compris l'épouvante. Il m'a semblé que je
touchais sans cesse à la découverte d'un secret de
l'univers.

J'ai tenté d'aiguiser mes organes, de les exciter, de
leur faire percevoir par moments l'invisible.

Je me suis dit : Tout est un être. Le cri qui passe dans
l'air est un être comparable à la bête puisqu'il naît,
produit un mouvement, se transforme encore pour
mourir. Or, l'esprit craintif qui croit à des êtres incor-
porels n'a donc pas tort. Qui sont-ils?

Combien d'hommes les pressentent, frémissent à
leur approche, tremblent à leur inappréciable contact.
On les sent auprès de soi, autour de soi, mais on ne les
peut distinguer, car nous n'avons pas l'œil qui les
verrait, ou plutôt l'organe inconnu qui pourrait les
découvrir.

Alors, plus que personne, je les sentais, moi, ces
passants surnaturels. Êtres ou mystères? Le sais-je? Je
ne pourrais dire ce qu'ils sont, mais je pourrais toujours
signaler leur présence. Et j'ai vu — j'ai vu un être
invisible — autant qu'on peut les voir, ces êtres.

Je demeurais des nuits entières immobile, assis
devant ma table, la tête dans mes mains et songeant à
cela, songeant à eux. Souvent j'ai cru qu'une main
intangible, ou plutôt qu'un corps insaisissable,
m'effleurait légèrement les cheveux. Il ne me touchait
pas, n'étant point d'essence charnelle, mais d'essence
impondérable, inconnaissable.

Or, un soir, j'ai entendu craquer mon parquet derrière moi. Il a craqué d'une façon singulière. J'ai frémi. Je me suis tourné. Je n'ai rien vu. Et je n'y ai plus songé.

Mais le lendemain, à la même heure, le même bruit s'est produit. J'ai eu tellement peur que je me suis levé, sûr, sûr, sûr, que je n'étais pas seul dans ma chambre. On ne voyait rien pourtant. L'air était limpide, transparent partout. Mes deux lampes éclairaient tous les coins.

Le bruit ne recommença pas et je me calmai peu à peu ; je restais inquiet cependant, je me retournais souvent.

Le lendemain, je m'enfermai de bonne heure, cherchant comment je pourrais parvenir à voir l'Invisible qui me visitait.

Et je l'ai vu. J'en ai failli mourir de terreur.

J'avais allumé toutes les bougies de ma cheminée et de mon lustre. La pièce était éclairée comme pour une fête. Mes deux lampes brûlaient sur ma table.

En face de moi, mon lit, un vieux lit de chêne à colonnes[4]. A droite, ma cheminée. A gauche, ma porte que j'avais fermée au verrou. Derrière moi, une très grande armoire à glace. Je me regardai dedans. J'avais des yeux étranges et les pupilles très dilatées[5].

Puis je m'assis comme tous les jours.

Le bruit s'était produit, la veille et l'avant-veille, à neuf heures vingt-deux minutes. J'attendis. Quand arriva le moment précis, je perçus une indescriptible sensation, comme si un fluide, un fluide irrésistible eût pénétré en moi par toutes les parcelles de ma chair, noyant mon âme dans une épouvante atroce et bonne. Et le craquement se fit, tout contre moi.

Je me dressai en me tournant si vite que je faillis tomber. On y voyait comme en plein jour, et je ne me vis pas dans la glace ! Elle était vide, claire, pleine de lumière. Je n'étais pas dedans, et j'étais en face, cependant. Je la regardais avec des yeux affolés. Je n'osais pas aller vers elle, sentant bien qu'il était entre nous, lui, l'Invisible, et qu'il me cachait.

Oh! comme j'eus peur! Et voilà que je commençai à m'apercevoir dans une brume au fond du miroir, dans une brume comme à travers de l'eau; et il me semblait que cette eau glissait de gauche à droite, lentement, me rendant plus précis de seconde en seconde. C'était comme la fin d'une éclipse. Ce qui me cachait n'avait pas de contours, mais une sorte de transparence opaque s'éclaircissant peu à peu.

Et je pus enfin me distinguer nettement, ainsi que je le fais tous les jours en me regardant.

Je l'avais donc vu!

Et je ne l'ai pas revu.

Mais je l'attends sans cesse, et je sens que ma tête s'égare dans cette attente.

Je reste pendant des heures, des nuits, des jours, des semaines, devant ma glace, pour l'attendre! Il ne vient plus.

Il a compris que je l'avais vu. Mais moi je sens que je l'attendrai toujours, jusqu'à la mort, que je l'attendrai sans repos, devant cette glace, comme un chasseur à l'affût.

Et, dans cette glace, je commence à voir des images folles, des monstres, des cadavres hideux, toutes sortes de bêtes effroyables, d'être atroces, toutes les visions invraisemblables qui doivent hanter l'esprit des fous.

Voilà ma confession, mon cher docteur. Dites-moi ce que je dois faire?

Pour copie:
Maufrigneuse.

LE HORLA[1]

[*Première version*[2]]

Le docteur Marrande, le plus illustre et le plus éminent des aliénistes, avait prié trois de ses confrères et quatre savants, s'occupant de sciences naturelles, de venir passer une heure chez lui, dans la maison de santé qu'il dirigeait, pour leur montrer un de ses malades.

Aussitôt que ses amis furent réunis, il leur dit : « Je vais vous soumettre le cas le plus bizarre et le plus inquiétant que j'aie jamais rencontré. D'ailleurs, je n'ai rien à vous dire de mon client. Il parlera lui-même. » Le docteur alors sonna. Un domestique fit entrer un homme. Il était fort maigre, d'une maigreur de cadavre, comme sont maigres certains fous que ronge une pensée, car la pensée malade dévore la chair du corps plus que la fièvre ou la phtisie.

Ayant salué et s'étant assis, il dit : Messieurs, je sais pourquoi on vous a réunis ici et je suis prêt à vous raconter mon histoire, comme m'en a prié mon ami le docteur Marrande. Pendant longtemps il m'a cru fou. Aujourd'hui il doute. Dans quelque temps, vous saurez tous que j'ai l'esprit aussi sain, aussi lucide, aussi clairvoyant que les vôtres, malheureusement pour moi, et pour vous, et pour l'humanité tout entière.

Mais je veux commencer par les faits eux-mêmes, par les faits tout simples. Les voici :

J'ai quarante-deux ans. Je ne suis pas marié, ma fortune est suffisante pour vivre avec un certain luxe. Donc j'habitais une propriété sur les bords de la Seine, à Biessard[3], auprès de Rouen. J'aime la chasse et la pêche. Or, j'avais derrière moi, au-dessus des grands rochers qui dominaient ma maison, une des plus belles forêts de France, celle de Roumare, et devant moi un des plus beaux fleuves du monde.

Ma demeure est vaste, peinte en blanc à l'extérieur, jolie, ancienne, au milieu d'un grand jardin planté d'arbres magnifiques et qui monte jusqu'à la forêt, en escaladant les énormes rochers dont je vous parlais tout à l'heure.

Mon personnel se compose, ou plutôt se composait d'un cocher, un jardinier, un valet de chambre, une cuisinière et une lingère qui était en même temps une espèce de femme de charge. Tout ce monde habitait chez moi depuis dix à seize ans, me connaissait, connaissait ma demeure, le pays, tout l'entourage de ma vie. C'étaient de bons et tranquilles serviteurs. Cela importe pour ce que je vais dire.

J'ajoute que la Seine, qui longe mon jardin, est navigable jusqu'à Rouen, comme vous le savez sans doute ; et que je voyais passer chaque jour de grands navires soit à voile, soit à vapeur, venant de tous les coins du monde.

Donc, il y a eu un an à l'automne dernier, je fus pris tout à coup de malaises bizarres et inexplicables. Ce fut d'abord une sorte d'inquiétude nerveuse qui me tenait en éveil des nuits entières, une telle surexcitation que le moindre bruit me faisait tressaillir. Mon humeur s'aigrit. J'avais des colères subites inexplicables ? J'appelai un médecin qui m'ordonna du bromure de potassium et des douches.

Je me fis donc doucher matin et soir, et je me mis à boire du bromure. Bientôt, en effet, je recommençai à dormir, mais d'un sommeil plus affreux que l'insomnie. A peine couché, je fermais les yeux et je m'anéan-

tissais. Oui, je tombais dans le néant, dans un néant
absolu, dans une mort de l'être entier dont j'étais tiré
brusquement, horriblement par l'épouvantable sensation d'un poids écrasant sur ma poitrine, et d'une
bouche qui mangeait ma vie, sur ma bouche. Oh! ces
secousses-là! je ne sais rien de plus épouvantable.

Figurez-vous un homme qui dort, qu'on assassine, et
qui se réveille avec un couteau dans la gorge; et qui râle
couvert de sang, et qui ne peut plus respirer, et qui va
mourir, et qui ne comprend pas — voilà!

Je maigrissais d'une façon inquiétante, continue; et
je m'aperçus soudain que mon cocher, qui était fort
gros, commençait à maigrir comme moi.

Je lui demandai enfin :

— Qu'avez-vous donc, Jean? Vous êtes malade.

Il répondit :

— Je crois bien que j'ai gagné la même maladie que
monsieur. C'est mes nuits qui perdent mes jours.

Je pensai donc qu'il y avait dans la maison une
influence fiévreuse due au voisinage du fleuve et j'allais
m'en aller pour deux ou trois mois, bien que nous
fussions en pleine saison de chasse, quand un petit fait
très bizarre, observé par hasard, amena pour moi une
telle suite de découvertes invraisemblables, fantastiques, effrayantes, que je restai.

Ayant soif un soir, je bus un demi-verre d'eau et je
remarquai que ma carafe, posée sur la commode en face
de mon lit, était pleine jusqu'au bouchon de cristal.

J'eus, pendant la nuit, un de ces réveils affreux dont
je viens de vous parler. J'allumai ma bougie, en proie à
une épouvantable angoisse, et, comme je voulus boire
de nouveau, je m'aperçus avec stupeur que ma carafe
était vide. Je n'en pouvais croire mes yeux. Ou bien on
était entré dans ma chambre, ou bien j'étais somnambule.

Le soir suivant, je voulus faire la même épreuve. Je
fermai donc ma porte à clef pour être certain que
personne ne pourrait pénétrer chez moi. Je m'endormis
et je me réveillai comme chaque nuit. *On* avait bu toute
l'eau que j'avais vue deux heures plus tôt.

Qui avait bu cette eau ? Moi, sans doute, et pourtant je me croyais sûr, absolument sûr, de n'avoir pas fait un mouvement dans mon sommeil profond et douloureux.

Alors j'eus recours à des ruses pour me convaincre que je n'accomplissais point ces actes inconscients. Je plaçai un soir, à côté de la carafe, une bouteille de vieux bordeaux, une tasse de lait dont j'ai horreur, et des gâteaux au chocolat que j'adore.

Le vin et les gâteaux demeurèrent intacts. Le lait et l'eau disparurent. Alors, chaque jour, je changeai les boissons et les nourritures. Jamais *on* ne toucha aux choses solides, compactes, et *on*[4] ne but, en fait de liquide, que du laitage frais et de l'eau surtout.

Mais ce doute poignant restait dans mon âme. N'était-ce pas moi qui me levais sans en avoir conscience, et qui buvais même les choses détestées, car mes sens engourdis par le sommeil somnambulique pouvaient être modifiés, avoir perdu leurs répugnances ordinaires et acquis des goûts différents.

Je me servis alors d'une ruse nouvelle contre moi-même. J'enveloppai tous les objets auxquels il fallait infailliblement toucher avec des bandelettes de mousseline blanche et je les recouvris encore avec une serviette de batiste.

Puis, au moment de me mettre au lit, je me barbouillai les mains, les lèvres et la moustache avec de la mine de plomb.

A mon réveil, tous les objets étaient demeurés immaculés bien qu'on y eût touché, car la serviette n'était point posée comme je l'avais mise ; et, de plus, on avait bu de l'eau, et du lait. Or ma porte fermée avec une clef de sûreté et mes volets cadenassés par prudence, n'avaient pu laisser pénétrer personne.

Alors, je me posai cette redoutable question. Qui donc était là, toutes les nuits, près de moi ?

Je sens, messieurs, que je vous raconte cela trop vite. Vous souriez, votre opinion est déjà faite : « c'est un fou. » J'aurais dû vous décrire longuement cette émotion d'un homme qui, enfermé chez lui, l'esprit sain,

regarde, à travers le verre d'une carafe, un peu d'eau
disparue pendant qu'il a dormi. J'aurais dû vous faire
comprendre cette torture renouvelée chaque soir et
chaque matin, et cet invincible sommeil, et ces réveils
plus épouvantables encore.

Mais je continue.

Tout à coup, le miracle cessa. On ne touchait plus à
rien dans ma chambre. C'était fini. J'allais mieux
d'ailleurs. La gaieté me revenait, quand j'appris qu'un
de mes voisins. M. Legite, se trouvait exactement dans
l'état où j'avais été moi-même. Je crus de nouveau à une
influence fiévreuse dans le pays. Mon cocher m'avait
quitté depuis un mois, fort malade.

L'hiver était passé, le printemps commençait. Or, un
matin, comme je me promenais près de mon parterre de
rosiers, je vis, je vis distinctement, tout près de moi, la
tige d'une des plus belles roses se casser comme si une
main invisible l'eût cueillie; puis la fleur suivit la
courbe qu'aurait décrite un bras en la portant vers une
bouche, et resta suspendue dans l'air transparent, toute
seule, immobile, effrayante, à trois pas de mes yeux.

Saisi d'une épouvante folle, je me jetai sur elle pour la
saisir. Je ne trouvai rien. Elle avait disparu. Alors, je
fus pris d'une colère furieuse contre moi-même. Il n'est
pas permis à un homme raisonnable et sérieux d'avoir
de pareilles hallucinations!

Mais était-ce bien une hallucination? Je cherchai la
tige. Je la retrouvai immédiatement sur l'arbuste, fraîchement cassée, entre deux autres roses demeurées sur
la branche; car elles étaient trois que j'avais vues
parfaitement.

Alors je rentrai chez moi, l'âme bouleversée. Messieurs, écoutez-moi, je suis calme; je ne croyais pas au
surnaturel, je n'y crois pas même aujourd'hui; mais à
partir de ce moment-là, je fus certain, certain comme
du jour et de la nuit, qu'il existait près de moi un être
invisible qui m'avait hanté, puis m'avait quitté, et qui
revenait.

Un peu plus tard, j'en eus la preuve.

Entre mes domestiques d'abord éclataient tous les

jours des querelles furieuses pour mille causes futiles en apparence, mais pleines de sens pour moi désormais.

Un verre, un beau verre de Venise se brisa tout seul, sur le dressoir de ma salle à manger, en plein jour.

Le valet de chambre accusa la cuisinière, qui accusa la lingère, qui accusa je ne sais qui.

Des portes fermées le soir étaient ouvertes le matin. On volait du lait, chaque nuit, dans l'office. — Ah!

Quel était-il? De quelle nature? Une curiosité énervée, mêlée de colère et d'épouvante, me tenait jour et nuit dans un état d'extrême agitation.

Mais la maison redevint calme encore une fois; et je croyais de nouveau à des rêves quand se passa la chose suivante:

C'était le 20 juillet, à neuf heures du soir. Il faisait fort chaud; j'avais laissé ma fenêtre toute grande[5], ma lampe allumée sur ma table, éclairant un volume de Musset ouvert à la *Nuit de Mai*[6]; et je m'étais étendu dans un grand fauteuil où je m'endormis.

Or, ayant dormi environ quarante minutes, je rouvris les yeux, sans faire un mouvement, réveillé par je ne sais quelle émotion confuse et bizarre. Je ne vis rien d'abord, puis tout à coup il me sembla qu'une page du livre venait de tourner toute seule. Aucun souffle d'air n'était entré par la fenêtre. Je fus surpris; et j'attendis. Au bout de quatre minutes environ, je vis, je vis, oui, je vis, messieurs, de mes yeux, une autre page se soulever et se rabattre sur la précédente comme si un doigt l'eût feuilletée. Mon fauteuil semblait vide, mais je compris qu'il était là, *lui!* Je traversai ma chambre d'un bond pour le prendre, pour le toucher, pour le saisir, si cela se pouvait... Mais mon siège, avant que je l'eusse atteint, se renversa comme si on eût fui devant moi; ma lampe aussi tomba et s'éteignit, le verre brisé; et ma fenêtre brusquement poussée comme si un malfaiteur l'eût saisie en se sauvant alla frapper sur son arrêt... Ah!...

Je me jetai sur la sonnette et j'appelai. Quand mon valet de chambre parut, je lui dis:

« J'ai tout renversé et tout brisé. Donnez-moi de la lumière. »

Je ne dormis plus, cette nuit-là. Et cependant j'avais pu encore être le jouet d'une illusion! Au réveil les sens demeurent troubles. N'était-ce pas moi qui avais jeté bas mon fauteuil et ma lumière en me précipitant comme un fou?

Non, ce n'était pas moi! Je le savais à n'en point douter une seconde. Et cependant je le voulais croire.

Attendez. L'Être! Comment le nommerai-je? L'Invisible. Non, cela ne suffit pas. Je l'ai baptisé le Horla. Pourquoi? Je ne sais point. Donc le Horla ne me quittait plus guère. J'avais jour et nuit la sensation, la certitude de la présence de cet insaisissable voisin, et la certitude aussi qu'il prenait ma vie, heure par heure, minute par minute.

L'impossibilité de le voir m'exaspérait et j'allumais toutes les lumières de mon appartement, comme si j'eusse pu, dans cette clarté, le découvrir.

Je le vis, enfin.

Vous ne me croyez pas. Je l'ai vu cependant.

J'étais assis devant un livre quelconque, ne lisant pas, mais guettant, avec tous mes organes surexcités, guettant celui que je sentais près de moi. Certes, il était là. Mais où? Que faisait-il? Comment l'atteindre?

En face de moi mon lit, un vieux lit de chêne à colonnes[7]. A droite ma cheminée. A gauche ma porte que j'avais fermée avec soin. Derrière moi une très grande armoire à glace, qui me servait chaque jour pour me raser, pour m'habiller, où j'avais coutume de me regarder de la tête aux pieds chaque fois que je passais devant.

Donc je faisais semblant de lire; pour le tromper, car il m'épiait lui aussi; et soudain je sentis, je fus certain qu'il lisait par-dessus mon épaule, qu'il était là, frôlant mon oreille.

Je me dressai, en me tournant si vite que je faillis tomber. Eh bien... on y voyait comme en plein jour... et je ne me vis pas dans ma glace! Elle était vide, claire, pleine de lumière. Mon image n'était pas dedans... Et j'étais en face... Je voyais le grand verre limpide, du haut en bas! Et je regardais cela avec des yeux affolés, et

je n'osais plus avancer, sentant bien qu'il se trouvait
entre nous, lui, et qu'il m'échapperait encore, mais que
son corps imperceptible avait absorbé mon reflet.

Comme j'eus peur ! Puis voilà que tout à coup je
commençai à m'apercevoir dans une brume, au fond du
miroir, dans une brume, comme à travers une nappe
d'eau ; et il me semblait que cette eau glissait de gauche
à droite, lentement, rendant plus précise mon image de
seconde en seconde. C'était comme la fin d'une éclipse.
Ce qui me cachait ne paraissait point posséder de
contours nettement arrêtés, mais une sorte de transparence opaque s'éclaircissant peu à peu.

Je pus enfin me distinguer complètement ainsi que je
fais chaque jour en me regardant.

Je l'avais vu. L'épouvante m'en est restée, qui me fait
encore frissonner.

Le lendemain j'étais ici, où je priai qu'on me gardât.

Maintenant, messieurs, je conclus.

Le docteur Marrande, après avoir longtemps douté,
se décida à faire, seul, un voyage dans mon pays.

Trois de mes voisins, à présent, sont atteints comme
je l'étais. Est-ce vrai ?

Le médecin répondit : — C'est vrai !

— Vous leur avez conseillé de laisser de l'eau et du
lait chaque nuit dans leur chambre pour voir si ces
liquides disparaîtraient. Ils l'ont fait. Ces liquides ont-
ils disparu comme chez moi ?

Le médecin répondit avec une gravité solennelle :

— Ils ont disparu.

Donc, messieurs, un Être, un Être nouveau, qui sans
doute se multipliera bientôt comme nous nous sommes
multipliés, vient d'apparaître sur la terre !

Ah ! vous souriez ! pourquoi ? parce que cet Être
demeure invisible. Mais notre œil, messieurs, est un
organe tellement élémentaire qu'il peut distinguer à
peine ce qui est indispensable à notre existence. Ce qui
est trop petit lui échappe, ce qui est trop grand lui
échappe, ce qui est trop loin lui échappe. Il ignore les
milliards de petites bêtes qui vivent dans une goutte
d'eau. Il ignore les habitants, les plantes et le sol des
étoiles voisines ; il ne voit pas même le transparent.

Placez devant lui une glace sans train parfaite, il ne la distinguera pas et nous jettera dessus comme l'oiseau pris dans une maison, qui se casse la tête aux vitres. Donc, il ne voit pas les corps solides et transparents qui existent pourtant, il ne voit pas l'air dont nous nous nourrissons, ne voit pas le vent qui est la plus grande force de la nature, qui renverse les hommes, abat les édifices, déracine les arbres, soulève la mer en montagne d'eau qui font crouler les falaises de granit.

Quoi d'étonnant à ce qu'il ne voie pas un corps nouveau, à qui manque sans doute la seule propriété d'arrêter les rayons lumineux.

Apercevez-vous l'électricité ? Et cependant elle existe !

Cet être, que j'ai nommé le Horla, existe aussi.

Qui est-ce ? Messieurs, c'est celui que la terre attend, après l'homme ! Celui qui vient nous détrôner, nous asservir, nous dompter, et se nourrir de nous peut-être comme nous nous nourrissons des bœufs et des sangliers.

Depuis des siècles, on le pressent, on le redoute et on l'annonce ! La peur de l'Invisible a toujours hanté nos pères.

Il est venu.

Toutes les légendes des fées, des gnomes, des rôdeurs de l'air insaisissables et malfaisants, c'était de lui qu'elles parlaient, de lui pressenti par l'homme inquiet et tremblant déjà.

Et tout ce que vous faites vous-mêmes, messieurs, depuis quelques ans, ce que vous appelez l'hypnotisme, la suggestion, le magnétisme — c'est lui que vous annoncez, que vous prophétisez !

Je vous dis qu'il est venu. Il rôde inquiet lui-même comme les premiers hommes, ignorant encore sa force et sa puissance qu'il connaîtra bientôt, trop tôt.

Et voici, messieurs, pour finir, un fragment de journal qui m'est tombé sous la main et qui vient de Rio de Janeiro. Je lis : « Une sorte d'épidémie de folie semble sévir depuis quelque temps dans la province de San Paulo. Les habitants de plusieurs villages se sont sauvés

abandonnant leurs terres et leurs maisons et se préten-
dant poursuivis et mangés par des vampires invisibles
qui se nourrissent de leur souffle pendant leur sommeil
et qui ne boiraient, en outre, que de l'eau, et quelquefois du lait ! »

J'ajoute : « Quelques jours avant la première atteinte
du mal dont j'ai failli mourir, je me rappelle parfaitement avoir vu passer un grand trois-mâts brésilien avec
son pavillon déployé... Je vous ai dit que ma maison est
au bord de l'eau... toute blanche... Il était caché sur ce
bateau sans doute... »

Je n'ai plus rien à ajouter, messieurs.

Le docteur Marrande se leva et murmura :

— Moi non plus. Je ne sais si cet homme est fou ou si
nous le sommes tous les deux... ou si.... si notre
successeur est réellement arrivé...

LE HORLA[1]

. . . .

8 mai. — Quelle journée admirable! J'ai passé
la matinée étendu sur l'herbe, devant ma maison, so
l'énorme platane qui la couvre, l'abrite et l'ombra
tout entière. J'aime ce pays, et j'aime y vivre parce que
j'y ai mes racines, ces profondes et délicates racines, qui
attachent un homme à la terre où sont nés et morts ses
aïeux, qui l'attachent à ce qu'on pense et à ce qu'on
mange, aux usages comme aux nourritures, aux
locutions[3] locales, aux intonations des paysans, aux
odeurs du sol, des villages et de l'air lui-même.

J'aime ma maison où j'ai grandi[4]. De mes fenêtres, je
vois la Seine qui coule, le long[5] de mon jardin, derrière
la route, presque chez moi[6], la grande et large Seine,
qui va de Rouen au Havre, couverte de bateaux qui
passent.

A gauche, là-bas, Rouen, la vaste ville aux toits
bleus, sous le peuple pointu des clochers gothiques[7]. Ils
sont innombrables, frêles ou larges, dominés par la
flèche de fonte de[8] la cathédrale, et pleins de cloches qui
sonnent dans l'air bleu des belles matinées, jetant
jusqu'à moi[9] leur doux et lointain bourdonnement de
fer, leur chant d'airain que la brise m'apporte, tantôt[10]
plus fort et tantôt plus affaibli, suivant qu'elle s'éveille
ou s'assoupit.

Comme il faisait bon ce matin!

avires, traînés
uche, et qui
isse, défila

n rouge
-mâts
ant.
fit

ues
triste.
euses qui
neur et notre
air, l'air invisible
ssances, dont[14] nous
erieux. Je[15] m'éveille plein
de chanter[16] dans la gorge. —
cend le long de l'eau ; et soudain,
promenade, je rentre désolé, comme si
eur m'attendait chez moi. — Pourquoi ?
un frisson de froid qui, frôlant ma peau, a
é mes nerfs[17] et assombri mon âme ? Est-ce la
rme des nuages, ou la couleur du jour, la couleur des
choses, si variable, qui passant[18] par mes yeux, a
troublé ma pensée ? Sait-on ? Tout ce qui nous entoure,
tout ce que nous voyons sans le regarder, tout ce que
nous frôlons sans le connaître, tout ce que nous tou-
chons sans le palper, tout ce que nous rencontrons sans
le distinguer, a sur nous, sur nos organes[19] et, par eux,
sur nos idées, sur notre cœur lui-même, des effets
rapides, surprenants[20] et inexplicables ?

Comme il est profond, ce mystère[21] de l'Invisible !
Nous ne le pouvons sonder avec nos sens misérables,
avec nos yeux qui ne savent apercevoir[22] ni le trop petit,
ni le trop grand, ni le trop près, ni le trop loin, ni les
habitants d'une étoile, ni les habitants d'une goutte
d'eau... avec nos oreilles qui nous trompent, car elles
nous transmettent les vibrations de l'air en notes
sonores. Elles sont[23] des fées qui font ce miracle de
changer en bruit ce mouvement et par cette méta-

morphose donnent naissance à la musique, qui rend chantante l'agitation muette[24] de la nature... avec notre odorat, plus faible que celui du chien... avec notre goût[25], qui peut à peine discerner l'âge d'un vin!

Ah! si nous avions d'autres organes qui accompliraient en notre faveur d'autres miracles, que de choses[26] nous pourrions découvrir encore autour de nous!

16 mai. — Je suis malade, décidément! Je me portais si bien le mois dernier! J'ai la fièvre, une fièvre atroce, ou plutôt un énervement[27] fiévreux, qui rend mon âme aussi souffrante[28] que mon corps. J'ai sans cesse cette sensation affreuse d'un danger menaçant, cette appréhension d'un malheur[29] qui vient ou de la mort qui approche, ce pressentiment qui est sans doute l'atteinte d'un mal encore inconnu, germant dans le sang et dans la chair.

18 mai. — Je viens d'aller consulter mon médecin, car je ne pouvais plus dormir. Il m'a trouvé le pouls rapide, l'œil dilaté, les nerfs vibrants, mais sans aucun symptôme alarmant. Je dois me soumettre aux douches et boire du bromure de potassium.

25 mai. — Aucun changement! Mon état, vraiment, est bizarre. A mesure qu'approche le soir, une inquiétude incompréhensible m'envahit, comme si la nuit cachait pour moi une menace terrible. Je dîne vite, puis j'essaye de lire; mais je ne comprends pas les mots; je distingue à peine les lettres. Je marche alors dans[30] mon salon de long en large, sous l'oppression d'une crainte confuse et irrésistible, la crainte du sommeil et la crainte du lit.

Vers dix heures, je monte dans ma chambre. A peine entré, je donne[31] deux tours de clef, et je pousse les verrous; j'ai peur... de quoi?... Je ne redoutais rien jusqu'ici... j'ouvre mes armoires, je regarde sous mon lit; j'écoute... j'écoute... quoi?... Est-ce étrange qu'un simple[32] malaise, un trouble de la circulation peut-être, l'irritation d'un filet nerveux, un peu de congestion, une toute petite perturbation dans le fonctionnement si imparfait et si délicat de notre machine vivante,

puisse[33] faire un mélancolique du plus joyeux des
hommes, et un poltron du plus brave ? Puis, je me
couche, et j'attends le sommeil comme on attendrait le
bourreau[34]. Je l'attends avec l'épouvante de sa venue ;
et mon cœur[35] bat, et mes jambes frémissent ; et tout
mon corps tressaille dans la chaleur des draps, jusqu'au
moment où je tombe tout à coup dans[36] le repos,
comme on tomberait pour s'y noyer, dans un gouffre
d'eau stagnante. Je ne le sens pas venir, comme autrefois, ce sommeil perfide, caché près de moi, qui me
guette, qui va me saisir par la tête, me fermer les yeux,
m'anéantir.

Je dors — longtemps — deux ou trois heures — puis
un rêve — non — un cauchemar m'étreint. Je sens[37]
bien que je suis couché et que je dors,... je le sens et je
le sais... et je sens aussi que quelqu'un s'approche de
moi, me regarde, me palpe, monte sur mon lit, s'agenouille[38] sur ma poitrine, me prend le cou entre ses
mains et serre... serre... de toute sa force pour m'étrangler.

Moi, je me débats, lié[39] par cette impuissance atroce,
qui nous paralyse dans les songes ; je veux crier, — je ne
peux pas ; — je veux remuer, — je ne peux pas ; —
j'essaye, avec des efforts affreux, en haletant, de me
tourner, de rejeter cet être qui m'écrase et qui
m'étouffe, — je ne peux pas !

Et soudain, je m'éveille, affolé, couvert de sueur.
J'allume une bougie. Je suis seul.

Après cette crise, qui se renouvelle toutes les nuits, je
dors enfin, avec calme, jusqu'à l'aurore.

2 juin. — Mon état s'est encore aggravé. Qu'ai-je
donc ? Le bromure n'y fait rien ; les douches n'y font
rien. Tantôt, pour fatiguer mon corps, si las pourtant,
j'allai faire un tour dans la forêt de Roumare[40]. Je crus
d'abord que l'air frais, léger et doux, plein d'odeur
d'herbes et de feuilles, me versait[41] aux veines un sang
nouveau, au cœur une énergie nouvelle[42]. Je pris une[43]
grande avenue de chasse, puis je tournai vers La
Bouille[44], par une allée étroite, entre deux armées
d'arbres démesurément hauts qui mettaient un toit
vert, épais, presque noir, entre le ciel et moi.

Un frisson me saisit soudain, non pas un frisson de froid, mais un étrange frisson d'angoisse.

Je hâtai le pas, inquiet d'être seul dans ce bois, apeuré sans raison, stupidement, par la profonde solitude. Tout à coup, il me sembla que j'étais suivi, qu'on marchait[45] sur mes talons, tout près, tout près, à me toucher.

Je me retournai brusquement. J'étais seul. Je ne vis derrière moi que la droite et large allée[46], vide, haute, redoutablement vide ; et de l'autre côté elle s'étendait aussi à perte de vue, toute pareille, effrayante.

Je fermai les yeux. Pourquoi ? Et je me mis à tourner sur un talon, très vite, comme une toupie. Je[47] faillis tomber ; je rouvris les yeux ; les arbres dansaient ; la terre flottait ; je dus m'asseoir. Puis, ah ! je ne savais plus par où[48] j'étais venu ! Bizarre idée ! Bizarre ! Bizarre idée ! Je ne savais plus du tout. Je partis par le côté qui se trouvait à ma droite, et je revins dans l'avenue qui m'avait amené au milieu de la forêt[49].

3 juin. — La nuit a été horrible. Je vais m'absenter pendant quelques semaines. Un petit voyage, sans doute, me remettra.

2 juillet. — Je rentre. Je suis guéri. J'ai fait d'ailleurs une excursion charmante. J'ai visité le mont Saint-Michel que je ne connaissais pas.

Quelle vision, quand on arrive, comme moi, à Avranches, vers la fin du jour ! La ville est sur une colline ; et on me conduisit dans le jardin public, au bout de la cité. Je poussai[50] un cri d'étonnement. Une baie démesurée[51] s'étendait devant moi, à perte de vue, entre deux côtes écartées se perdant au loin dans les brumes ; et au milieu de cette immense baie jaune[52], sous un ciel d'or et de clarté, s'élevait sombre et pointu un mont étrange, au milieu[53] des sables. Le soleil venait de disparaître, et sur l'horizon encore flamboyant[54] se dessinait le profil de ce fantastique rocher qui porte sur son sommet un fantastique monument.

Dès l'aurore, j'allai vers[55] lui. La mer était basse, comme la veille au soir, et je regardais se dresser devant moi, à mesure[56] que j'approchais d'elle, la surprenante

abbaye. Après plusieurs heures de marche, j'atteignis
l'énorme bloc de pierres qui porte la petite cité dominée[57] par la grande église. Ayant gravi la rue étroite et
rapide, j'entrai dans la plus admirable demeure
gothique construite[58] pour Dieu sur la terre, vaste
comme une ville, pleine de salles basses écrasées sous
des voûtes et[59] de hautes galeries que soutiennent de
frêles colonnes. J'entrai dans ce gigantesque bijou de
granit, aussi léger qu'une dentelle, couvert de tours, de
sveltes clochetons, où montent des escaliers tordus, et
qui lancent[60] dans le ciel bleu des jours, dans le ciel noir
des nuits, leurs[61] têtes bizarres hérissées de chimères,
de diables, de bêtes fantastiques, de fleurs monstrueuses, et reliés l'un à[62] l'autre par de fines arches[63]
ouvragées.

Quand je fus sur le sommet, je dis[64] au moine qui
m'accompagnait : « Mon père, comme vous devez être
bien ici[65] ! »

Il répondit : « Il y a beaucoup de vent[66], Monsieur » ; et nous nous mîmes à causer en regardant
monter la mer, qui courait sur le sable[67] et le couvrait
d'une cuirasse d'acier.

Et le moine me conta des histoires, toutes les vieilles
histoires de ce lieu, des légendes, toujours des légendes.

Une d'elles[68] me frappa beaucoup. Les gens du pays,
ceux du mont[69], prétendent qu'on entend parler la nuit
dans les sables, puis qu'on entend bêler deux chèvres,
l'une[70] avec une voix forte, l'autre avec une voix faible.
Les incrédules affirment que ce sont les cris des oiseaux
de mer, qui ressemblent tantôt à des bêlements, et
tantôt à des plaintes humaines[71] ; mais les[72] pêcheurs
attardés jurent avoir rencontré, rôdant sur les dunes,
entre deux marées, autour de la petite ville jetée ainsi
loin[73] du monde, un vieux berger, dont on ne voit
jamais la tête couverte de son manteau, et qui conduit,
en marchant devant eux, un bouc à figure d'homme et
une chèvre à figure de femme, tous deux avec de longs
cheveux blancs et parlant sans cesse, se querellant dans
une langue inconnue, puis cessant soudain de crier
pour bêler[74] de toute leur force.

Je dis au moine : « Y croyez-vous ? »

Il murmura : « Je ne sais pas. »

Je repris : « S'il existait sur[75] la terre d'autres êtres que nous, comment ne les connaîtrions-nous point depuis longtemps ; comment ne les auriez-vous pas vus, vous ? comment ne les aurais-je pas vus, moi ? »

Il répondit : « Est-ce que nous voyons la cent millième partie de[76] ce qui existe ? Tenez, voici le vent, qui est la plus grande force de la nature, qui renverse les hommes, abat les édifices, déracine les arbres, soulève la mer en montagnes d'eau, détruit les falaises, et jette aux brisants les grands navires, le vent qui tue, qui siffle[77], qui gémit, qui mugit, — l'avez-vous vu, et pouvez-vous le voir ? Il existe, pourtant. »

Je me tus devant ce simple raisonnement. Cet homme était un sage ou peut-être un[78] sot. Je ne l'aurais pu affirmer au[79] juste ; mais je me tus. Ce qu'il disait là, je l'avais pensé souvent.

3 juillet[80]. — J'ai mal dormi ; certes, il y a ici une influence fiévreuse, car mon cocher souffre du même mal que moi. En rentrant hier, j'avais remarqué sa pâleur singulière. Je lui demandai :

— Qu'est-ce que vous avez, Jean ?

— J'ai que je ne peux plus me reposer, Monsieur, ce sont mes nuits qui mangent mes jours. Depuis le départ de Monsieur, cela me tient comme un sort[81].

Les autres domestiques vont bien cependant, mais j'ai grand peur d'être repris, moi.

4 juillet. — Décidément, je suis repris. Mes cauchemars anciens reviennent. Cette nuit, j'ai senti quelqu'un accroupi sur moi, et qui, sa bouche sur la mienne, buvait ma vie entre mes lèvres. Oui, il la puisait dans ma gorge, comme aurait fait une sangsue. Puis[82] il s'est levé, repu, et moi je me suis réveillé, tellement meurtri, brisé, anéanti, que je ne pouvais plus remuer. Si cela continue encore quelques jours, je repartirai certainement.

5 juillet. — Ai-je perdu la raison ? Ce qui s'est passé, ce que j'ai vu la nuit dernière est tellement étrange, que ma[83] tête s'égare quand j'y songe !

Comme je le fais maintenant chaque soir, j'avais fermé ma porte à clef ; puis, ayant soif, je bus un demi-verre d'eau, et je remarquai par hasard que ma carafe était pleine jusqu'au bouchon de cristal.

Je me couchai ensuite et je tombai dans un de mes sommeils épouvantables, dont[84] je fus tiré au bout de deux heures environ par une secousse plus affreuse encore.

Figurez-vous[85] un homme qui dort, qu'on assassine, et qui se réveille avec un couteau dans le poumon, et qui râle, couvert de sang, et qui ne peut plus respirer, et qui va mourir, et qui ne comprend pas — voilà.

Ayant enfin reconquis ma raison, j'eus soif de nouveau ; j'allumai une bougie et j'allai vers la table où était posée ma carafe. Je la soulevai en la penchant sur mon verre ; rien ne coula. — Elle était vide ! Elle était vide complètement ! D'abord, je n'y compris rien ; puis, tout à coup, je ressentis une émotion si terrible, que je dus m'asseoir, ou plutôt, que je tombai sur une chaise ! puis, je me redressai d'un saut pour regarder autour de moi ! puis je me rassis, éperdu d'étonnement et de peur, devant le cristal transparent ! Je le contemplais avec des yeux fixes, cherchant à deviner. Mes mains[86] tremblaient ! On avait donc bu cette eau ? Qui ? Moi ? moi, sans doute ? Ce ne pouvait être que moi ? Alors, j'étais somnambule, je vivais, sans le savoir, de[87] cette double vie mystérieuse qui fait douter s'il y a deux êtres en nous, ou si un être étranger, inconnaissable et invisible, anime, par moments, quand notre âme est engourdie, notre corps captif qui obéit à cet autre, comme à nous-mêmes, plus qu'à nous-mêmes.

Ah ! qui comprendra mon angoisse abominable ? Qui comprendra l'émotion d'un homme, sain d'esprit, bien éveillé, plein de raison et qui regarde épouvanté, à travers le verre d'une carafe, un peu d'eau disparue pendant qu'il a dormi ! Et je restai là jusqu'au jour, sans oser regagner mon lit.

6 juillet. — Je deviens fou. On a encore bu toute ma carafe cette nuit ; — ou plutôt, je l'ai bue !

Mais, est-ce moi ? Est-ce moi ? Qui serait-ce ? Qui ? Oh ! mon Dieu ! Je deviens fou ? Qui me sauvera ?

10 juillet. — Je viens de faire des épreuves surprenantes[88].

Décidément, je suis fou! Et pourtant!

Le 6 juillet[89], avant de me coucher, j'ai placé sur ma table du vin, du lait, de l'eau, du pain et des fraises.

On a bu — j'ai bu — toute l'eau, et un[90] peu de lait. On n'a touché ni au vin, ni au pain, ni aux fraises.

Le 7 juillet[91], j'ai renouvelé la même épreuve, qui a donné le même résultat.

Le 8 juillet[92], j'ai supprimé l'eau et le lait. On n'a touché à rien.

Le 9 juillet[93] enfin, j'ai remis sur ma table l'eau et le ✱ lait seulement, en ayant soin d'envelopper les carafes en[94] des linges de mousseline blanche et de ficeler les bouchons. Puis, j'ai frotté mes lèvres, ma barbe, mes mains avec de la mine de plomb, et je me suis couché.

L'invincible sommeil m'a saisi, suivi bientôt de l'atroce réveil. Je n'avais point remué; mes draps eux-mêmes ne portaient pas de[95] taches. Je m'élançai vers ma table. Les linges enfermant[96] les bouteilles étaient demeurés immaculés. Je déliai les cordons[97], en palpitant de crainte. On avait bu toute l'eau! on avait bu tout le lait! Ah! mon Dieu!...

Je vais[98] partir tout à l'heure pour Paris.

12 juillet[99]. — Paris. J'avais donc perdu la tête les jours derniers! J'ai[100] dû être le jouet de mon imagination énervée, à moins que je ne sois vraiment somnambule, ou que j'aie subi une de ces influences constatées, mais inexplicables jusqu'ici, qu'on appelle suggestions. En tout cas, mon affolement touchait à la démence, et vingt-quatre heures de Paris ont suffi pour me remettre d'aplomb.

Hier, après[101] des courses et des visites, qui m'ont fait passer dans l'âme de[102] l'air nouveau et vivifiant, j'ai fini[103] ma soirée au Théâtre-Français. On y jouait une pièce d'Alexandre Dumas fils; et cet esprit alerte et puissant a achevé de[104] me guérir. Certes, la solitude est dangereuse pour les intelligences qui travaillent. Il nous faut, autour de nous, des hommes qui pensent et qui parlent. Quand nous sommes seuls longtemps, nous peuplons le vide de fantômes.

Je suis rentré à l'hôtel très gai, par les boulevards. Au coudoiement de la foule, je songeais, non sans ironie, à mes terreurs, à mes suppositions de l'autre semaine, car j'ai cru, oui, j'ai cru qu'un être invisible habitait sous mon toit. Comme notre tête est faible et s'effare, et s'égare vite, dès[105] qu'un petit fait incompréhensible nous frappe !

Au lieu de conclure par ces simples mots : « Je ne comprends pas parce que la cause m'échappe », nous[106] imaginons aussitôt des mystères effrayants et des puissances surnaturelles.

14 juillet. — Fête de la République[107]. Je me suis promené par les rues. Les pétards et les drapeaux m'amusaient comme un enfant. C'est pourtant fort bête d'être joyeux, à date fixe, par décret du gouvernement. Le peuple est un troupeau imbécile, tantôt stupidement patient et tantôt[108] férocement révolté. On lui dit : « Amuse-toi. » Il s'amuse. On lui dit : « Va te battre avec le voisin. » Il va se battre. On lui dit : « Vote pour l'Empereur. » Il vote pour l'Empereur. Puis, on lui dit : « Vote pour la République. » Et il vote pour la République.

Ceux qui le dirigent sont aussi sots ; mais au lieu d'obéir à des hommes, ils obéissent à des principes, lesquels ne peuvent être que niais, stériles[109] et faux, par cela même qu'ils sont des principes, c'est-à-dire des idées réputées certaines et immuables, en[110] ce monde où l'on n'est sûr de rien, puisque la lumière est une illusion, puisque le bruit[111] est une illusion.

16 juillet. — J'ai vu hier des choses qui m'ont beaucoup troublé.

Je dînais chez ma cousine, Mme Sablé, dont le mari commande le 76e chasseurs à Limoges. Je me trouvais chez elle avec deux jeunes femmes, dont l'une a épousé un médecin, le docteur[112] Parent, qui s'occupe beaucoup des maladies nerveuses et des manifestations extraordinaires auxquelles donnent lieu[113] en ce moment les expériences sur l'hpnotisme et[114] la suggestion[115].

Il nous raconta longuement les résultats prodigieux

obtenus par des savants anglais et par les médecins de
l'école de Nancy.

Les faits qu'il avança me parurent tellement bizarres,
que je me déclarai tout à fait incrédule[116].

« Nous sommes[117], affirmait-il, sur[118] le point de
découvrir un des plus importants secrets de la nature, je
veux dire, un de ses plus importants secrets sur cette
terre ; car elle en a certes d'autrement importants[119],
là-bas, dans les étoiles. Depuis que l'homme pense,
depuis qu'il sait dire et écrire sa pensée, il se sent frôlé
par un mystère impénétrable pour ses sens grossiers et
imparfaits, et il[120] tâche de suppléer, par l'effort de son
intelligence, à l'impuissance de ses organes. Quand
cette intelligence demeurait encore à l'état rudimen-
taire, cette hantise des phénomènes invisibles a pris[121]
des formes banalement effrayantes. De là sont nées les
croyances[122] populaires au surnaturel, les légendes des
esprits rôdeurs, des fées, des gnomes, des revenants, je
dirai même la légende de Dieu, car nos conceptions de
l'ouvrier-créateur, de quelque religion qu'elles nous
viennent, sont bien les inventions[123] les plus médiocres,
les plus stupides, les plus inacceptables sorties du
cerveau apeuré des créatures[124]. Rien[125] de plus vrai
que cette parole de Voltaire : « Dieu a fait l'homme à
son image, mais l'homme le lui a bien rendu[126]. »

« Mais, depuis un peu plus d'un siècle, on semble
pressentir quelque chose de nouveau. Mesmer et quelques autres nous ont mis sur une voie inattendue, et
nous sommes arrivés vraiment, depuis quatre ou cinq
ans surtout[127], à des résultats surprenants. »

Ma cousine, très incrédule aussi, souriait. Le docteur
Parent lui dit : — Voulez-vous que j'essaie de vous
endormir, Madame ?

— Oui, je veux bien[128].

Elle s'assit[129] dans un fauteuil et il commença à la
regarder fixement en la fascinant. Moi, je me sentis[130]
soudain un peu troublé, le cœur battant[131], la gorge
serrée. Je voyais les yeux de Mme Sablé s'alourdir, sa
bouche se crisper, sa poitrine haleter.

Au bout de dix[132] minutes, elle dormait.

— Mettez-vous derrière elle, dit le médecin.

Et je m'assis derrière elle. Il lui plaça entre[133] les mains une carte de visite en lui disant : « Ceci est un miroir ; que voyez-vous dedans ?"

Elle répondit :

— Je vois mon cousin.

— Que fait-il ?

— Il se tord la moustache.

— Et maintenant ?

— Il tire de sa poche une photographie.

— Quelle est cette photographie ?

— La sienne.

C'était vrai ! Et cette photographie[134] venait de m'être livrée, le soir même, à l'hôtel.

— Comment est-il sur ce portrait ?

— Il se tient debout[135] avec son chapeau à la main.

Donc elle voyait dans cette carte, dans ce carton blanc, comme elle eût vu dans une glace.

Les jeunes femmes, épouvantées, disaient : « Assez ! Assez[136] ! Assez ! »

Mais le docteur ordonna : « Vous[137] vous lèverez demain à huit heures ; puis vous irez trouver à son hôtel votre[138] cousin, et vous le supplierez de vous prêter cinq mille francs que votre mari vous demande et qu'il vous réclamera[139] à son prochain voyage. »

Puis il la réveilla.

En rentrant à l'hôtel, je songeais à cette curieuse séance et des doutes m'assaillirent, non point sur l'absolue, sur l'insoupçonnable bonne foi de ma cousine, que je connaissais comme une sœur, depuis l'enfance, mais sur une supercherie possible du docteur. Ne dissimulait-il pas dans sa main une glace qu'il montrait[140] à la jeune femme endormie, en même temps que sa carte de visite ? Les prestidigitateurs de profession font des choses autrement singulières.

Je rentrai donc et je me couchai.

Or, ce matin, vers huit heures et demie, je fus réveillé par mon valet de chambre qui me dit[141] :

— C'est Mme Sablé qui demande à parler à Monsieur tout de suite.

Je m'habillai à la hâte et je la reçus.

Elle s'assit fort troublée, les yeux baissés, et, sans lever son voile, elle me dit[142] :

— Mon cher cousin, j'ai un gros service à vous demander.

— Lequel, ma cousine?

— Cela me gêne beaucoup de vous le dire, et pourtant, il le faut. J'ai besoin, absolument besoin, de cinq mille francs.

— Allons donc, vous?

— Oui, moi, ou plutôt mon mari, qui me charge de les trouver.

J'étais tellement stupéfait, que je balbutiais[143] mes réponses. Je me demandais si vraiment elle ne s'était pas[144] moquée de moi avec le docteur Parent[145], si ce n'était pas là une simple farce préparée d'avance et fort bien jouée.

Mais, en la regardant avec attention, tous mes doutes se dissipèrent. Elle tremblait d'angoisse, tant cette démarche lui était douloureuse, et je compris qu'elle avait la gorge pleine de sanglots.

Je la savais fort riche et je repris :

— Comment! votre[146] mari n'a pas cinq mille francs à sa disposition! Voyons réfléchissez. Êtes-vous sûre qu'il vous a chargée de me les demander?

Elle hésita quelques secondes comme si elle eût fait un grand effort pour chercher dans son souvenir, puis elle répondit :

— Oui..., oui..., j'en suis sûre.

— Il vous a écrit?

Elle hésita encore, réfléchissant. Je devinai le travail torturant de sa pensée. Elle ne savait pas. Elle savait seulement qu'elle devait m'emprunter cinq mille[147] francs pour son mari. Donc elle osa mentir.

— Oui, il m'a écrit.

— Quand donc? Vous ne m'avez parlé de rien, hier.

— J'ai reçu sa lettre ce matin.

— Pouvez-vous me la montrer?

— Non... non... non... elle contenait des choses intimes... trop personnelles... je l'ai... je l'ai brûlée[148].

— Alors, c'est que votre mari fait des dettes.

Elle hésita encore, puis murmura :

— Je ne sais pas.

Je déclarai brusquement :

— C'est que je ne puis[149] disposer de cinq mille francs en ce moment, ma[150] chère cousine.

Elle poussa une sorte de cri de souffrance.

— Oh! oh! je vous en prie, je vous en prie, trouvez-les...

Elle s'exaltait, joignait[151] les mains comme si elle m'eût prié! J'entendais sa voix[152] changer de ton; elle pleurait et bégayait, harcelée[153], dominée par l'ordre irrésistible qu'elle avait reçu.

— Oh! oh! je vous en supplie... Si vous saviez comme je souffre... il me les faut aujourd'hui.

J'eus pitié d'elle.

— Vous les aurez tantôt, je vous le jure.

Elle s'écria :

— Oh! merci! merci! Que vous êtes bon.

Je repris : — Vous rappelez-vous ce qui s'est passé hier soir chez vous?

— Oui.

— Vous rappelez-vous que le docteur Parent vous a endormie?

— Oui.

— Eh! bien, il vous a ordonné de venir m'emprunter ce[154] matin cinq mille francs, et vous obéissez en ce moment à cette suggestion.

Elle réfléchit quelques secondes et répondit :

— Puisque c'est mon mari qui les demande.

Pendant une heure, j'essayai de la convaincre, mais je n'y pus parvenir.

Quand elle fut partie, je courus chez le docteur. Il allait sortir; et il m'écouta en souriant. Puis il dit :

— Croyez-vous maintenant?

— Oui, il le faut bien.

— Allons chez votre parente.

Elle sommeillait déjà sur une chaise longue, accablée de fatigue. Le[155] médecin lui prit le pouls, la regarda quelque temps, une main levée vers ses yeux qu'elle ferma peu à peu sous l'effort insoutenable de cette puissance magnétique.

Quand elle fut endormie :

— Votre mari n'a plus besoin de cinq mille francs! Vous allez donc oublier que vous avez prié votre cousin de vous les prêter, et[156], s'il vous parle de cela, vous ne comprendrez pas.

Puis il la réveilla. Je tirai de ma poche un portefeuille :

— Voici, ma chère cousine, ce que vous m'avez demandé ce matin.

Elle fut tellement surprise que je n'osai pas insister. J'essayai cependant de ranimer sa mémoire, mais elle nia avec force, crut que je me moquais d'elle, et faillit, à la fin, se fâcher.

. . . .

Voilà[157]! je viens de rentrer; et je n'ai pu déjeuner, tant cette expérience[158] m'a bouleversé.

19[159] juillet. — Beaucoup de personnes à qui j'ai raconté cette aventure se sont moquées de moi. Je ne sais plus que penser. Le sage dit : Peut-être?

21 juillet. — J'ai été dîner à Bougival, puis j'ai passé la[160] soirée au bal des canotiers[161]. Décidément, tout[162] dépend des lieux et des milieux. Croire[163] au surnaturel dans l'île de[164] la Grenouillère, serait le comble de la folie... mais au sommet du mont Saint-Michel?... mais dans les Indes? Nous subissons effroyablement[165] l'influence de ce qui nous entoure. Je rentrerai chez moi la semaine prochaine.

30 juillet. — Je suis revenu dans ma maison depuis hier. Tout va bien.

2 août. — Rien de nouveau; il fait un temps superbe. Je passe mes journées à regarder couler la Seine.

4 août. — Querelles parmi mes domestiques. Ils prétendent qu'on casse les[166] verres, la nuit, dans les armoires. Le valet de chambre accuse la cuisinière, qui accuse la lingère, qui accuse les deux autres. Quel est le coupable? Bien fin qui le dirait?

6 août. — Cette fois, je ne suis pas fou. J'ai vu... j'ai vu... j'ai vu!... Je ne puis plus douter... j'ai vu!... J'ai encore froid jusque dans les ongles... j'ai encore peur[167] jusque dans les moelles... j'ai vu!...

Je me promenais à deux heures, en plein soleil, dans mon parterre de rosiers... dans l'allée des rosiers d'automne qui commencent à fleurir.

Comme je m'arrêtais à regarder un *géant des batailles*, qui[168] portait trois fleurs magnifiques, je vis, je vis distinctement, tout près de moi, la tige d'une de ces roses se plier, comme si une main invisible l'eût tordue, puis se casser comme si cette main l'eût cueillie! Puis la fleur[169] s'éleva, suivant la courbe qu'aurait décrite un bras en la portant vers une bouche, et elle resta suspendue dans l'air transparent, toute seule, immobile, effrayante tache rouge à trois pas de mes yeux.

Eperdu[170], je me jetai sur elle pour la saisir! Je ne trouvai rien; elle avait disparu. Alors je fus pris d'une colère furieuse contre moi-même; car il n'est pas permis à un homme raisonnable et sérieux d'avoir de pareilles hallucinations.

Mais était-ce bien une hallucination? Je me retournai pour chercher la tige, et je la retrouvai immédiatement sur l'arbuste, fraîchement brisée, entre les deux autres roses demeurées à la[171] branche.

Alors, je rentrai chez moi l'âme bouleversée; car je suis certain, maintenant, certain comme de l'alternance des jours et des nuits, qu'il existe près de moi un être[172] invisible, qui se nourrit de lait et d'eau, qui peut toucher[173] aux choses, les prendre et les changer de place, doué[174] par conséquent d'une nature matérielle, bien qu'imperceptible pour nos sens, et[175] qui habite comme moi, sous mon toit...

7 août. — J'ai dormi tranquille. Il a bu l'eau de ma carafe, mais n'a[176] point troublé mon sommeil.

Je me demande si je suis fou. En me promenant, tantôt au grand soleil, le long de la[177] rivière, des doutes me sont venus sur ma raison, non point des doutes vagues comme j'en avais jusqu'ici, mais des doutes précis, absolus. J'ai vu des fous; j'en ai connu qui[178] restaient intelligents, lucides, clairvoyants même sur toutes les choses de la vie, sauf sur un point. Ils parlaient de tout avec clarté, avec souplesse, avec profondeur, et soudain leur pensée touchant l'écueil de leur folie, s'y déchirait en pièces, s'éparpillait et sombrait dans cet océan effrayant[179] et furieux, plein de vagues bondissantes[180], de brouillards, de bourrasques, qu'on nomme « la démence ».

Certes, je me croirais fou, absolument fou, si je n'étais conscient, si je ne connaissais parfaitement mon état, si je ne le sondais en l'analysant avec une complète lucidité. Je ne serais donc, en somme, qu'un halluciné raisonnant[181]. Un trouble inconnu se serait produit dans mon cerveau, un de ces troubles qu'essayent de noter et de préciser aujourd'hui les physiologistes ; et ce trouble aurait déterminé dans mon esprit, dans l'ordre[182] et la logique de mes idées, une crevasse profonde[183]. Des phénomènes semblables[184] ont lieu dans[185] le rêve qui nous promène à travers les fantasmagories les plus invraisemblables, sans que nous en soyons[186] surpris, parce que l'appareil vérificateur, parce que le sens du contrôle est endormi ; tandis que la faculté imaginative veille[187] et travaille. Ne se peut-il pas qu'une des imperceptibles touches du[188] clavier cérébral se trouve paralysée chez moi ? Des hommes, à la suite d'accidents, perdent la mémoire des noms propres ou des verbes ou des chiffres, ou seulement des dates. Les localisations[189] de toutes les parcelles de la pensée sont[190] aujourd'hui prouvées. Or[191], quoi d'étonnant à ce que ma faculté de contrôler l'irréalité de certaines hallucinations, se trouve engourdie chez moi en ce moment !

Je songeais[192] à tout cela en suivant le bord de l'eau. Le soleil couvrait de clarté la rivière, faisait la terre délicieuse, emplissait mon regard d'amour pour la vie, pour les hirondelles, dont l'agilité est une joie de mes yeux, pour les herbes de la rive, dont le frémissement est un bonheur[193] de mes oreilles.

Peu à peu, cependant un malaise inexplicable[195] me pénétrait. Une force, me semblait-il, une force occulte m'engourdissait, m'arrêtait, m'empêchait d'aller plus loin, me rappelait en arrière. J'éprouvais ce besoin douloureux de rentrer qui vous oppresse, quand[195] on a laissé au logis un malade aimé[196], et que le pressentiment vous saisit d'une aggravation de son mal.

Donc, je revins malgré moi, sûr que j'allais trouver, dans ma maison, une[197] mauvaise nouvelle, une lettre ou une dépêche. Il n'y avait rien ; et je demeurai plus surpris et plus inquiet que si j'avais eu de[198] nouveau quelque vision fantastique.

8 août. — J'ai passé hier une affreuse soirée. Il ne se manifeste plus, mais je le sens près de moi, m'épiant[199], me regardant, me pénétrant, me dominant et plus redoutable, en se cachant ainsi, que s'il signalait[200] par des phénomènes surnaturels sa présence invisible et constante.

J'ai dormi, pourtant[201].

9 août. — Rien ; mais j'ai peur.

10 août. — Rien ; qu'arrivera-t-il demain ?

11 août. — Toujours rien ; je ne puis plus rester chez moi avec cette crainte et cette pensée entrées en mon âme ; je vais partir.

12 août, 10 heures du soir. — Tout le jour j'ai voulu m'en aller ; je n'ai pas pu. J'ai voulu accomplir cet acte de liberté si facile, si simple, — sortir[202] — monter dans ma voiture pour gagner Rouen — je n'ai pas pu. Pourquoi[203] ?

13 août. — Quand on est[204] atteint par certaines maladies, tous les ressorts de l'être physique semblent brisés, toutes les énergies anéanties, tous les[205] muscles relâchés, les os devenus mous comme la chair et la chair liquide comme de l'eau. J'éprouve cela dans mon être moral d'une[206] façon étrange et désolante. Je n'ai plus aucune force, aucun courage, aucune domination sur moi[207], aucun pouvoir même de mettre en mouvement ma volonté. Je ne peux plus vouloir ; mais[208] quelqu'un veut pour moi ; et j'obéis.

14 août. — Je suis perdu ! Quelqu'un possède mon âme et la gouverne ! quelqu'un ordonne tous mes actes, tous mes mouvements, toutes mes pensées. Je ne suis plus rien en moi, rien qu'un spectateur esclave et terrifié de toutes les choses que j'accomplis. Je désire sortir. Je ne peux pas. Il ne veut pas ; et je reste, éperdu, tremblant, dans le fauteuil où il me tient assis. Je désire seulement me[209] lever, me soulever, afin de me coire encore maître de moi. Je ne peux pas ! Je suis rivé à mon[210] siège ; et mon siège adhère au sol, de[211] telle sorte qu'aucune force ne nous soulèverait.

Puis, tout d'un coup, il faut, il faut, il faut que j'aille au fond de mon jardin cueillir des fraises[212] et les manger. Et j'y vais. Je cueille des fraises et je[213] les mange ! Oh ! mon Dieu ! Mon Dieu ! Mon Dieu ! Est-il un Dieu ? S'il en est un, délivrez-moi, sauvez-moi ! secourez-moi ! Pardon ! Pitié ! Grâce ! Sauvez-moi ! Oh ! quelle souffrance ! quelle torture ! quelle horreur !

15 août. — Certes, voilà comment était possédée et dominée ma pauvre cousine, quand elle est venue m'emprunter cinq mille francs. Elle subissait un vouloir étranger entré en elle, comme une autre âme, comme une[214] autre âme parasite et dominatrice. Est-ce que le monde va finir ?

Mais celui qui me gouverne, quel est-il, cet invisible ? cet inconnaissable, ce rôdeur d'une race surnaturelle ?

Donc les Invisibles existent ! Alors, comment[215] depuis l'origine du monde ne se sont-ils pas encore manifestés d'une façon précise comme ils le font pour moi ? Je n'ai jamais rien lu qui ressemble à ce qui s'est passé[216] dans ma demeure. Oh ! si je pouvais la quitter, si je pouvais m'en aller, fuir et ne pas revenir. Je serais sauvé, mais je ne peux pas.

16 août. — J'ai pu m'échapper aujourd'hui pendant deux heures, comme un prisonnier qui trouve ouverte, par hasard, la porte de son cachot. J'ai senti que j'étais libre tout à coup et qu'il était loin. J'ai ordonné d'atteler[217] bien vite et j'ai gagné Rouen. Oh ! quelle joie de pouvoir dire à un homme qui obéit : « Allez à Rouen ! »

Je[218] me suis fait arrêter devant la bibliothèque et j'ai prié qu'on me prêtât le grand traité du docteur Hermann Herestauss[219] sur les habitants inconnus du[220] monde antique et moderne.

Puis, au moment de remonter dans mon coupé, j'ai voulu dire : « A la gare ! » et j'ai crié[221], — je n'ai pas

dit, j'ai crié — d'une voix si forte que les passants se
sont retournés : « A la maison », et je suis tombé,
affolé[222] d'angoisse, sur le coussin de ma voiture. Il
m'avait retrouvé et repris.

17 août. — Ah! Quelle nuit! quelle nuit! Et pourtant
il me semble que je devrais me réjouir. Jusqu'à une
heure du matin, j'ai lu! Hermann Herestauss, docteur
en philosophie et en théogonie, a écrit[223] l'histoire et les
manifestations de tous[224] les êtres invisibles rôdant
autour de l'homme ou rêvés par lui. Il décrit leurs
origines, leur domaine[225], leur puissance. Mais aucun
d'eux ne ressemble à celui qui[226] me hante. On dirait
que l'homme[227], depuis qu'il pense, a pressenti et
redouté un être nouveau, plus fort que lui, son successeur en ce monde, et que, le sentant proche et ne
pouvant prévoir la nature de ce maître, il[228] a créé, dans
sa terreur, tout le peuple fantastique des êtres occultes,
fantômes vagues[229] nés de la peur.

Donc, ayant lu jusqu'à une heure du matin, j'ai été
m'asseoir ensuite auprès de ma fenêtre ouverte pour
rafraîchir mon front et ma pensée au vent calme de
l'obscurité.

Il[230] faisait bon, il faisait tiède! Comme j'aurais[231]
aimé cette nuit-là autrefois!

Pas de lune. Les étoiles avaient au fond du ciel noir
des scintillements frémissants. Qui habite ces mondes?
Quelles formes, quels vivants, quels animaux, quelles
plantes sont là-bas? Ceux qui pensent dans ces univers
lointains, que savent-ils plus que nous? Que peuvent-
ils plus que nous? Que voient-ils que nous ne connais-
sons point? Un d'eux, un jour ou l'autre, traversant
l'espace, n'apparaîtra-t-il pas[232] sur notre terre pour la
conquérir, comme les Normands jadis traversaient la
mer pour asservir des peuples plus[233] faibles.

Nous sommes si infirmes, si désarmés, si ignorants,
si petits, nous autres, sur ce grain de boue qui tourne
délayé dans[234] une goutte d'eau.

Je m'assoupis en rêvant ainsi au vent frais du soir.

Or, ayant dormi environ quarante minutes, je rouvris
les yeux sans faire un mouvement, réveillé par je ne sais

quelle émotion confuse et bizarre. Je ne vis rien
d'abord, puis, tout à coup, il me sembla qu'une page du
livre resté ouvert sur[235] ma table venait de tourner toute
seule. Aucun souffle d'air n'était entré par ma fenêtre.
Je fus surpris et j'attendis. Au bout de quatre minutes
environ, je vis, je vis, oui, je vis de mes yeux une autre
page se soulever et se rabattre sur la précédente, comme
si un doigt l'eût feuilletée. Mon fauteuil était vide,
semblait vide[236]; mais je compris qu'il était là, lui,
assis[237] à ma place, et qu'il lisait. D'un bond furieux,
d'un bond de bête révoltée, qui va éventrer son dompteur[238], je traversai ma chambre pour le saisir, pour
l'étreindre, pour le tuer!... Mais mon siège, avant que
je l'eusse atteint, se renversa comme si on eût fui devant
moi... ma table oscilla, ma lampe tomba et s'éteignit, et
ma fenêtre se ferma[239] comme si un malfaiteur surpris
se fût élancé dans la nuit, en prenant à pleines mains les
battants.

Donc, il s'était sauvé; il avait eu peur, peur de moi,
lui!

Alors,... alors... demain... ou après,... ou un jour
quelconque,... je pourrai donc le tenir sous mes poings,
et[240] l'écraser contre le sol! Est-ce que les chiens,
quelquefois, ne mordent point et n'étranglent[241] pas
leurs maîtres?

18 août. — J'ai songé toute la journée. Oh! oui, je
vais lui obéir, suivre ses impulsions, accomplir toutes
ses volontés, me faire humble, soumis, lâche. Il est le
plus fort. Mais une heure viendra...

19 août. — Je sais... je sais... je sais tout! Je viens de
lire ceci dans la *Revue du Monde Scientifique* : « Une[242]
nouvelle assez curieuse nous arrive de Rio de Janeiro.
Une folie, une épidémie de folie, comparable aux
démences contagieuses qui atteignirent les peuples
d'Europe au Moyen Age, sévit en ce moment dans la
province de San-Paulo. Les habitants éperdus quittent
leurs maisons, désertent leurs villages, abandonnent
leurs cultures, se disant poursuivis, possédés, gouver-
nés comme un bétail humain par des êtres invisibles[243]
bien que tangibles, des[244] sortes de vampires qui se

nourrissent de leur vie, pendant leur sommeil, et qui boivent en outre de l'eau et du lait sans paraître toucher à aucun autre aliment.

« M. le professeur[245] Don Pedro Henriquez, accompagné de plusieurs savants médecins, est parti pour la province de San-Paulo, afin[246] d'étudier sur place les origines et les manifestations de cette surprenante folie, et de proposer à l'Empereur les mesures qui lui paraîtront le plus propres à rappeler à la raison ces populations en délire. »

Ah! Ah! je[247] me rappelle, je me rappelle le beau trois-mâts brésilien qui passa sous mes fenêtres en remontant la Seine, le 8 mai dernier! Je le trouvai si joli, si blanc, si gai! L'Être était dessus, venant de là-bas, où sa race est née[248]! Et il m'a vu! Il a vu ma demeure blanche aussi[249]; et il a sauté du navire[250] sur la rive. Oh! mon Dieu!

A présent, je sais, je devine. Le règne de l'homme est fini.

Il est venu, Celui que redoutaient les premières terreurs des peuples naïfs, Celui[251] qu'exorcisaient les prêtres inquiets, que les sorciers évoquaient par les nuits sombres, sans le voir apparaître encore, à qui[252] les pressentiments des maîtres passagers du monde prêtèrent toutes les formes monstrueuses ou gracieuses des[253] gnomes, des esprits, des génies, des fées, des[254] farfadets. Après les grossières conceptions de l'épouvante[255] primitive, des hommes plus perspicaces l'ont pressenti plus clairement[256]. Mesmer[257] l'avait deviné, et les médecins, depuis dix ans déjà, ont découvert, d'une façon précise, la[258] nature de sa puissance avant qu'il l'eût exercée lui-même. Ils ont joué avec cette arme du Seigneur nouveau, la domination d'un mystérieux vouloir sur[259] l'âme humaine devenue esclave. Ils ont appelé cela magnétisme, hypnotisme, suggestion… que[260] sais-je? Je les ai vus s'amuser[261] comme des enfants imprudents avec cette horrible puissance! Malheur[261] à nous! Malheur à l'homme! Il est venu, le… le… comment se nomme-t-il[263]… le… il me semble qu'il me crie son nom, et je ne l'entends pas… le…

oui... il le crie... J'écoute... je ne peux pas... répète...
le... Horla[264]... J'ai entendu... le Horla... c'est lui... le
Horla... il est venu!...

Ah! le vautour a mangé la colombe, le loup a[265]
mangé le mouton; le lion a dévoré le buffle aux cornes
aiguës; l'homme a tué le lion avec la flèche, avec le
glaive, avec[266] la poudre; mais le Horla va faire de
l'homme ce que nous avons fait du cheval et du bœuf:
sa chose, son serviteur et sa nourriture, par[267] la seule
puissance de sa volonté. Malheur à nous!

Pourtant, l'animal, quelquefois, se révolte et tue
celui qui l'a dompté[268]... moi aussi je veux... je[269]
pourrai... mais il faut le connaître, le toucher, le voir!
Les savants disent que l'œil de la bête, différent du
nôtre, ne distingue[270] point comme le nôtre... Et mon
œil à moi ne peut distinguer le nouveau venu qui
m'opprime.

Pourquoi? Oh! je me rappelle à présent les paroles
du moine du mont Saint-Michel: « Est-ce que nous
voyons la cent millième partie de ce qui existe? Tenez,
voici le vent qui est la plus grande force de la nature,
qui renverse les hommes, abat les édifices, déracine les
arbres, soulève la mer en montagnes d'eau, détruit les
falaises et jette aux brisants les grands navires, le vent
qui tue, qui siffle, qui gémit, qui mugit, l'avez-vous vu
et pouvez-vous le voir: Il existe pourtant! »

Et je songeais encore: mon œil est si faible, si
imparfait, qu'il ne distingue même point les corps[271]
durs, s'ils sont transparents comme le verre!... Qu'une
glace sans tain barre mon chemin, il me jette dessus
comme l'oiseau entré dans une chambre se casse la tête
aux vitres. Mille choses en outre le trompent et
l'égarent[272]? Quoi d'étonnant, alors, à ce qu'il ne sache
point apercevoir un corps nouveau que la lumière
traverse.

Un être[273] nouveau! pourquoi pas? Il devait venir
assurément! pourquoi serions-nous les derniers? Nous
ne le distinguons point, ainsi que tous les autres créés[274]
avant nous? C'est que sa nature est plus parfaite, son
corps plus fin et plus fini que le nôtre, que le nôtre si

faible[275], si maladoitement conçu, encombré[276] d'organes toujours fatigués, toujours forcés comme des ressorts trop complexes, que le nôtre, qui vit comme[277] une plante et comme une bête, en se nourrissant péniblement d'air, d'herbe et de viande, machine animale en proie aux maladies, aux déformations, aux putréfactions, poussive[278], mal réglée, naïve et bizarre, ingénieusement[279] mal faite, œuvre grossière et délicate, ébauche d'être qui pourrait devenir intelligent[280] et superbe.

Nous sommes quelques-uns, si peu sur ce monde, depuis l'huître jusqu'à l'homme. Pourquoi pas un de plus, une fois accomplie la période qui sépare les apparitions successives de toutes les espèces diverses ?

Pourquoi pas un de plus ? Pourquoi pas aussi d'autres arbres aux fleurs immenses, éclatantes et parfumant des régions entières ? Pourquoi pas d'autres éléments que le feu, l'air, la terre et l'eau ? — Ils sont quatre, rien que quatre, ces pères[281] nourriciers des êtres ! Quelle[282] pitié ! Pourquoi ne sont-ils pas quarante, quatre cents, quatre mille ! Comme tout est pauvre, mesquin, misérable ! avarement donné, sèchement inventé, lourdement fait ! Ah ! l'éléphant, l'hippopotame, que de grâce ! Le chameau que d'élégance !

Mais, direz-vous[283], le papillon ! une fleur qui vole ! J'en rêve un qui serait grand comme cent univers, avec des ailes dont je ne puis même exprimer la forme, la beauté, la[284] couleur et le mouvement. Mais[285] je le vois... il va d'étoile en étoile, les rafraîchissant et les embaumant au souffle harmonieux et léger de sa course !... Et les peuples de là-haut le[286] regardent passer, extasiés et ravis !...

. . . .[287]

Qu'ai-je donc ? C'est lui, lui, le Horla, qui me hante, qui me fait penser ces folies ! Il est en moi, il devient mon[288] âme ; je le tuerai !

19 août[289]. — Je le tuerai. Je l'ai vu ! je me suis assis hier soir, à ma table ; et je fis semblant d'écrire avec une grande attention. Je savais bien qu'il viendrait rôder autour de moi, tout près, si près que je pourrais

peut-être le toucher, le saisir ? Et alors !... alors, j'aurais
la force des désespérés ; j'aurais mes mains, mes
genoux, ma poitrine, mon front, mes dents pour[290]
l'étrangler, l'écraser, le mordre, le déchirer.

Et je le guettais avec tous mes organes surexcités.

J'avais allumé mes deux lampes et les huit bougies de
ma cheminée, comme si j'eusse pu, dans cette clarté, le
découvrir.

En face[291] de moi, mon lit, un vieux lit de chêne à
colonnes ; à droite, ma cheminée ; à gauche, ma porte
fermée avec soin, après l'avoir laissée longtemps
ouverte, afin de l'attirer[292] ; derrière moi, une très haute
armoire[293] à glace, qui me servait chaque jour, pour me
raser, pour m'habiller, et où j'avais coutume de me
regarder, de la tête aux pieds, chaque fois que je passais
devant.

Donc, je faisais semblant d'écrire, pour le tromper,
car il m'épiait lui aussi ; et soudain, je sentis, je fus
certain qu'il lisait par-dessus mon épaule, qu'il était là,
frôlant mon oreille.

Je me dressai, les mains tendues, en me tournant si
vite que je faillis tomber. Eh ! bien ?... on y voyait
comme en plein jour, et je ne me vis pas dans ma
glace !... Elle était vide, claire, profonde, pleine de
lumière ! Mon image n'était pas dedans... et j'étais en
face, moi ! Je voyais le grand verre limpide du haut en
bas. Et je regardais cela avec des yeux affolés ; et je
n'osais plus avancer, je n'osais plus faire un mouvement, sentant bien pourtant qu'il était là, mais qu'il
m'échapperait encore, lui dont le corps imperceptible[294] avait dévoré mon reflet.

Comme j'eus peur ! Puis voilà que tout à coup je
commençai à m'apercevoir dans une brume, au fond du
miroir, dans une brume comme à travers une nappe
d'eau ; et il me semblait que cette eau glissait de gauche
à droite, lentement, rendant plus précise mon image, de
seconde en seconde. C'était comme la fin d'une éclipse.
Ce qui me cachait ne paraissait point posséder de
contours nettement arrêtés, mais une sorte de transparence opaque, s'éclaircissant peu à peu.

Je pus enfin me distinguer complètement, ainsi que je le fais chaque jour en me regardant.

Je l'avais vu! L'épouvante m'en est restée, qui me fait encore frissonner.

20 août. — Le tuer, comment? puisque je ne peux l'atteindre? Le poison? mais il me verrait le mêler à l'eau; et nos poisons, d'ailleurs, auraient-ils[295] un effet sur son corps imperceptible? Non... non... sans aucun doute... Alors?... alors?...

21 août. — J'ai fait venir un serrurier de Rouen, et lui ai commandé pour ma chambre des persiennes de fer, comme en ont, à Paris[296], certains hôtels particuliers, au rez-de-chaussée, par crainte des voleurs. Il me fera, en outre, une porte pareille. Je me suis donné pour un poltron, mais je m'en moque!...

. . . .

10 septembre. — Rouen, Hôtel Continental[297]. C'est fait[298]... c'est fait... mais est-il mort? J'ai l'âme bouleversée de ce que j'ai vu.

Hier donc, le serrurier ayant posé ma persienne et ma porte de fer, j'ai[299] laissé tout ouvert jusqu'à minuit, bien qu'il commençât à faire froid.

Tout à coup, j'ai senti qu'il était là, et une joie[300], une joie folle m'a saisi. Je me suis levé lentement, et j'ai marché à droite, à gauche, longtemps pour qu'il ne devinât rien; puis j'ai ôté mes bottines[301] et mis mes savates avec négligence; puis j'ai fermé ma persienne de fer, et[302] revenant à pas tranquilles vers la porte, j'ai fermé la porte aussi à double tour. Retournant alors[303] vers la fenêtre, je[304] la fixai par un cadenas, dont je mis la clef dans ma[305] poche.

Tout à coup, je compris qu'il s'agitait autour de moi, qu'il avait peur à son tour[306], qu'il m'ordonnait de lui ouvrir. Je faillis céder; je ne cédai pas, mais m'adossant à la porte, je l'entrebâillai, tout[307] juste assez pour passer, moi, à reculons; et comme je suis très grand ma tête touchait au[308] linteau. J'étais sûr qu'il n'avait pu s'échapper et je l'enfermai, tout seul, tout seul! Quelle joie! Je le tenais! Alors, je descendis, en[309] courant; je pris dans mon salon, sous ma chambre, mes deux

lampes et je renversai toute l'huile sur le tapis, sur les
meubles, partout; puis j'y mis le feu, et je me sauvai,
après avoir bien refermé, à double tour, la grande porte
d'entrée.

✶ Et j'allai me cacher au fond de mon jardin, dans un
massif[310] de lauriers. Comme ce fut long! comme ce fut
long! Tout était noir, muet, immobile; pas un souffle
d'air, pas une étoile, des montagnes de nuages qu'on ne
voyait point, mais qui pesaient sur mon âme si lourds,
si lourds.

Je regardais ma maison, et j'attendais. Comme ce fut
long! Je[311] croyais déjà que le feu s'était éteint tout seul,
ou qu'il l'avait éteint, Lui, quand[312] une des fenêtres
d'en bas creva sous la poussée de l'incendie, et une
flamme, une grande flamme rouge et jaune, longue,
molle, caressante, monta le long du mur blanc et le
baisa jusqu'au toit. Une[313] lueur courut dans les arbres,
dans les branches, dans les feuilles, et un frisson, un
frisson de peur aussi! Les oiseaux se réveillaient; un
chien se mit à hurler; il me sembla que le jour se levait!
Deux[314] autres fenêtres éclatèrent aussitôt, et je vis que
tout le bas de ma demeure n'était plus qu'un effrayant
brasier. Mais un cri, un cri horrible, suraigu,
déchirant, un cri de femme passa dans la nuit, et deux
mansardes s'ouvrirent[315]! J'avais oublié mes domestiques! Je vis leurs faces affolées, et leurs bras qui
s'agitaient!...

Alors[316], éperdu d'horreur, je me mis à courir vers le
village en hurlant: « Au secours! au secours! au feu!
au feu! » Je rencontrai des gens qui s'en[317] venaient
déjà et je retournai avec eux, pour voir!

La maison, maintenant, n'était plus qu'un bûcher
horrible et magnifique, un bûcher monstrueux, éclairant[318] toute la terre, un bûcher où brûlaient des
hommes, et où il brûlait aussi, Lui, Lui, mon prisonnier, l'Être nouveau, le nouveau maître, le Horla!

Soudain le toit tout entiers s'engloutit[319] entre les
murs, et un volcan de flammes[320] jaillit jusqu'au ciel.
Par toutes les fenêtres ouvertes sur la fournaise, je
voyais la cuve[321] de feu, et je pensais qu'il était là, dans
ce four, mort...

— Mort? Peut-être?... Son corps? son corps que le jour traversait n'était-il pas indestructible par les moyens qui tuent les nôtres?

S'il n'était pas mort?... seul peut-être le temps a prise[322] sur l'Être Invisible[323] et Redoutable. Pourquoi ce corps transparent, ce corps inconnaissable, ce corps d'Esprit, s'il devait craindre[324], lui aussi, les maux, les blessures, les infirmités, la destruction prématurée?

La destruction prématurée? toute l'épouvante humaine vient d'elle[325]! Après l'homme le[326] Horla. — Après celui qui peut mourir tous les jours, à toutes les heures, à toutes les minutes, par tous les accidents, est venu celui[327] que ne doit mourir qu'à son jour, à son heure, à sa minute, parce qu'il[328] a touché la limite de son existence!

Non... non... sans aucun doute, sans aucun doute[329]... il n'est pas mort... Alors... alors... il va donc falloir que je[330] me tue moi[331]!...

. . . .

LA MAIN D'ÉCORCHÉ[1]

Il y a huit mois environ, un de mes amis Louis R. avait réuni, un soir, quelques camarades de collège, nous buvions du punch et nous fumions en causant littérature, peinture, et en racontant, de temps à autre, quelques joyeusetés, ainsi que cela se pratique dans les réunions de jeunes gens. — Tout à coup la porte s'ouvre toute grande et un de mes bons amis d'enfance entre comme un ouragan. « Devinez d'où je viens », s'écrie-t-il aussitôt. « Je parie pour Mabille[2] », répond l'un, « non, tu es trop gai, tu viens d'emprunter de l'argent, d'enterrer ton oncle, ou de mettre la montre chez ma tante[3] », reprend un autre, « tu viens de te griser, riposte un troisième, et comme tu as senti le punch chez Louis tu es monté pour recommencer. » — « Vous n'y êtes point, je viens de P... en Normandie, où j'ai été passer huit jours et d'où je rapporte un grand criminel de mes amis que je vous demande la permission de vous présenter. » — A ces mots il tira de sa poche une main d'écorché; cette main affreuse, noire, sèche, très longue et comme crispée, les muscles d'une force extraordinaire étaient retenus à l'intérieur et à l'extérieur par une lanière de peau parcheminée, les ongles jaunes, étroits, étaient restés au bout des doigts; tout cela sentait le scélérat d'une lieue. « Figurez-vous, dit mon ami, qu'on vendait l'autre jour les défroques d'un vieux sorcier bien connu dans toute la contrée; il

allait au sabbat tous les samedis sur un manche à balai,
pratiquait la magie blanche et noire, donnait aux vaches
du lait bleu et leur faisait porter la queue comme celle
du compagnon de St-Antoine[4]. Toujours est-il que ce
vieux gredin avait une grande affection pour cette main,
qui, disait-il, était celle d'un célèbre criminel supplicié
en 1736, pour avoir jeté, la tête la première dans un
puits, sa femme légitime, ce quoi faisant je trouve qu'il
n'avait pas tort, puis pendu au clocher de l'église le curé
qui l'avait marié. — Après ce double exploit, il était allé
courir le monde et dans sa carrière aussi courte que bien
remplie, il avait détroussé douze voyageurs, enfumé
une vingtaine de moines dans leur couvent et fait un
sérail d'un monastère de religieuses. » — « Mais que
vas-tu faire de cette horreur », nous écriâmes-nous. —
« Eh parbleu, j'en ferai mon bouton de sonnette pour
effrayer mes créanciers. » « Mon ami, dit Henri Smith,
un grand Anglais très flegmatique, je crois que cette
main est tout simplement de la viande indienne conser-
vée par le procédé nouveau[5], je te conseille d'en faire du
bouillon. » — « Ne raillez pas, Messieurs, reprit avec le
plus grand sang-froid un étudiant en médecine aux trois
quarts gris, et toi, Pierre, si j'ai un conseil à te donner,
fais enterrer chrétiennement ce débris humain, de
crainte que son propriétaire ne vienne te le redeman-
der ; et puis, elle a peut-être pris de mauvaises habitudes cette main, car tu sais le proverbe : "Qui a tué
tuera." » — « Et qui a bu boira », reprit l'amphitryon,
là-dessus il versa à l'étudiant un grand verre de punch,
l'autre l'avala d'un seul trait et tomba ivre-mort sous la
table. — Cette sortie fut accueillie par des rires formi-
dables, et Pierre élevant son verre et saluant la main :
« Je bois, dit-il, à la prochaine visite de ton maître. » —
Puis on parla d'autre chose et chacun rentra chez soi.
    Le lendemain, comme je passais devant sa porte,
j'entrai chez lui, il était environ 2 heures, je le trouvai
lisant et fumant. « Eh bien comment vas-tu », lui
dis-je. — « Très bien » me répondit-il. — « Et ta
main ? » — « Ma main tu as dû la voir à ma sonnette où
je l'ai mise hier soir en rentrant, mais à ce propos

figure-toi qu'un imbécile quelconque, sans doute pour me faire une mauvaise farce, est venu carillonner à ma porte vers minuit, j'ai demandé qui était là mais comme personne ne me répondait, je me suis recouché et rendormi. » — En ce moment on sonna, c'était le propriétaire, personnage grossier et fort impertinent. — Il entra sans saluer. « Monsieur, dit-il à mon ami, je vous prie d'enlever immédiatement la charogne que vous avez pendue à votre cordon de sonnette, sans quoi je me verrai forcé de vous donner congé. » — « Monsieur, reprit Pierre avec beaucoup de gravité, vous insultez une main qui ne le mérite pas, sachez qu'elle a appartenu à un homme fort bien élevé. » Le propriétaire tourna les talons et sortit comme il était entré. Pierre le suivit, décrocha sa main, et l'attacha à la sonnette pendue dans son alcôve. — « Cela vaut mieux, dit-il, cette main, comme le « Frère il faut mourir » des Trappistes, me donnera des pensées sérieuses tous les soirs en m'endormant. » Au bout d'une heure je le quittai et je rentrai à mon domicile.

Je dormis mal la nuit suivante, j'étais agité, nerveux ; plusieurs fois je me réveillai en sursaut, un moment même je me figurai qu'un homme s'était introduit chez moi et je me levai pour regarder dans mes armoires et sous mon lit, enfin, vers 6 heures du matin, comme je commençais à m'assoupir, un coup violent frappé à ma porte me fit sauter du lit ; c'était le domestique de mon ami, à peine vêtu, pâle et tremblant. « Ah Monsieur, s'écria-t-il en sanglotant, mon pauvre maître qu'on a assassiné. » Je m'habillai à la hâte et je courus chez Pierre. La maison était pleine de monde, on discutait, on s'agitait, c'était un mouvement incessant, chacun pérorait, racontait et commentait l'événement de toutes les façons. Je parvins à grand-peine jusqu'à la chambre, la porte était gardée, je me nommai, on me laissa entrer. Quatre agents de la police étaient debout au milieu, un carnet à la main, ils examinaient, se parlaient bas de temps en temps et écrivaient, deux docteurs causaient près du lit sur lequel Pierre était étendu sans connaissance. Il n'était pas mort, mais il avait un aspect

effrayant. Ses yeux démesurément ouverts, ses pru-
nelles dilatées semblaient regarder fixement avec une
indicible épouvante une chose horrible et inconnue, ses
doigts étaient crispés, son corps à partir du menton était
recouvert d'un drap que je soulevai. Il portait au cou les
marques de cinq doigts qui s'étaient profondément
enfoncés dans la chair, quelques gouttes de sang
maculaient sa chemise. En ce moment une chose me
frappa, je regardai par hasard la sonnette de son alcôve,
la main d'écorché n'y était plus. Les médecins l'avaient
sans doute enlevée pour ne point impressionner les
personnes qui entreraient dans la chambre du blessé,
car cette main était vraiment affreuse. — Je ne m'infor-
mai point de ce qu'elle était devenue.

Je coupe maintenant dans un journal du lendemain le
récit du crime avec tous les détails que la police a pu se
procurer. Voici que qu'on y lisait :

« Un attentat horrible a été commis hier sur la
personne d'un jeune homme, M. Pierre B... étudiant
en droit qui appartient à une des meilleures familles de
Normandie. Ce jeune homme était rentré chez lui vers
10 heures du soir, il renvoya son domestique, le sieur
Bouvin, en lui disant qu'il se sentait fatigué et qu'il
allait se mettre au lit. Vers minuit, cet homme fut
réveillé tout à coup par la sonnette de son maître qu'on
agitait avec fureur. Il eut peur, alluma une lumière et
attendit, la sonnette se tut environ une minute puis
reprit avec une telle force que le domestique éperdu de
terreur se précipita hors de sa chambre et alla réveiller
le concierge, ce dernier courut avertir la police, et au
bout d'un quart d'heure environ deux agents enfon-
çaient la porte. Un spectacle horrible s'offrit à leurs
yeux, les meubles étaient renversés, tout annonçait
qu'une lutte terrible avait eu lieu entre la victime et le
malfaiteur. Au milieu de la chambre, sur le dos, les
membres raides, la face livide et les yeux effroyablement dilatés, le jeune Pierre B... gisait sans mouvement, il portait au cou les empreintes profondes de cinq
doigts. Le rapport du Docteur Bourdeau appelé immédiatement dit que l'agresseur devait être doué d'une

force prodigieuse et avoir une main extraordinairement maigre et nerveuse, car les doigts qui ont laissé dans le cou comme cinq trous de balles s'étaient presque rejoints à travers les chairs. Rien ne peut faire soupçonner le mobile du crime, ni quel peut en être l'auteur. La justice informe. »

On lisait le lendemain dans le même journal :

« M. Pierre B... la victime de l'effroyable attentat que nous racontions hier, a repris connaissance après deux heures de soins assidus donnés par M. le Docteur Bourdeau. Sa vie n'est pas en danger, mais on craint fortement pour sa raison; on n'a aucune trace du coupable. »

En effet mon pauvre ami était fou, pendant sept mois, j'allais le voir tous les jours à l'hospice où nous l'avions placé, mais il ne recouvra pas une lueur de raison. Dans son délire il lui échappait des paroles étranges, et comme tous les fous, il avait une idée fixe, il se croyait toujours poursuivi par un spectre. Un jour on vint me chercher en toute hâte en me disant qu'il allait plus mal, je le trouvai à l'agonie. Pendant deux heures il resta fort calme, puis tout à coup se dressant sur son lit malgré nos efforts, il s'écria en agitant les bras et comme en proie à une épouvantable terreur : « Prends-la, prends-la. Il m'étrangle, au secours, au secours ! » Il fit deux fois le tour de la chambre en hurlant, puis il tomba mort la face contre terre.

Comme il était orphelin, je fus chargé de conduire son corps au petit village de P... en Normandie où ses parents étaient enterrés. C'est de ce même village qu'il venait, le soir où il nous avait trouvés buvant du punch chez Louis R. et où il nous avait présenté sa main d'écorché. Son corps fut enfermé dans un cercueil de plomb, et quatre jours après, je me promenais tristement avec le vieux curé, qui lui avait donné ses premières leçons, dans le petit cimetière où l'on creusait sa tombe. Il faisait un temps magnifique, le ciel tout bleu ruisselait de lumière; les oiseaux chantaient dans les ronces du talus, où bien des fois, enfants tous deux, nous étions venus manger des mûres. Il me semblait

encore le voir se faufiler le long de la haie et se glisser
par le petit trou que je connaissais bien, là-bas, tout au
bout du terrain où l'on enterre les pauvres ; puis nous
revenions à la maison, les joues et les lèvres noires du
jus des fruits que nous avions mangés ; et je regardai les
ronces, elles étaient couvertes de mûres, machinale-
ment j'en pris une, et je la portai à ma bouche, le curé
avait ouvert son bréviaire et marmottait tout bas ses
oremus, et j'entendais au bout de l'allée la bêche des
fossoyeurs qui creusaient la tombe. Tout à coup ils nous
appelèrent, le curé ferma son livre et nous allâmes voir
ce qu'ils nous voulaient. Ils avaient trouvé un cercueil,
d'un coup de pioche ils firent sauter le couvercle, et
nous aperçûmes un squelette démesurément long, couché sur le dos, qui de son œil creux semblait encore
nous regarder et nous défier ; j'éprouvai un malaise, je
ne sais pourquoi, j'eus presque peur. « Tiens, s'écria
un des hommes, regardez donc, le gredin a un poignet
coupé, voilà sa main. » Et il ramassa à côté du corps,
une grande main desséchée qu'il nous présenta. « Dis
donc, fit l'autre en riant, on dirait qu'il te regarde et
qu'il va te sauter à la gorge pour que tu lui rendes sa
main. » « Allons mes amis, dit le curé, laissez les morts
en paix et refermez ce cercueil, nous creuserons autre
part la tombe de ce pauvre Monsieur Pierre. »

Le lendemain tout était fini et je reprenais la route de
Paris après avoir laissé 50 Fr. au vieux curé pour dire
des messes pour le repos de l'âme de celui dont nous
avions ainsi troublé la sépulture.

LE DOCTEUR HÉRACLIUS GLOSS[1]

I

CE QU'ÉTAIT, AU MORAL,
LE DOCTEUR HÉRACLIUS GLOSS

C'était un très savant homme que le docteur Héraclius Gloss. Quoique jamais le plus petit opuscule signé de lui n'eût paru chez les libraires de la ville, tous les habitants de la docte cité de Balançon[2] regardaient le docteur Héraclius comme un homme très savant.

Comment et en quoi était-il docteur? Nul n'eût pu le dire. On savait seulement que son père et son grand-père avaient été appelés docteurs par leurs concitoyens. Il avait hérité de leur titre en même temps que de leur nom et de leurs biens; dans sa famille on était docteur de père en fils, comme, de père en fils, on s'appelait Héraclius Gloss.

Du reste, s'il ne possédait point de diplôme signé et contresigné par tous les membres de quelque illustre faculté, le docteur Héraclius n'en était pas moins pour cela un très digne et très savant homme. Il suffisait de voir les quarante rayons chargés de livres qui couvraient les quatre panneaux de son vaste cabinet, pour être bien convaincu que jamais docteur plus érudit n'avait honoré la cité balançonnaise. Enfin, chaque fois qu'il était question de sa personne devant M. le Doyen ou M. le Recteur, on les voyait toujours sourire avec mystère. On rapporte même qu'un jour M. le Recteur avait fait de lui un grand éloge en latin devant Mgr l'Archevêque; le témoin qui racontait cela citait d'ailleurs comme preuve irrécusable ces quelques mots qu'il avait entendus :

« *Parturiunt montes, nascitur ridiculus mus*[3]. »

De plus, M. le Doyen et M. le Recteur dînaient chez lui tous les dimanches; aussi personne n'eût osé mettre en doute que le docteur Héraclius Gloss ne fût un très savant homme.

II

CE QU'ÉTAIT, AU PHYSIQUE, LE DOCTEUR HÉRACLIUS GLOSS

S'il est vrai, comme certains philosophes le prétendent, qu'il y ait une harmonie parfaite entre le moral et le physique d'un homme, et qu'on puisse lire sur les lignes du visage les principaux traits du caractère, le docteur Héraclius n'était pas fait pour donner un démenti à cette assertion. Il était petit, vif et nerveux. Il y avait en lui du rat, de la fouine et du basset, c'est-à-dire qu'il était de la famille des chercheurs, des rongeurs, des chasseurs et des infatigables. A le voir, on ne concevait pas que toutes les doctrines qu'il avait étudiées pussent entrer dans cette petite tête, mais on s'imaginait bien plutôt qu'il devait, lui-même, pénétrer dans la science, et y vivre en la grignotant comme un rat dans un gros livre. Ce qu'il avait surtout de singulier, c'était l'extraordinaire minceur de sa personne ; son ami le doyen prétendait, peut-être non sans raison, qu'il avait dû être oublié, pendant plusieurs siècles, entre les feuillets d'un in-folio, à côté d'une rose et d'une violette, car il était toujours très coquet et très parfumé. Sa figure surtout était tellement en lame de rasoir que les branches de ses lunettes d'or, dépassant démesurément ses tempes, faisaient assez l'effet d'une grande vergue sur le mât d'un navire. « S'il n'eût été le savant docteur Héraclius, disait parfois M. le Recteur de la faculté de Balançon, il aurait fait certainement un excellent couteau à papier. »

Il portait perruque, s'habillait avec soin, n'était jamais malade, aimait les bêtes, ne détestait pas les hommes et idolâtrait les brochettes de cailles.

III

A QUOI LE DOCTEUR HÉRACLIUS
EMPLOYAIT
LES DOUZE HEURES DU JOUR

A peine le docteur était-il levé, savonné, rasé et lesté d'un petit pain au beurre trempé dans une tasse de chocolat à la vanille, qu'il descendait à son jardin. Jardin peu vaste comme tous ceux des villes, mais agréable, ombragé, fleuri, silencieux, je dirais réfléchi, si j'osais. Enfin qu'on se figure ce que doit être le jardin idéal d'un philosophe à la recherche de la vérité, et on ne sera pas loin de connaître celui dont le docteur Héraclius Gloss faisait trois ou quatre fois le tour au pas accéléré, avant de s'abandonner aux quotidiennes brochettes de cailles du second déjeuner. Ce petit exercice, disait-il, était excellent au saut du lit ; il ranimait la circulation du sang, engourdie par le sommeil, chassait les humeurs du cerveau et préparait les voies digestives.

Après cela le docteur déjeunait. Puis, aussitôt son

café pris, et il le buvait d'un trait, ne s'abandonnant jamais aux somnolences des digestions commencées à table, il endossait sa grande redingote et s'en allait. Et chaque jour, après avoir passé devant la faculté, et comparé l'heure de son oignon Louis XV à celle du hautain cadran de l'horloge universitaire, il disparaissait dans la ruelle des Vieux Pigeons dont il ne sortait que pour rentrer dîner.

Que faisait donc le docteur Héraclius Gloss dans la ruelle des Vieux Pigeons? Ce qu'il y faisait, bon Dieu!... il y cherchait la vérité philosophique — et voici comment.

Dans cette petite ruelle, obscure et sale, tous les bouquinistes de Balançon s'étaient donné rendez-vous. Il eût fallu des années pour lire seulement les titres de tous les ouvrages inattendus, entassés de la cave au grenier dans les cinquante baraques qui formaient la ruelle des Vieux Pigeons.

Le docteur Héraclius Gloss regardait ruelle, maisons, bouquinistes et bouquins comme sa propriété particulière.

Il était arrivé souvent que certain marchand de bric-à-brac, au moment de se mettre au lit, avait entendu quelque bruit dans son grenier, et montant à pas de loup, armé d'une gigantesque flamberge des temps passés, il avait trouvé... le docteur Héraclius Gloss — enseveli jusqu'à mi-corps dans des piles de bouquins, tenant d'une main un reste de chandelle qui lui fondait entre les doigts, et de l'autre feuilletant un antique manuscrit d'où il espérait peut-être faire jaillir la vérité. Et le pauvre docteur était bien surpris, en apprenant que la cloche du beffroi avait sonné neuf heures depuis longtemps et qu'il mangerait un détestable dîner.

C'est qu'il cherchait sérieusement, le docteur Héraclius! Il connaissait à fond toutes les philosophies anciennes et modernes; il avait étudié les sectes de l'Inde et les religions des nègres d'Afrique; il n'était si mince peuplade parmi les barbares du Nord ou les sauvages du Sud dont il n'eût sondé les croyances! Hélas! Hélas! plus il étudiait, cherchait, furetait, médi-

tait, plus il était indécis : « Mon ami, disait-il un soir à
M. le Recteur, combien sont plus heureux que nous les
Colomb qui se lancent à travers les mers à la recherche
d'un nouveau monde ; ils n'ont qu'à aller devant eux.
Les difficultés qui les arrêtent, ne viennent que d'obs-
tacles matériels qu'un homme hardi franchit toujours ;
tandis que nous, ballottés sans cesse sur l'océan des
incertitudes, entraînés brusquement par une hypothèse
comme un navire par l'aquilon, nous rencontrons tout à
coup, ainsi qu'un vent contraire, une doctrine opposée,
qui nous ramène, sans espoir, au port dont nous étions
sortis. »

Une nuit qu'il philosophait avec M. le Doyen, il lui
dit : « Comme on a raison, mon ami, de prétendre que
la vérité habite dans un puits... Les seaux descendent
tour à tour pour la pêcher et ne rapportent jamais que
de l'eau claire... Je vous laisse deviner, ajouta-t-il
finement, comment j'écris le mot *Sots*. »

C'est le seul calembour qu'on l'ait jamais entendu
faire.

IV

A QUOI LE DOCTEUR HÉRACLIUS
EMPLOYAIT
LES DOUZE HEURES DE LA NUIT

Quand le docteur Héraclius rentrait chez lui, le soir,
il était généralement beaucoup plus gros qu'au moment
où il sortait. C'est qu'alors chacune de ses poches, et il
en avait dix-huit, était bourrée des antiques bouquins
philosophiques qu'il venait d'acheter dans la ruelle des
Vieux Pigeons ; et le facétieux recteur prétendait que, si
un chimiste l'eût analysé à ce moment, il aurait trouvé
que le vieux papier entrait pour deux tiers dans la
composition du docteur.

A sept heures, Héraclius Gloss se mettait à table, et

tout en mangeant, parcourait les vieux livres dont il venait de se rendre acquéreur.

A huit heures et demie le docteur se levait magistralement, ce n'était plus alors l'alerte et sémillant petit homme qu'il avait été tout le jour, mais le grave penseur dont le front plie sous le poids de hautes méditations, comme un portefaix sous un fardeau trop lourd. Après avoir lancé à sa gouvernante un majestueux « je n'y suis pour personne » il disparaissait dans son cabinet. Une fois là, il s'asseyait devant sa table de travail encombrée de livres et... il songeait. Quel étrange spectacle pour celui qui eût pu voir alors dans la pensée du docteur!!... Défilé monstrueux des Divinités les plus contraires et des croyances les plus disparates, entrecroisement fantastique de doctrines et d'hypothèses. C'était comme une arène où les champions de toutes les philosophies se heurtaient dans un tournoi gigantesque. Il amalgamait, combinait, mélangeait le vieux spiritualisme oriental avec le matérialisme allemand, la morale des Apôtres avec celle d'Épicure[4]. Il tentait des combinaisons de doctrines comme on essaye dans un laboratoire des combinaisons chimiques, mais sans jamais voir bouillonner à la surface la vérité tant désirée — et son bon ami le recteur soutenait que cette vérité philosophique éternellement attendue, ressemblait beaucoup à une pierre philosophale... d'achoppement.

A minuit le docteur se couchait — et les rêves de son sommeil étaient les mêmes que ceux de ses veilles.

V

COMME QUOI M. LE DOYEN ATTENDAIT TOUT
DE L'ÉCLECTISME, LE DOCTEUR DE LA RÉVÉLATION
ET M. LE RECTEUR DE LA DIGESTION

Un soir que M. le Doyen, M. le Recteur et lui étaient réunis dans son vaste cabinet, ils eurent une discussion des plus intéressantes.

« Mon ami, disait le doyen, il faut être éclectique et épicurien. Choisissez ce qui est bon, rejetez ce qui est mauvais. La philosophie est un vaste jardin qui s'étend sur toute la terre. Cueillez les fleurs éclatantes de l'Orient, les pâles floraisons du Nord, les violettes des champs et les roses des jardins, faites-en un bouquet et sentez-le. Si son parfum n'est pas le plus exquis qu'on puisse rêver, il sera du moins fort agréable, et plus suave mille fois que celui d'une fleur unique — fût-elle la plus odorante du monde[5]. — Plus varié certes, reprit le docteur, mais plus suave non, si vous arrivez à trouver la fleur qui réunit et concentre en elle tous les parfums des autres. Car, dans votre bouquet, vous ne pourrez empêcher certaines odeurs de se nuire, et, en philosophie, certaines croyances de se contrarier. Le vrai est un — et avec votre éclectisme vous n'obtiendrez jamais qu'une vérité de pièces et de morceaux. Moi aussi j'ai été éclectique, maintenant je suis exclusif. Ce que je veux, ce n'est pas un à-peu-près de rencontre, mais la vérité absolue. Tout homme intelligent en a, je crois, le pressentiment, et le jour où il la trouvera sur sa route il s'écriera : "la voilà". Il en est de même pour la beauté ; ainsi moi, jusqu'à vingt-cinq ans je n'ai pas aimé ; j'avais aperçu bien des femmes jolies, mais elles ne me disaient rien — pour composer l'être idéal que j'entrevoyais, il aurait fallu leur prendre quelque chose à chacune, et encore cela eût ressemblé au bouquet dont vous parliez tout à l'heure, on n'aurait pas obtenu de cette façon la beauté parfaite qui est indécomposable, comme l'or et la vérité. Un jour enfin, j'ai rencontré cette femme, j'ai compris que c'était elle — et je l'ai aimée. » Le docteur un peu ému se tut, et M. le Recteur sourit finement en regardant M. le Doyen. Au bout d'un moment Héraclius Gloss continua : « C'est de la révélation que nous devons tout attendre. C'est la révélation qui a illuminé l'apôtre Paul sur le chemin de Damas et lui a donné la foi chrétienne[6]... — ... qui n'est pas la vraie, interrompit en riant le recteur, puisque vous n'y croyez pas — par conséquent la révélation n'est pas plus sûre que l'éclectisme. — Pardon mon ami, reprit le docteur, Paul n'était pas un philosophe, il a eu une révélation d'à-peu-près. Son esprit n'aurait pu saisir la vérité absolue qui est abstraite. Mais la philosophie a marché depuis, et le jour où une circonstance quelconque, un livre, un mot peut-être, la révélera à un homme assez éclairé pour la comprendre, elle l'illuminera tout à coup, et toutes les superstitions s'effaceront devant elle comme les étoiles au lever du soleil. — Amen, dit le recteur, mais le lendemain vous aurez un second illuminé, un troisième le surlendemain, et ils se jetteront mutuellement à la tête leurs révélations, qui, heureusement, ne sont pas des armes fort dangereuses. — Mais vous ne croyez donc à rien ? » s'écria le docteur qui commençait à se fâcher. « Je crois à la Digestion, répondit gravement le recteur. J'avale indifféremment toutes les croyances, tous les dogmes, toutes les morales, toutes les superstitions, toutes les hypothèses, toutes les illusions, de même que, dans un bon dîner, je mange avec un plaisir égal, potage, hors-d'œuvre, rôtis, légumes, entremets et dessert, après quoi je m'étends philosophiquement dans mon lit, certain que ma tranquille digestion m'apportera un sommeil agréable pour la nuit, la vie et la santé pour le lendemain. — Si vous m'en croyez, se hâta de dire le doyen, nous ne pousserons pas plus loin la comparaison. »

Une heure après comme ils sortaient de la maison du savant Héraclius, le recteur se mit à rire tout à coup et dit : « Ce pauvre docteur! si la vérité lui apparaît comme la femme aimée, il sera bien l'homme le plus trompé que la terre ait jamais porté. » Et un ivrogne qui s'efforçait de rentrer chez lui se laissa tomber d'épouvante en entendant le rire puissant du doyen qui accompagnait en basse profonde le fausset aigu du recteur.

VI

COMME QUOI LE CHEMIN DE DAMAS DU DOCTEUR
SE TROUVA ÊTRE LA RUELLE DES VIEUX PIGEONS,
ET COMMENT LA VÉRITÉ L'ILLUMINA
SOUS LA FORME D'UN MANUSCRIT
MÉTEMPSYCOSISTE

Le 17 mars de l'an de grâce dix-sept cent — et tant — le docteur s'éveilla tout enfiévré. Pendant la nuit, il avait vu plusieurs fois en rêve un grand homme blanc, habillé à l'antique qui lui touchait le front du doigt, en prononçant des paroles inintelligibles, et ce songe avait paru au savant Héraclius un avertissement très significatif. De quoi était-ce un avertissement?... et en quoi était-il significatif?... le docteur ne le savait pas au juste, mais néanmoins il attendait quelque chose.

Après son déjeuner il se rendit comme de coutume dans la ruelle des Vieux Pigeons, et entra, comme midi sonnait, au n° 31, chez Nicolas Bricolet, costumier, marchand de meubles antiques, bouquiniste et réparateur de chaussures anciennes, c'est-à-dire savetier, à ses moments perdus. Le docteur comme mû par une inspiration monta immédiatement au grenier, mit la main sur le troisième rayon d'une armoire Louis XIII et en retira un volumineux manuscrit en parchemin intitulé :

MES DIX-HUIT MÉTEMPSYCOSES.
HISTOIRE DE MES EXISTENCES DEPUIS L'AN 184
DE L'ÈRE APPELÉE CHRÉTIENNE.

Immédiatement après ce titre singulier, se trouvait l'introduction suivante qu'Héraclius Gloss déchiffra incontinent :

« Ce manuscrit qui contient le récit fidèle de mes

transmigration a été commencé par moi dans la cité romaine en l'an CLXXXIV de l'ère chrétienne, comme il est dit ci-dessus.

« Je signe cette explication destinée à éclairer les humains sur les alternances des réapparitions de l'âme, ce jourd'hui, 16 avril 1748, en la ville de Balançon où m'ont jeté les vicissitudes de mon destin.

« Il suffira à tout homme éclairé et préoccupé des problèmes philosophiques de jeter les yeux sur ces pages pour que la lumière se fasse en lui de la façon la plus éclatante.

« Je vais, pour cela, résumer, en quelques lignes la substance de mon histoire qu'on pourra lire plus bas pour peu qu'on sache le latin, le grec, l'allemand, l'italien, l'espagnol et le français ; car, à des époques différentes de mes réapparitions humaines, j'ai vécu chez ces peuples divers. Puis j'expliquerai par quel enchaînement d'idées, quelles précautions psychologiques et quels moyens mnémotechniques, je suis arrivé infailliblement à des conclusions métempsycosistes.

« En l'an 184, j'habitais Rome et j'étais philosophe. Comme je me promenais un jour sur la voie Appienne, il me vint à la pensée que Pythagore pouvait avoir été comme l'aube encore indécise d'un grand jour près de naître[7]. A partir de ce moment je n'eus plus qu'un désir, qu'un but, qu'une préoccupation constante : me souvenir de mon passé. Hélas ! tous mes efforts furent vains, il ne me revenait rien des existences antérieures.

« Or un jour je vis par hasard sur le socle d'une statue de Jupiter placée dans mon atrium, quelques traits que j'avais gravés dans ma jeunesse et qui me rappelèrent tout à coup un événement depuis longtemps oublié. Ce fut comme un rayon de lumière ; et je compris que si quelques années, parfois même une nuit, suffisent pour effacer un souvenir, à plus forte raison les choses accomplies dans les existences antérieures, et sur lesquelles a passé la grande somnolence des vies intermédiaires et animales, doivent disparaître de notre mémoire.

« Alors je gravai mon histoire sur des tablettes de pierre, espérant que le destin me la remettrait peut-être un jour sous les yeux, et qu'elle serait pour moi comme l'écriture retrouvée sur le socle de ma statue.

« Ce que j'avais désiré se réalisa. Un siècle plus tard, comme j'étais architecte, on me chargea de démolir une vieille maison pour bâtir un palais à la place qu'elle avait occupée.

« Les ouvriers que je dirigeais m'apportèrent un jour une pierre brisée couverte d'écriture qu'ils avaient trouvée en creusant les fondations. Je me mis à la déchiffrer — et tout en lisant la vie de celui qui avait tracé ces signes, il me revenait par instant comme des lueurs rapides d'un passé oublié. Peu à peu le jour se fit dans mon âme, je compris, je me souvins. Cette pierre, c'était moi qui l'avais gravée !

« Mais pendant cet intervalle d'un siècle qu'avais-je fait ? qu'avais-je été ? sous quelle forme avais-je souffert ? rien ne pouvait me l'apprendre.

« Un jour pourtant j'eus un indice, mais si faible et si nébuleux que je n'oserais l'invoquer. Un vieillard qui était mon voisin me raconta qu'on avait beaucoup ri dans Rome, cinquante ans auparavant (juste neuf mois avant ma naissance) d'une aventure arrivée au sénateur Marcus Antonius Cornélius Lipa. Sa femme, qui était jolie, et très perverse, dit-on, avait acheté à des marchands phéniciens un grand singe qu'elle aimait beaucoup. Le sénateur Cornélius Lipa fut jaloux de l'affection de sa moitié pour ce quadrumane à visage d'homme et le tua. J'eus en écoutant cette histoire une perception très vague que ce singe-là, c'était moi, que sous cette forme j'avais longtemps souffert comme du souvenir d'une déchéance. Mais je ne retrouvai rien de bien clair et de bien précis. Cependant je fus amené à établir cette hypothèse qui est du moins fort vraisemblable.

« La forme animale est une pénitence imposée à l'âme pour les crimes commis sous la forme humaine. Le souvenir des existences supérieures est donné à la bête pour la châtier par le sentiment de sa déchéance.

« L'âme purifiée par la souffrance peut seule reprendre la forme humaine, elle perd alors la mémoire des périodes animales qu'elle a traversées puisqu'elle est régénérée et que cette connaissance serait pour elle une souffrance imméritée. Par conséquent l'homme doit protéger et respecter la bête comme on respecte un coupable qui expie et pour que d'autres le protègent à son tour quand il réapparaîtra sous cette forme. Ce qui revient à peu de chose près à cette formule de la morale chrétienne : « Ne fais pas à autrui ce que tu ne voudrais pas qu'on te fît. »

« On verra par le récit de mes métempsycoses comment j'eus le bonheur de retrouver mes mémoires dans chacune de mes existences ; comment je transcrivis de nouveau cette histoire sur des tablettes d'airain, puis sur du papyrus d'Égypte, et enfin beaucoup plus tard sur le parchemin allemand dont je me sers encore aujourd'hui.

« Il me reste à tirer la conclusion philosophique de cette doctrine.

« Toutes les philosophies se sont arrêtées devant l'insoluble problème de la destinée de l'âme. Les dogmes chrétiens qui prévalent aujourd'hui enseignent que Dieu réunira les justes dans un paradis, et enverra les méchants en enfer où ils brûleront avec le diable.

« Mais le bon sens moderne ne croit plus au Dieu à visage de patriarche abritant sous ses ailes les âmes des bons comme une poule ses poussins ; et de plus la raison contredit les dogmes chrétiens.

« Car le paradis ne peut être nulle part et l'enfer nulle part :

« Puisque l'espace illimité est peuplé par des mondes semblables au nôtre ;

« Puisqu'en multipliant les générations qui se sont succédé depuis le commencement de cette terre par celles qui ont pullulé sur les mondes innombrables habités comme le nôtre, on arriverait à un nombre d'âmes tellement surnaturel et impossible, le multiplicateur étant infini, que Dieu infailliblement en perdrait la tête, quelque solide qu'elle fût, et le Diable serait dans le même cas, ce qui amènerait une perturbation fâcheuse ;

« Puisque, le nombre des âmes des justes étant infini, comme le nombre des âmes des méchants et comme l'espace, il faudrait un paradis infini et un enfer infini, ce qui revient à ceci : que le paradis serait partout, et l'enfer partout, c'est-à-dire nulle part.

« Or la raison ne contredit pas la croyance métempsycosiste :

« L'âme passant du serpent au pourceau, du pourceau à l'oiseau, de l'oiseau au chien, arrive enfin au singe et à l'homme. Puis toujours elle recommence à chaque faute nouvelle commise, jusqu'au moment où elle atteint la somme de la purification terrestre qui la fait émigrer dans un monde supérieur. Ainsi elle passe sans cesse de bête en bête et de sphère en sphère, allant du plus imparfait au plus parfait pour arriver enfin dans la planète du bonheur suprême d'où une nouvelle faute peut de nouveau la précipiter dans les régions de la suprême souffrance où elle recommence ses transmigrations.

« Le cercle, figure universelle et fatale, enferme donc les vicissitudes de nos existences de même qu'il gouverne les évolutions des mondes. »

VII

COMME QUOI L'ON PEUT INTERPRÉTER DE DEUX MANIÈRES UN VERS DE CORNEILLE

A peine le docteur Héraclius eut-il terminé la lecture de cet étrange document qu'il demeura roide de stupéfaction — puis il l'acheta sans marchander, moyennant la somme de douze livres onze sous, le bouquiniste le faisant passer pour un manuscrit hébreu retrouvé dans les fouilles de Pompéi.

Pendant quatre jours et quatre nuits, le docteur ne quitta pas son cabinet, et il parvint, à force de patience et de dictionnaires, à déchiffrer, tant bien que mal, les périodes allemande et espagnole du manuscrit ; car s'il savait le grec, la latin et un peu l'italien, il ignorait presque totalement l'allemand et l'espagnol. Enfin, craignant d'être tombé dans les contresens les plus grossiers, il pria son ami le recteur, qui possédait à fond ces deux langues, de vouloir bien relire sa traduction. Ce dernier le fit avec grand plaisir ; mais il reste trois jours entiers avant de pouvoir entreprendre sérieusement son travail, étant envahi, chaque fois qu'il parcourait la version du docteur, par un rire si long et si violent, que deux fois il en eut presque des syncopes. Comme on lui demandait la cause de cette hilarité extraordinaire : « La cause ? répondit-il, d'abord il y en a trois : 1° la figure désopilée de mon excellent confrère Héraclius ; 2° sa traduction désopilante qui ressemble au texte approximativement comme une guitare à un moulin à vent ; et, 3° enfin, le texte lui-même qui est bien la chose la plus drôle qu'il soit possible d'imaginer. »

O recteur obstiné ! rien ne put le convaincre. Le soleil serait venu, en personne, lui brûler la barbe et les cheveux qu'il l'aurait pris pour une chandelle !

Quant au docteur Héraclius Gloss, je n'ai pas besoin de dire qu'il était rayonnant, illuminé, transformé — il répétait à tout moment comme Pauline :

« Je vois, je sens, je crois, je suis désabusé[8] »

et, chaque fois, le recteur l'interrompait pour faire remarquer que désabusé devait s'écrire en deux mots avec un *s* à la fin :

« Je vois, je sens, je crois, je suis *des abusés*. »

VIII

COMME QUOI, POUR LA MÊME RAISON
QU'ON PEUT ÊTRE PLUS ROYALISTE QUE LE ROI
ET PLUS DÉVOT QUE LE PAPE,
ON PEUT ÉGALEMENT DEVENIR
PLUS MÉTEMPSYCOSISTE QUE PYTHAGORE

Quelle que soit la joie du naufragé qui, après avoir erré pendant de longs jours et de longues nuits par la mer immense, perdu sur un radeau fragile, sans mât, sans voile, sans boussole et sans espérance, aperçoit tout à coup le rivage tant désiré, cette joie n'était rien auprès de celle qui inonda le docteur Héraclius Gloss, lorsque après avoir été si longtemps ballotté par la houle des philosophies, sur le radeau des incertitudes, il entra enfin triomphant et illuminé dans le port de la métempsycose.

La vérité de cette doctrine l'avait frappé si fortement qu'il l'embrassa d'un seul coup jusque dans ses conséquences les plus extrêmes. Rien n'y était obscur pour lui, et, en quelques jours, à force de méditations et de calculs, il en était arrivé à fixer l'époque exacte à laquelle un homme, mort en telle année, réapparaîtrait sur la terre. Il savait, à peu de chose près, la date de toutes les transmigrations d'une âme dans les êtres inférieurs, et, selon la somme présumée du bien ou du mal accompli dans la dernière période de vie humaine, il pouvait assigner le moment où cette âme entrerait dans le corps d'un serpent, d'un porc, d'un cheval de fatigue, d'un bœuf, d'un chien, d'un éléphant ou d'un singe. Les réapparitions d'une même âme dans son enveloppe supérieure se succédaient à intervalles réguliers, quelles qu'eussent été ses fautes antérieures.

Ainsi, le degré de punition, toujours proportionné au degré de culpabilité, consistait, non point dans la durée

plus ou moins longue de l'exil sous des formes animales, mais dans le séjour plus ou moins prolongé que
faisait cette âme dans la peau d'une bête immonde.
L'échelle des bêtes commençait aux degrés inférieurs
par le serpent ou le pourceau pour finir par le singe
« qui est un homme privé de la parole » disait le
docteur ; — à quoi son excellent ami le recteur répondait toujours qu'en vertu du même raisonnement Héraclius Gloss n'était pas autre chose qu'un singe doué de
la parole.

IX

MÉDAILLES ET REVERS

Le docteur Héraclius fut bien heureux pendant les
quelques jours qui suivirent sa surprenante découverte.
Il vivait dans une jubilation profonde — il était plein du
rayonnement des difficultés vaincues, des mystères
dévoilés, des grandes espérances réalisées. La métempsycose l'environnait comme un ciel. Il lui semblait
qu'un voile se fût déchiré tout à coup et que ses yeux se
fussent ouverts aux choses inconnues.

Il faisait asseoir son chien à table à ses côtés, il avait
avec lui de graves tête-à-tête au coin du feu — cherchant à surprendre dans l'œil de l'innocente bête le
mystère des existences précédentes.

Il voyait pourtant deux points noirs dans sa félicité :
c'étaient M. le Doyen et M. le Recteur.

Le doyen haussait les épaules avec fureur toutes les
fois qu'Héraclius essayait de le convertir à la doctrine
métempsycosiste, et le recteur le harcelait des plaisanteries les plus déplacées. Cela surtout était intolérable.
Sitôt que le docteur développait sa croyance, le sata-
nique recteur abondait dans son sens ; il contrefaisait
l'adepte qui écoute la parole d'un grand apôtre, et il
imaginait pour toutes les personnes de leur entourage

les généalogies animales les plus invraisemblables :
« Ainsi, disait-il, le père Labonde, sonneur de la cathédrale, dès sa première transmigration, n'avait pas dû
être autre chose qu'un melon », — et depuis il avait du
reste fort peu changé, se contentant de faire tinter matin
et soir la cloche sous laquelle il avait grandi. Il prétendait que l'abbé Rosencroix, le premier vicaire de
Sainte-Eulalie, avait été indubitablement une corneille
qui abat des noix, car il en avait conservé la robe et les
attributions. Puis, intervertissant les rôles de la façon la
plus déplorable, il affirmait que Maître Bocaille, le
pharmacien, n'était qu'un ibis dégénéré, puisqu'il était
contraint de se servir d'un instrument pour infiltrer ce
remède si simple que, suivant Hérodote, l'oiseau sacré
s'administrait lui-même avec l'unique secours de son
bec allongé[9].

X

COMME QUOI UN SALTIMBANQUE PEUT ÊTRE PLUS
RUSÉ
QU'UN SAVANT DOCTEUR

Le docteur Héraclius continua néanmoins sans se
décourager la série de ses découvertes. Tout animal
avait pour lui désormais une signification mystérieuse :
il cessait de voir la bête pour ne contempler que
l'homme qui se purifiait sous cette enveloppe, et il
devinait les fautes passées au seul aspect de la peau
expiatoire.

Un jour qu'il se promenait sur la place de Balançon,
il aperçut une grande baraque en bois d'où sortaient des
hurlements terribles, tandis que sur l'estrade un pail-
lasse désarticulé invitait la foule à venir voir travailler le
terrible dompteur apache Tomahawk ou le Tonnerre
Grondant. Héraclius se sentit ému, il paya les dix
centimes demandés et entra. O Fortune protectrice des

grands esprits!! A peine eut-il pénétré dans cette baraque qu'il aperçut une cage énorme sur laquelle étaient écrits ces trois mots qui flamboyèrent soudain devant ses yeux éblouis : « Homme des bois ». Le docteur ressentit tout à coup le tremblement nerveux des grandes secousses morales et, flageolant d'émotion, il s'approcha. Il vit alors un singe gigantesque tranquillement assis sur son derrière, les jambes croisées à la façon des tailleurs et des Turcs, et, devant ce superbe échantillon de l'homme à sa dernière transmigration, Héraclius Gloss, pâle de joie, s'abîma dans une méditation puissante. Au bout de quelques minutes, l'homme des bois, devinant sans doute l'irrésistible sympathie subitement éclose dans le cœur de l'homme des cités qui le regardait obstinément, se mit à faire à son frère régénéré une si épouvantable grimace que le docteur sentit ses cheveux se dresser sur sa tête. Puis, après avoir exécuté une voltige fantastique, absolument incompatible avec la dignité d'un homme, même absolument déchu, le citoyen aux quatre mains se livra à l'hilarité la plus inconvenante à la barbe du docteur. Ce dernier cependant ne trouva point choquante la gaieté de cette victime d'erreurs anciennes; il y vit au contraire une similitude de plus avec l'espèce humaine, une probabilité plus grande de parenté, et sa curiosité scientifique devint tellement violente qu'il résolut d'acheter à tout prix ce maître grimacier pour l'étudier à loisir. Quel honneur pour lui! quel triomphe pour la grande doctrine! s'il parvenait enfin à se mettre en rapport avec la partie animale de l'humanité, à comprendre ce pauvre singe et à se faire entendre de lui.

Naturellement le maître de la ménagerie lui fit le plus grand éloge de son pensionnaire; c'était bien l'animal le plus intelligent, le plus doux, le plus gentil, le plus aimable qu'il eût vu dans sa longue carrière de montreur d'animaux féroces; et, pour appuyer son dire, il s'approcha des barreaux et y introduisit sa main que le singe mordit aussitôt par manière de plaisanterie. Naturellement encore, il en demanda un prix fabuleux qu'Héraclius paya sans marchander. Puis, précédé de deux portefaix pliés sous l'énorme cage, le docteur triomphant se dirigea vers son domicile.

XI

OÙ IL EST DÉMONTRÉ QU'HÉRACLIUS GLOSS
N'ÉTAIT POINT EXEMPT
DE TOUTES LES FAIBLESSES DU SEXE FORT

Mais plus il approchait de sa maison, plus il ralentissait sa marche, car il agitait dans son esprit un problème bien autrement difficile encore que celui de la vérité philosophique ; et ce problème se formulait ainsi pour l'infortuné docteur : « Au moyen de quel subterfuge pourrai-je cacher à ma bonne Honorine l'introduction sous mon toit de cette ébauche humaine ? » Ah, c'est que le pauvre Héraclius qui affrontait intrépidement les redoutables haussements d'épaules de M. le Doyen et les plaisanteries terribles de M. le Recteur, était loin d'être aussi brave devant les explosions de la bonne Honorine. Pourquoi donc le docteur craignait-il si fort cette petite femme encore fraîche et gentille qui paraissait si vive et si dévouée aux intérêts de son maître ? Pourquoi ? Demandez pourquoi Hercule filait aux pieds d'Omphale, pourquoi Samson laissa Dalila lui ravir sa force et son courage, qui résidaient dans ses cheveux, à ce que nous apprend la Bible[10].

Hélas ! un jour que le docteur promenait dans les champs le désespoir d'une grande passion trahie (car ce n'était pas sans raison que M. le Doyen et M. le Recteur s'étaient si fort amusés aux dépens d'Héraclius certain soir qu'ils rentraient chez eux), il rencontra un coin d'une haie, une petite fille gardant des moutons. Le savant homme qui n'avait pas toujours exclusivement cherché la vérité philosophique et qui d'ailleurs ne soupçonnait pas encore le grand mystère de la métempsycose, au lieu de ne s'occuper que des brebis, comme il l'eût fait certainement, s'il avait su ce qu'il ignorait, hélas! se mit à causer avec celle qui les gardait. Il la prit bientôt à son service et une première faiblesse autorisa les suivantes. Ce fut lui qui devint en peu de temps le mouton de cette pastourelle, et l'on disait tout bas que si, comme celle de la Bible, cette Dalila rustique avait coupé les cheveux du pauvre homme trop confiant, elle n'avait point, pour cela, privé son front de tout ornement.

Hélas! ce qu'il avait prévu se réalisa et même au-delà de ses appréhensions; à peine eut-elle vu l'habitant des bois, captif dans sa maison de fil de fer, qu'Honorine s'abandonna aux éclats de la fureur la plus déplacée, et, après avoir accablé son maître épouvanté d'une averse d'épithètes fort malsonnantes, elle fit retomber sa colère contre l'hôte inattendu qui lui arrivait. Mais ce dernier, n'ayant pas, sans doute, les mêmes raisons que le docteur pour ménager une gouvernante aussi malapprise, se mit à crier, hurler, trépigner, grincer des dents; il s'accrochait aux barreaux de sa prison avec un si furieux emportement accompagné de gestes tellement indiscrets à l'adresse d'une personne qu'il voyait pour la première fois que celle-ci dut battre en retraite, et aller, comme un guerrier vaincu, s'enfermer dans sa cuisine.

Ainsi, maître du champ de bataille et enchanté du secours inattendu que son intelligent compagnon venait de lui fournir, Héraclius le fit emporter dans son cabinet où il installa la cage et son habitant, devant sa table au coin du feu.

XII

COMME QUOI DOMPTEUR ET DOCTEUR
NE SONT NULLEMENT SYNONYMES

Alors commença un échange de regards des plus significatifs entre les deux individus qui se trouvaient en présence; et chaque jour, pendant une semaine entière, le docteur passa de longues heures à converser au moyen des yeux (du moins le croyait-il) avec l'intéressant sujet qu'il s'était procuré. Mais cela ne suffisait pas ; ce qu'Héraclius voulait, c'était étudier l'animal en liberté, surprendre ses secrets, ses désirs, ses pensées, le laisser aller et venir à sa guise, et par la fréquentation journalière de la vie intime le voir recouvrer les habitudes oubliées, et reconnaître ainsi à des signes certains le souvenir de l'existence précédente. Mais pour cela il fallait que son hôte fût libre, partant que la cage fût ouverte. Or cette entreprise n'était rien moins que rassurante. Le docteur avait beau essayer de l'influence du magnétisme et de celle des gâteaux et des noix, le quadrumane se livrait à des manœuvres inquiétantes pour les yeux d'Héraclius, chaque fois que celui-ci s'approchait un peu trop près des barreaux. Un jour enfin, ne pouvant résister au désir qui le torturait, il s'avança brusquement, tourna la clef dans le cadenas, ouvrit la porte toute grande et, palpitant d'émotion, s'éloigna de quelques pas, attendant l'événement, qui du reste ne se fit pas longtemps attendre.

Le singe étonné hésita d'abord, puis, d'un bond, il fut dehors, d'un autre, sur la table dont, en moins d'une seconde il eut bouleversé les papiers et les livres, puis d'un troisième saut il se trouva dans les bras du docteur, et les témoignages de son affection furent si violents que, si Héraclius n'eût porté perruque, ses derniers cheveux fussent assurément restés entre les doigts de son redoutable frère. Mais si le singe était agile, le docteur ne l'était pas moins : il bondit à droite, puis à gauche, glissa comme une anguille sous la table, franchit les fauteuils comme un lévrier, et, toujours poursuivi, atteignit enfin la porte qu'il ferma brusquement derrière lui ; alors pantelant, comme un cheval de course qui touche au but, il s'appuya contre le mur pour ne pas tomber.

Pendant le reste du jour Héraclius Gloss fut anéantit ; il ressentait en lui comme un écroulement, mais ce qui le préoccupait le plus, c'est qu'il ignorait absolument de quelle façon son hôte imprévoyant et lui-même pour-

raient sortir de leurs positions respectives. Il apporta
une chaise près de la porte infranchissable et se fit un
observatoire du trou de la serrure. Alors il vit, ô
prodige!!! ô félicité inespérée!!! l'heureux vainqueur
étendu dans un fauteuil et qui se chauffait les pieds au
feu. Dans le premier transport de la joie, le docteur
faillit entrer, mais la réflexion l'arrêta, et, comme
illuminé d'une lumière subite, il se dit que la famine
ferait sans doute ce que la douceur n'avait pu faire.
Cette fois l'événement lui donna raison, le singe affamé
capitula; comme au demeurant c'était un bon garçon de
singe, la réconciliation fut complète, et, à partir de ce
jour, le docteur et lui vécurent comme deux vieux amis.

XIII

COMME QUOI LE DOCTEUR HÉRACLIUS GLOSS
SE TROUVA EXACTEMENT DANS LA MÊME POSITION
QUE LE BON ROY HENRI IV,
LEQUEL AYANT OUÏ PLAIDER
DEUX MAISTRES ADVOCATS
ESTIMAIT QUE TOUS DEUX AVAIENT RAISON[11]

Quelque temps après ce jour mémorable, une pluie
violente empêcha le docteur Héraclius de descendre à
son jardin comme il en avait l'habitude. Il s'assit dès le
matin dans son cabinet et se mit à considérer philosophiquement son singe qui, perché sur un secrétaire,
s'amusait à lancer des boulettes de papier au chien
Pythagore étendu devant le foyer. Le docteur étudiait
les gradations et la progression de l'intellect chez ces
hommes déclassés et comparait le degré de subtilité des
deux animaux qui se trouvaient en sa présence. « Chez
le chien, se disait-il, l'instinct domine encore tandis que
chez le singe le raisonnement prévaut. L'un flaire,
écoute, perçoit avec ses merveilleux organes, qui sont
pour moitié dans son intelligence, l'autre combine et

réfléchit. » A ce moment le singe, impatienté de l'indif-
férence et de l'immobilité de son ennemi, qui, couché
tranquillement, la tête sur ses pattes, se contentait de
lever les yeux de temps en temps vers son agresseur si
haut retranché, se décida à venir tenter une reconnais-
sance. Il sauta légèrement de son meuble et s'avança si
doucement, si doucement qu'on n'entendait absolument que le crépitement du feu et le tic-tac de la
pendule qui paraissait faire un bruit énorme dans le
grand silence du cabinet. Puis, par un mouvement
brusque et inattendu, il saisit à deux mains la queue
empanachée de l'infortuné Pythagore. Mais ce dernier,
toujours immobile, avait suivi chaque mouvement du
quadrumane : sa tranquillité n'était qu'un piège pour
attirer à sa portée son adversaire jusque-là inattaquable,
et au moment où maître singe, content de son tour, lui
saisissait l'appendice caudal, il se releva d'un bond et
avant que l'autre eût eu le temps de prendre la fuite, il
avait saisi dans sa forte gueule de chien de chasse, la
partie de son rival qu'on appelle pudiquement gigot
chez les moutons. On ne sait comment la lutte se serait
terminée si Héraclius ne s'était interposé ; mais quand il
eut rétabli la paix, il se demandait en se rasseyant fort
essoufflé, si, tout bien considéré, son chien n'avait pas
montré en cette occasion plus de malice que l'animal
appelé « malin par excellence » ; et il demeura plongé
dans une profonde perplexité.

XIV

COMMENT HÉRACLIUS FUT SUR LE POINT DE MANGER
UNE BROCHETTE DE BELLES DAMES DU TEMPS
PASSÉ[12]

Comme l'heure du déjeuner était arrivée, le docteur
entra dans sa salle à manger, s'assit devant sa table,
introduisit sa serviette dans sa redingote, ouvrit à son

côté le précieux manuscrit, et il allait porter à sa bouche
un petit aileron de caille bien gras et bien parfumé,
lorsque, jetant les yeux sur le livre saint, les quelques
lignes sur lesquelles tomba son regard étincelèrent plus
terriblement devant lui que les trois mots fameux écrits
tout à coup par une main inconnue sur la muraille de la
salle de festin d'un roi célèbre appelé Balthazar[13].

Voici ce que le docteur avait aperçu :

« ... Abstiens-toi donc de toute nourriture ayant eu
vie, car manger de la bête, c'est manger son semblable,
et j'estime aussi coupable celui qui, pénétré de la
grande vérité métempsycosiste, tue et dévore des animaux, qui ne sont autre chose que des hommes sous
leurs formes inférieures, que l'antropophage féroce qui
se repaît de son ennemi vaincu. »

Et sur la table, côte à côte, retenues par une petite
aiguille d'argent, une demi-douzaine de cailles, fraîches
et dodues, exhalaient dans l'air leur appétissante odeur.

Le combat fut terrible entre l'esprit et le ventre,
mais, disons-le à la gloire d'Héraclius, il fut court. Le
pauvre homme, anéanti, craignant de ne pouvoir résister longtemps à cette épouvantable tentation, sonna sa
bonne et ; d'une voix brisée, lui enjoignit d'avoir à
enlever immédiatement ce mets abominable, et de ne
lui servir désormais que des œufs, du lait et des
légumes. Honorine faillit tomber à la renverse en entendant ces surprenantes paroles, elle voulut protester,
mais devant l'œil inflexible de son maître elle se sauva
avec les volatiles condamnés, se consolant néanmoins
par l'agréable pensée que, généralement, ce qui est
perdu pour un n'est pas perdu pour tous.

« Des cailles ! des cailles ! que pouvaient bien avoir
été les cailles dans une autre vie ? » se demandait le
misérable Héraclius en mangeant tristement un
superbe chou-fleur à la crème qui lui parut, ce jour-là,
désastreusement mauvais ; — quel être humain avait pu
être assez élégant, délicat et fin pour passer dans le
corps de ces exquises petites bêtes si coquettes et si
jolies ? — ah, certainement ce ne pouvaient être que les
adorables petites maîtresses des siècles derniers... et le

Docteur pâlit encore en songeant que depuis plus de trente ans il avait dévoré chaque jour à son déjeuner une demi-douzaine de belles dames du temps passé.

XV

COMMENT MONSIEUR LE RECTEUR INTERPRÈTE LES COMMANDEMENTS DE DIEU

Le soir de ce malheureux jour, M. le Doyen et M. le Recteur vinrent causer pendant une heure ou deux dans le cabinet d'Héraclius. Le docteur leur raconta aussitôt l'embarras dans lequel il se trouvait et leur démontra comment les cailles et autres animaux comestibles étaient devenus tout aussi prohibés pour lui que le jambon pour un juif.

M. le Doyen qui, sans doute, avait mal dîné perdit alors toute mesure et blasphéma de si terrible façon que le pauvre docteur qui le respectait beaucoup, tout en déplorant son aveuglement, ne savait plus où se cacher. Quant à M. le Recteur, il approuva tout à fait les scrupules d'Héraclius, lui représentant même qu'un disciple de Pythagore se nourrissant de la chair des animaux pouvait s'exposer à manger la côte de son père aux champignons ou les pieds truffés de son aïeul, ce qui est absolument contraire à l'esprit de toute religion, et il lui cita à l'appui de son dire le quatrième commandement du Dieu des chrétiens :

> *« Tes père et mère honoreras*
> *Afin de vivre longuement.*

« Il est vrai, ajouta-t-il, que pour moi qui ne suis pas un croyant, plutôt que de me laisser mourir de faim, j'aimerais mieux changer légèrement le précepte divin, ou même le remplacer par celui-ci :

> *Père et mère dévoreras*
> *Afin de vivre longuement. »*

XVI

COMMENT LA 42ᵉ LECTURE DU MANUSCRIT
JETA UN JOUR NOUVEAU DANS L'ESPRIT DU DOCTEUR

De même qu'un homme riche peut puiser chaque jour dans sa grande fortune de nouveaux plaisirs et des satisfactions nouvelles, ainsi le docteur Héraclius, propriétaire de l'inestimable manuscrit, y faisait de surprenantes découvertes chaque fois qu'il le relisait.

Un soir, comme il allait achever la 42ᵉ lecture de ce document, une illumination subite s'abattit sur lui, aussi rapide que la foudre.

Ainsi que nous l'avons vu précédemment, le docteur pouvait savoir à peu de chose près, à quelle époque un homme disparu achèverait ses transmigrations et réapparaîtrait sous sa forme première ; aussi fut-il tout à coup foudroyé par cette pensée que l'auteur du manuscrit pouvait avoir reconquis sa place dans l'humanité.

Alors, aussi enfiévré qu'un alchimiste qui se croit sur le point de trouver la pierre philosophale, il se livra aux calculs les plus minutieux pour établir la probabilité de cette supposition, et après plusieurs heures d'un travail opiniâtre et de savantes combinaisons métempsycosistes, il arriva à se convaincre que cet homme devait être son contemporain, ou, tout au moins, sur le point de renaître à la vie raisonnante. Héraclius, en effet, ne possédant aucun document capable de lui indiquer la date précise de la mort du grand métempsycosiste, ne pouvait fixer d'une façon certaine le moment de son retour.

A peine eut-il entrevu la possibilité de retrouver cet être qui pour lui était plus qu'un homme, plus qu'un philosophe, presque plus qu'un Dieu, qu'il ressentit

une de ces émotions profondes qu'on éprouve quand on
apprend tout à coup qu'un père qu'on croyait mort
depuis des années est vivant et près de vous. Le saint
anachorète qui a passé sa vie à se nourrir de l'amour et
du souvenir du Christ, comprenant subitement que son
Dieu va lui apparaître n'aurait pas été plus bouleversé
que le fut le docteur Héraclius Gloss lorsqu'il se fut
assuré qu'il pouvait rencontrer un jour l'auteur de son
manuscrit.

XVII

COMMENT S'Y PRIT LE DOCTEUR HÉRACLIUS GLOSS
POUR RETROUVER L'AUTEUR DU MANUSCRIT

Quelques jours plus tard, les lecteurs de *L'Étoile de
Balançon* aperçurent avec étonnement, à la quatrième
page de ce journal, l'avertissement suivant : « Pythagore — Rome en l'an 184 — Mémoire retrouvé sur le
socle d'une statue de Jupiter — Philosophe — Architecte — Soldat — Laboureur — Moine — Géomètre —
Médecin — Poète — Marin — Etc. Médite et souviens-
toi. Le récit de ta vie est entre mes mains.

« Écrire poste restante à Balançon aux initiales
H.G. »

Le docteur ne doutait pas que si l'homme qu'il
désirait si ardemment venait à lire cet avis, incompréhensible pour tout autre, il en saisirait aussitôt le sens
caché et se présenterait devant lui. Alors chaque jour
avant de se mettre à table il allait demander au bureau
de la poste si on n'avait pas reçu de lettre aux initiales
H.G. ; et au moment où il poussait la porte sur laquelle
étaient écrits ces mots : « Poste aux lettres, renseignements, affranchissements », il était certes plus ému
qu'un amoureux sur le point d'ouvrir le premier billet
de la femme aimée.

Hélas, les jours se suivaient et se ressemblaient

désespérément ; l'employé faisait chaque matin la
même réponse au docteur, et, chaque matin, celui-ci
rentrait chez lui plus triste et plus découragé. Or le
peuple de Balançon étant, comme tous les peuples de la
terre, subtil, indiscret, médisant et avide de nouvelles,
eut bientôt rapproché l'avis surprenant inséré dans
L'Étoile avec les quotidiennes visites du docteur à
l'administration des Postes. Alors il se demanda quel
mystère pouvait être caché là-dedans et il commença à
murmurer.

XVIII

OÙ LE DOCTEUR HÉRACLIUS RECONNAIT
AVEC STUPÉFACTION L'AUTEUR DU MANUSCRIT

Une nuit, comme le docteur ne pouvait dormir, il se
releva entre une et deux heures du matin pour aller
relire un passage qu'il croyait n'avoir pas encore très
bien compris. Il mit ses savates et ouvrit la porte de sa
chambre le plus doucement possible pour ne pas trou-
bler le sommeil de toutes les catégories d'hommes-
animaux qui expiaient sous son toit. Or, quelles
qu'eussent été les conditions précédentes de ces heureuses bêtes, jamais certes elles n'avaient joui d'une
tranquillité et d'un bonheur aussi parfaits, car elles
trouvaient dans cette maison hospitalière bon souper,
bon gîte, et même le reste, tant l'excellent homme avait
le cœur compatissant. Il parvint, toujours sans faire le
moindre bruit, jusqu'au seuil de son cabinet et il entra.
Ah, certes, Héraclius était brave, il ne redoutait ni les
fantômes ni les apparitions ; mais quelle que soit l'intré-
pidité d'un homme, il est des épouvantements qui
trouent comme des boulets les courages les plus
indomptables, et le docteur demeura debout, livide,
terrifié, les yeux hagards, les cheveux dressés sur le
crâne, claquant des dents et secoué de la tête aux talons

par un épouvantable tremblement devant l'incompréhensible spectacle qui s'offrit à lui.

Sa lampe de travail était allumée sur sa table, et, devant son feu, le dos tourné à la porte par laquelle il entrait, il vit… le docteur Héraclius Gloss lisant attentivement son manuscrit. Le doute n'était pas possible… C'était bien lui-même… Il avait sur les épaules sa longue robe de chambre en soie antique à grandes fleurs rouges, et, sur la tête, son bonnet grec en velours noir brodé d'or. Le docteur comprit que si cet autre lui-même se retournait, que si les deux Héraclius se regardaient face à face, celui qui tremblait en ce moment dans sa peau tomberait foudroyé devant sa reproduction. Mais alors, saisi par un spasme nerveux, il ouvrit les mains, et le bougeoir qu'il portait roula avec bruit sur le plancher. — Ce fracas lui fit faire un bond terrible. L'autre se retourna brusquement et le docteur effaré reconnut… son singe. Pendant quelques secondes ses pensées tourbillonnèrent dans son cerveau comme des feuilles mortes emportées par l'ouragan. Puis il fut envahi tout à coup par la joie la plus véhémente qu'il eût jamais ressentie, car il avait compris que cet auteur, attendu, désiré comme le Messie par les Juifs, était devant lui — c'était son singe. Il se précipita presque fou de bonheur, saisit dans ses bras l'être vénéré, et l'embrassa avec une telle frénésie que jamais maîtresse adorée ne fut plus passionnément embrassée par son amant. Puis il s'assit en face de lui de l'autre côté de la cheminée, et, jusqu'au matin, il le contempla religieusement.

XIX

COMMENT LE DOCTEUR SE TROUVA PLACÉ
DANS LA PLUS TERRIBLE DES ALTERNATIVES

Mais de même que les plus beaux jours de l'été sont parfois brusquement troublés par un effroyable orage, ainsi la félicité du docteur fut soudain traversée par la plus affreuse des suggestions. Il avait bien retrouvé celui qu'il cherchait, mais hélas! ce n'était qu'un singe. Ils se comprenaient sans nul doute, mais ils ne pouvaient se parler : le docteur retomba du ciel sur la terre. Adieu ces longs entretiens dont il espérait tirer tant de profit, adieu cette belle croisade contre la superstition qu'ils devaient entreprendre tous deux. Car, seul, le docteur ne possédait par les armes suffisantes pour terrasser l'hydre de l'ignorance. Il lui fallait un homme, un apôtre, un confesseur, un martyr — rôles qu'un singe, hélas, était incapable de remplir. — Que faire?

Une voix terrible cria dans son oreille : « Tue-le. » Héraclius frissonna. En une seconde il calcula que s'il le tuait, l'âme dégagée entrerait immédiatement dans le corps d'un enfant près de naître. Qu'il fallait lui laisser au moins vingt années pour parvenir à sa maturité. Le docteur aurait alors soixante-dix ans. Cependant cela était possible. Mais alors retrouverait-il cet homme? Puis sa religion défendait de supprimer tout être vivant sous peine de commettre un assassinat : et son âme, à lui Héraclius, passerait après sa mort dans le corps d'une bête féroce comme cela arrivait pour les meurtriers. — Qu'importe? il serait victime de la science — et de la foi! Il saisit un grand cimeterre turc suspendu dans une panoplie, et il allait frapper, comme Abraham sur la montagne, quand une réflexion arrêta son bras... Si l'expiation de cet homme n'était pas terminée, et si, au lieu de passer dans le corps d'un enfant, son âme retournait pour la seconde fois dans celui d'un singe? Cela était possible, même vraisemblable — presque certain. Commettant de la sorte un crime inutile, le docteur se vouait sans profit pour ses semblables à un terrible châtiment. Il retomba inerte sur son siège. Ces émotions répétées l'avaient épuisé, et il s'évanouit.

XX

OÙ LE DOCTEUR A UNE PETITE CONVERSATION
AVEC SA BONNE

Quand il rouvrit les yeux, sa bonne Honorine lui bassinait les tempes avec du vinaigre. Il était sept heures du matin. La première pensée du docteur fut pour son singe. L'animal avait disparu. « Mon singe, où est mon singe? s'écria-t-il. — Ah bien oui, parlons-en, riposta la servante-maîtresse[14] toujours prête à se fâcher, le grand mal quand il serait perdu. Une jolie bête, ma foi! Elle imite tout ce qu'elle voit faire à Monsieur; ne l'ai-je pas trouvée l'autre jour qui mettait vos bottes, puis ce matin, quand je vous ai ramassé là, et Dieu sait quelles maudites idées vous trottent par la tête depuis quelque temps et vous empêchent de rester dans votre lit, ce vilain animal, qui est plutôt un diable sous la peau d'un singe, n'avait-il pas mis votre calotte et votre robe de chambre et il avait l'air de rire en vous regardant, comme si c'était bien amusant de voir un homme évanoui? Puis, quand j'ai voulu m'approcher, cette canaille se jette sur moi comme s'il voulait me manger. Mais, Dieu merci, on n'est pas timide et on a encore le poignet bon; j'ai pris la pelle et j'ai si bien tapé sur son vilain dos qu'il s'est sauvé dans votre chambre où il doit être en train de faire quelque nouveau tour de sa façon. — Vous avez battu mon singe! hurla le docteur exaspéré, apprenez, Mademoiselle, que désormais j'entends qu'on le respecte et qu'on le serve comme le maître de cette maison. — Ah bien oui, il n'est pas seulement le maître de la maison, mais voilà longtemps qu'il est déjà le maître du maître », grommela Honorine, et elle se retira dans sa cuisine, convaincue que le docteur Héraclius Gloss était décidément fou.

XXI

COMMENT IL EST DÉMONTRÉ QU'IL SUFFIT
D'UN AMI TENDREMENT AIMÉ
POUR ALLÉGER LE POIDS
DES PLUS GRANDS CHAGRINS

Comme l'avait dit le docteur, à partir de ce jour le singe devint véritablement le maître de la maison, et Héraclius se fit l'humble valet de ce noble animal. Il le considérait pendant des heures entières avec une tendresse infinie; il avait pour lui des délicatesses d'amoureux; il lui prodiguait à tout propos le dictionnaire entier des expressions tendres; lui serrant la main comme on fait à son ami; lui parlant en le regardant fixement; expliquant les points de ses discours qui pouvaient paraître obscurs; enveloppant la vie de cette bête des soins les plus doux et des plus exquises attentions.

Et le singe se laissait faire, calme comme un Dieu qui reçoit l'hommage de ses adorateurs.

Ainsi que tous les grands esprits qui vivent solitaires parce que leur élévation les isole au-dessus du niveau commun de la bêtise des peuples, Héraclius s'était senti seul jusqu'alors. Seul dans ses travaux, seul dans ses expériences, seul dans ses luttes et ses défaillances, seul enfin dans sa découverte et son triomphe. Il n'avait pas encore imposé sa doctrine aux foules, il n'avait pu même convaincre ses deux amis les plus intimes, M. le Recteur et M. le Doyen. Mais à partir du jour où il eut découvert dans son singe le grand philosophe dont il avait si souvent rêvé, le docteur se sentit moins isolé.

Convaincu que la bête n'est privée de la parole que par punition de ses fautes passées et que, par suite du même châtiment, elle est remplie du souvenir des existences antérieures, Héraclius se mit à aimer ardem-

ment son compagnon et il se consolait par cette affection de toutes les misères qui venaient le frapper.

Depuis quelque temps en effet la vie devenait plus
triste pour le docteur. M. le Doyen et M. le Recteur le
visitaient beaucoup moins souvent et cela faisait un vide
énorme autour de lui. Ils avaient même cessé de venir
dîner chaque dimanche, depuis qu'il avait défendu de
servir sur sa table toute nourriture ayant eu vie. Le
changement de son régime était également pour lui une
grande privation qui prenait, par instants, les proportions d'un chagrin véritable. Lui qui jadis attendait avec
tant d'impatience l'heure si douce du déjeuner, la
redoutait presque maintenant. Il entrait tristement dans
sa salle à manger, sachant bien qu'il n'avait plus rien
d'agréable à en attendre et il y était hanté sans cesse par
le souvenir des brochettes de cailles qui le harcelait
comme un remords, hélas! ce n'était point le remords
d'en avoir tant dévoré, mais plutôt le désespoir d'y
avoir renoncé pour toujours.

XXII

OÙ LE DOCTEUR DÉCOUVRE QUE SON SINGE
LUI RESSEMBLE ENCORE PLUS QU'IL NE PENSAIT

Un matin, le docteur Héraclius fut réveillé par un
bruit inusité; il sauta du lit, s'habilla en toute hâte et se
dirigea vers la cuisine où il entendait des cris et des
trépignements extraordinaires.

Roulant depuis longtemps dans son esprit les plus
noirs projets de vengeance contre l'intrus qui lui ravis-
sait l'affection de son maître, la perfide Honorine, qui
connaissait les goûts et les appétits de ces animaux,
avait réussi, au moyen d'une ruse quelconque, à ficeler
solidement le pauvre singe aux pieds de sa table de
cuisine. Puis, lorsqu'elle se fut assurée qu'il était bien
fortement attaché, elle s'était retirée à l'autre bout de

l'appartement, et, s'amusant à lui montrer le régal le plus propre à exciter ses convoitises, elle lui faisait subir un épouvantable supplice de Tantale qu'on ne doit infliger dans les enfers qu'à ceux qui ont énormément péché ; et la perverse gouvernante riait à gorge déployée et imaginait des raffinements de torture qu'une femme seule est capable de concevoir. L'homme-singe se tordait avec fureur à l'aspect des mets savoureux qu'on lui présentait de loin, et la rage de se sentir lié aux pieds de la table massive lui faisait exécuter de monstrueuses grimaces qui redoublaient la joie du bourreau tentateur.

Enfin, juste au moment où le docteur, maître jaloux, apparut sur le seuil, la victime de cet horrible guet-apens réussit, par un effort prodigieux à rompre les cordes qui le retenaient, et sans l'intervention violente d'Héraclius indigné, Dieu sait de quelles friandises se serait repu ce nouveau Tantale à quatre mains.

XXIII

COMMENT LE DOCTEUR S'APERÇUT QUE SON SINGE L'AVAIT INDIGNEMENT TROMPÉ

Cette fois la colère l'emporta sur le respect, et le docteur saisissant à la gorge le singe-philosophe l'entraîna hurlant dans son cabinet et lui administra le plus terrible correction qu'ait jamais reçue l'échine d'un métempsycosiste.

Lorsque le bras fatigué d'Héraclius desserra un peu la gorge de la pauvre bête, coupable seulement de goûts trop semblables à ceux de son frère supérieur, elle se dégagea de l'étreinte du maître outragé, sauta par-dessus la table, saisit sur un livre la grande tabatière du docteur et la précipita toute ouverte à la tête de son propriétaire. Ce dernier n'eut que le temps de fermer les yeux pour éviter le tourbillon de tabac qui l'aurait certainement aveuglé, mais quand il les rouvrit, le coupable avait disparu, emportant avec lui le manuscrit dont il était l'auteur présumé.

La consternation d'Héraclius fut sans limite — et il s'élança comme un fou sur les traces du fugitif, décidé aux plus grands sacrifices pour recouvrer le précieux parchemin. Il parcourut sa maison de la cave au grenier, ouvrit toutes les armoires, regarda sous tous les meubles. Ses recherches demeurèrent absolument infructueuses. Enfin, il alla s'asseoir désespéré sous un arbre dans son jardin. Il lui semblait depuis quelques instants recevoir de petits corps légers sur le crâne, et il pensait que c'étaient des feuilles mortes détachées par le vent quand il vit une boulette de papier qui roulait devant lui dans le chemin. Il la ramassa — puis l'ouvrit. Miséricorde ! c'était une des feuilles de son manuscrit. Il leva la tête, épouvanté, et il aperçut l'abominable animal qui préparait tranquillement de nouveaux projectiles de la même espèce — et, ce faisant, le monstre grimaçait un sourire de satisfaction si épouvantable que Satan certes n'en eut pas de plus horrible quand il vit Adam prendre la pomme fatale que depuis Ève jusqu'à Honorine les femmes n'ont cessé de nous offrir. A cet aspect une lumière affreuse se fit soudain dans l'esprit du docteur, et il comprit qu'il avait été trompé, joué, mystifié de la façon la plus abominable par ce fourbe couvert de poil qu'il n'était pas plus l'auteur tant désiré que le Pape ou que le Grand Turc. Le précieux ouvrage eût disparu tout entier si Héraclius n'avait aperçu près de lui une de ces pompes d'arrosage dont se servent les jardiniers pour lancer l'eau dans les plates-bandes éloignées. Il s'en saisit rapidement, et, la manœuvrant avec une vigueur surhumaine, fit prendre au perfide un bain tellement imprévu que celui-ci s'enfuit de branche en branche en poussant des cris aigus, et tout à coup, par une ruse de guerre habile, sans doute pour obtenir un instant de répit, il lança le parchemin lacéré en plein visage de son adversaire : alors quittant rapidement sa position, il courut vers la maison.

Avant que le manuscrit n'eût touché le docteur, ce

dernier roulait sur le dos les quatre membres en l'air, foudroyé par l'émotion. Quand il se releva, il n'eut pas la force de venger ce nouvel outrage, il rentra péniblement dans son cabinet et constata, non sans plaisir, que trois pages seulement avaient disparu.

XXIV

EURÊKA

La visite de M. le Doyen et de M. le Recteur le tira de son affaissement. Ils causèrent tous trois pendant une heure ou deux sans dire un seul mot de métempsycose ; mais au moment où ses deux amis se retiraient, Héraclius ne put se contenir plus longtemps. Pendant que M. le Doyen endossait sa grande houppelande en peau d'ours, il prit à part M. le Recteur qu'il redoutait moins et lui conta tout son malheur. Il lui dit comment il avait cru trouver l'auteur de son manuscrit, comment il s'était trompé, comment son misérable singe l'avait joué de la façon la plus indigne, comment il se voyait abandonné et désespéré. Et devant la ruine de ses illusions Héraclius pleura. Le recteur ému lui prit les mains ; il allait parler quand la voix grave du doyen criant : « Ah çà, venez-vous, Recteur », retentit sous le vestibule. Alors celui-ci, donnant une dernière étreinte à l'infortuné docteur, lui dit en souriant doucement comme on fait pour consoler un enfant méchant : « Là, voyons, calmez-vous, mon ami, qui sait, vous êtes peut-être vous-même l'auteur de ce manuscrit. »

Puis il s'enfonça dans l'ombre de la rue, laissant sur la porte Héraclius stupéfait.

Le docteur remonta lentement dans son cabinet murmurant entre ses dents de minute en minute : « Je suis peut-être l'auteur du manuscrit. » Il relut attentivement la façon dont ce document avait été retrouvé lors de chaque réapparition de son auteur ; puis il se rappela comment il l'avait découvert lui-même. Le songe qui avait précédé ce jour heureux comme un avertissement providentiel, son émotion en entrant dans la ruelle des Vieux Pigeons, tout cela lui revint clair, distinct, éclatant. Alors il se leva tout droit, étendit les bras comme un illuminé et s'écria d'une voix retentissante : « C'est moi, c'est moi. » Un frisson parcourut toute sa demeure, Pythagore aboya violemment, les bêtes troublées s'éveillèrent soudain et se mirent à s'agiter comme si chacune dans sa langue eût voulu célébrer la grande résurrection du prophète de la métempsycose. Alors, en proie à une émotion surhumaine, Héraclius s'assit, il ouvrit la dernière page de cette bible nouvelle, et religieusement écrivit à la suite toute l'histoire de sa vie.

XXV

EGO SUM QUI SUM[15]

A partir de ce jour Héraclius Gloss fut envahi par un orgueil colossal. Comme le Messie procède de Dieu le père, il procédait directement de Pythagore, ou plutôt il était lui-même Pythagore, ayant vécu jadis dans le corps de ce philosophe. Sa généalogie défiait ainsi les quartiers des familles les plus féodales. Il enveloppait dans un mépris superbe tous les grands hommes de l'humanité, leurs plus hauts faits lui paraissant infimes auprès des siens, et il s'isolait dans une élévation sublime au milieu des mondes et des bêtes ; il était la métempsycose et sa maison en devenait le temple.

Il avait défendu à sa bonne et à son jardinier de tuer les animaux réputés nuisibles. Les chenilles et les limaçons pullulaient dans son jardin, et, sous la forme de grandes araignées à pattes velues, les ci-devant mortels promenaient leur hideuse transformation sur les murs de son cabinet ; ce qui faisait dire à cet abominable recteur que si tous les ex-pique-assiettes, métamorphosés à leur manière, se donnaient rendez-vous sur le crâne du trop sensible docteur, il se garderait bien de faire la guerre à ces pauvres parasites déclassés. Une seule chose troublait Héraclius dans son épanouissement superbe, c'était de voir sans cesse les animaux s'entre-dévorer, les araignées guetter les mouches au passage, les oiseaux emporter les araignées, les chats croquer les oiseaux, et son chien Pythagore étrangler avec bonheur tout chat qui passait à portée de sa dent.

Il suivait du matin au soir la marche lente et progressive de la métempsycose par tous les degrés de l'échelle animale. Il avait des révélations soudaines en regardant les moineaux picorer dans les gouttières ; les fourmis, ces travailleuses éternelles et prévoyantes lui causaient des attendrissement immenses ; il voyait en elles tous les désœuvrés et les inutiles qui, pour expier leur oisiveté et leur nonchalance passées, étaient condamnés à ce labeur opiniâtre. Il restait des heures entières, le nez dans l'herbe, à les contempler, et il était émerveillé de sa pénétration.

Puis comme Nabuchodonosor il marchait à quatre pattes, se roulait avec son chien dans la poussière, vivait avec ses bêtes, se vautrait avec elles[16]. Pour lui l'homme disparaissait peu à peu de la création, et bientôt il n'y vit plus que les bêtes. Alors qu'il les contemplait, il sentait bien qu'il était leur frère ; il ne conversait plus qu'avec elles et lorsque, par hasard, il était forcé de parler à des hommes, il se trouvait paralysé comme au milieu d'étrangers et s'indignait en lui-même de la stupidité de ses semblables.

XXVI

CE QUE L'ON DISAIT AUTOUR DU COMPTOIR
DE MME LABOTTE, MARCHANDE FRUITIÈRE,
26, RUE DE LA MARAICHERIE

Mlle Victoire, cordon bleu de M. le Doyen de la faculté de Balançon, Mlle Gertrude, servante de M. le Recteur de ladite faculté et Mlle Anastasie, gouvernante de M. l'abbé Beaufleury, curé de Sainte-Eulalie, tel était le respectable cénacle qui se trouvait réuni un jeudi matin autour du comptoir de Mme Labotte, marchande fruitière, 26, rue de la Maraîcherie.

Ces dames, portant au bras gauche le panier aux provisions, coiffées d'un petit bonnet blanc coquettement posé sur les cheveux, enjolivé de dentelles et de tuyautages et dont les cordons leur pendaient sur le dos, écoutaient avec intérêt Mlle Anastasie qui leur racontait comme quoi, la veille même, M. l'abbé Beaufleury avait exorcisé une pauvre femme possédée de cinq démons.

Tout à coup Mlle Honorine, gouvernante du docteur Héraclius, entra comme un coup de vent, elle tomba sur une chaise, suffoquée par une émotion violente, puis, quand elle vit tout le monde suffisamment intrigué, elle éclata : « Non c'est trop fort à la fin, on dira ce qu'on voudra : je ne resterai pas dans cette maison. » Puis cachant sa figure dans ses deux mains elle se mit à sangloter. Au bout d'une minute elle reprit, un peu calmée : « Après tout ce n'est pas sa faute à ce pauvre homme s'il est fou. — Qui ? demanda Mme Labotte. — Mais mon maître, le docteur Héraclius, répondit Mlle Honorine. — Ainsi c'est bien vrai ce que disait M. le Doyen que votre maître a perdu la tête ? interrogea Mlle Victoire. — Je crois bien ! s'écria Mlle Anastasie, M. le Curé affirmait l'autre jour à M. l'abbé Rosencroix que le docteur Héraclius était un vrai réprouvé ; qu'il adorait les bêtes, à l'exemple d'un certain M. Pythagore qui, paraît-il, est un impie aussi abominable que Luther. — Qu'y a-t-il de nouveau, interrompit Mlle Gertrude, que vous est-il arrivé ? — Figurez-vous, reprit Honorine en essuyant ses larmes avec le coin de son tablier, que mon pauvre maître a depuis bientôt six mois la folie des bêtes et il me jetterait à la porte s'il me voyait tuer une mouche, moi qui suis chez lui depuis près de dix ans. C'est bon d'aimer les animaux, mais encore est-il qu'ils sont faits pour nous, tandis que le docteur ne considère plus les hommes, il ne voit que les bêtes, il se croit créé et mis au monde pour les servir, il leur parle comme à des personnes raisonnables et on dirait qu'il entend au-dedans d'elles une voix qui lui répond. Enfin, hier au soir, comme je m'étais aperçue que les souris mangeaient mes provisions, j'ai mis une ratière dans le buffet. Ce matin voyant qu'il y avait une souris de prise, j'appelle le chat et j'allais lui donner cette vermine quand mon maître entra comme un furieux, il m'arracha la ratière des mains et lâcha la bête au milieu de mes conserves, et puis, comme je me fâchais, le voilà qui se retourne et qui me traite comme on ne traiterait pas une chiffonnière. » Un grand silence se fit pendant quelques secondes, puis Mlle Honorine reprit : « Après tout je ne lui en veux pas à ce pauvre homme, il est fou. »

Deux heures plus tard, l'histoire de la souris du docteur avait fait le tour des cuisines de Balançon. A midi, elle était l'anecdote du déjeuner des bourgeois de la ville. A huit heures M. le Premier, tout en buvant son café la racontait à six magistrats qui avaient dîné chez lui, et ces messieurs, dans des poses diverses et graves, l'écoutaient rêveusement, sans sourire et hochant la tête. A onze heures, le Préfet qui donnait une soirée s'en inquiétait devant six mannequins administratifs, et comme il demandait l'avis du recteur qui promenait de groupe en groupe ses méchancetés et sa cravate blanche, celui-ci répondit : « Qu'est-ce que cela prouve après tout, monsieur le Préfet, que si La Fontaine vivait encore, il pourrait faire une nouvelle fable intitulée « La souris du Philosophe », et qui finirait ainsi :

Le plus bête des deux n'est pas celui qu'on pense[17].

XXVII

COMME QUOI LE DOCTEUR HÉRACLIUS
NE PENSAIT NULLEMENT COMME LE DAUPHIN QUI,
AYANT TIRÉ DE L'EAU UN SINGE,

... L'y replonge et va chercher
Quelqu'homme afin de le sauver[18].

Lorsque Héraclius sortit le lendemain, il remarqua que chacun le regardait passer avec curiosité et qu'on se retournait encore pour le voir. L'attention dont il était l'objet l'étonna tout d'abord ; il en chercha la cause et pensa que sa doctrine s'était peut-être répandue à son insu et qu'il était au moment d'être compris par ses concitoyens. Alors une grande tendresse lui vint tout à coup pour ces bourgeois dans lesquels il voyait déjà des disciples enthousiastes, et il se mit à saluer en souriant de droite et de gauche comme un prince au milieu de son peuple. Les chuchotements qui le suivaient lui paraissaient un murmure de louanges et il rayonnait d'allégresse en songeant à la confusion prochaine du recteur et du doyen.

Il parvint ainsi jusqu'aux quais de la Brille. A quelques pas, un groupe d'enfants s'agitait et riait énormément en jetant des pierres dans l'eau tandis que des mariniers qui fumaient leur pipe au soleil semblaient s'intéresser au jeu de ces gamins. Héraclius s'approcha, puis recula soudain comme un homme qui reçoit un grand coup dans la poitrine. A dix mètres de la berge, plongeant et reparaissant tour à tour, un jeune chat se noyait dans la rivière. La pauvre petite bête faisait des efforts désespérés pour gagner la rive, mais chaque fois qu'elle montrait sa tête au-dessus de l'eau, une pierre lancée par un des garnements qui s'amusaient de cette agonie la faisait disparaître de nouveau. Les méchants gamins luttaient d'adresse et s'excitaient l'un l'autre, et lorsqu'un coup bien frappé atteignait le misérable animal, c'étaient sur le quai une explosion de rire et des trépignements de joie. Soudain un caillou tranchant toucha la bête au milieu du front et un filet de sang apparut sur les poils blancs. Alors parmi les bourreaux éclata un délire de cris et d'applaudissements, mais qui se changea tout à coup en une effroyable panique. Blême, tremblant de rage, renversant tout devant lui, frappant des pieds et des poings, le docteur s'était élancé au milieu de cette marmaille comme un loup dans un troupeau de moutons. L'épouvante fut si grande et la fuite si rapide qu'un des enfants, éperdu de terreur, se jeta dans la rivière et disparut. Alors Héraclius défit promptement sa redingote, enleva ses souliers et, à son tour, se précipita dans l'eau. On le vit nager vigoureusement quelques instants, saisir le jeune chat au moment où il disparaissait, et regagner triomphalement la rive. Puis il s'assit sur une borne, essuya, baisa, caressa le petit être qu'il venait d'arracher à la mort, et l'enveloppant amoureusement dans ses bras comme un fils, sans s'occuper de l'enfant que deux mariniers ramenaient à terre, indifférent au tumulte qui se faisait derrière lui, il partit à grands pas vers sa maison, oubliant sur la berge ses souliers et sa redingote.

XXVIII

Cette histoire lecteur vous démontrera comme,
Quand on veut préserver son semblable des coups,
Quand on croit qu'il vaut mieux sauver un chat qu'un homme,
On doit de ses voisins exciter le courroux,
Comment tous les chemins peuvent conduire à Rome,
Et la métempsycose à l'hôpital des fous.

(L'Étoile de Balançon.)

Deux heures plus tard une foule immense de peuple poussant des cris tumultueux se pressait devant les fenêtres du docteur Héraclius Gloss. Bientôt une grêle de pierres brisa les vitres et la multitude allait enfoncer les portes quand la gendarmerie apparut au bout de la rue. Le calme se fit peu à peu ; enfin la foule se dissipa ; mais jusqu'au lendemain deux gendarmes stationnèrent devant la maison du docteur. Celui-ci passa la soirée dans une agitation extraordinaire. Il s'expliquait le déchaînement de la populace par les sourdes menées des prêtres contre lui et par l'explosion de haine que provoque toujours l'avènement d'une religion nouvelle parmi les sectaires de l'ancienne. Il s'exaltait jusqu'au martyre et se sentait prêt à confesser sa foi devant les bourreaux. Il fit venir dans son cabinet toutes les bêtes que cet appartement put contenir, et le soleil l'aperçut qui sommeillait entre son chien, une chèvre et un mouton et serrant sur son cœur le petit chat qu'il avait sauvé.

Un coup violent frappé à sa porte l'éveilla, et Honorine introduisit un monsieur très grave que suivaient deux agents de la sûreté. Un peu derrière eux se dissimulait le médecin de la Préfecture. Le monsieur grave se fit reconnaître pour le commissaire de police et invita courtoisement Héraclius à le suivre ; celui-ci obéit fort ému. Une voiture attendait à la porte, on le fit monter dedans. Puis, assis à côté du commissaire, ayant en face de lui le médecin et un agent, l'autre s'étant placé sur le siège près du cocher, Héraclius vit qu'on suivait la rue des Juifs, la place de l'Hôtel-de-Ville, le boulevard de la Pucelle et qu'on s'arrêtait enfin devant un grand bâtiment d'aspect sombre sur la porte duquel étaient écrits ces mots « Asile des Aliénés ». Il eut soudain la révélation du piège terrible où il était tombé ; il comprit l'effroyable habileté de ses ennemis et, réunissant toutes ses forces, il essaya de se précipiter dans la rue ; deux mains puissantes le firent retomber à sa place. Alors une lutte terrible s'engagea entre lui et les trois hommes qui le gardaient ; il se débattait, se tordait, frappait, mordait, hurlait de rage ; enfin il se sentit

terrassé, lié solidement et emporté dans la funeste
maison dont la grande porte se referma derrière lui avec
un bruit sinistre.

On l'introduisit alors dans une étroite cellule d'un
aspect singulier. La cheminée, la fenêtre et la glace
étaient solidement grillée, le lit et l'unique chaise fortement attachés au parquet avec des chaînes de fer.
Aucun meuble ne s'y trouvait qui pût être soulevé et
manié par l'habitant de cette prison. L'événement
démontra, du reste, que ces précautions n'étaient pas
superflues. A peine se vit-il dans cette demeure toute
nouvelle pour lui que le docteur succomba à la rage qui
le suffoquait. Il essaya de briser les meubles, d'arracher
les grilles et de casser les vitres. Voyant qu'il n'y
pouvait parvenir il se roula par terre en poussant de si
épouvantables hurlements que deux hommes vêtus de
blouses et coiffés d'une espèce de casquette d'uniforme
entrèrent tout à coup suivis par un grand monsieur au
crâne chauve et tout de noir habillé. Sur un signe de ce
personnage, les deux hommes se précipitèrent sur
Héraclius et lui passèrent en un instant la camisole de
force; puis ils regardèrent le monsieur noir. Celui-ci
considéra un instant le docteur et se tournant vers ses
acolytes : « A la salle des douches », dit-il. Héraclius
alors fut emporté dans une grande pièce froide au
milieu de laquelle était un bassin sans eau. Il fut
déshabillé toujours criant, puis déposé dans cette baignoire; et avant qu'il eût eu le temps de se reconnaître,
il fut absolument suffoqué par la plus horrible avalanche d'eau glacée qui soit jamais tombée sur les
épaules d'un mortel, même dans les régions les plus
boréales. Héraclius se tut subitement. Le monsieur noir
le considérait toujours; il lui prit le pouls gravement
puis il dit : « Encore une. » Une seconde douche
s'écroula du plafond et le docteur s'abbatit grelottant,
étranglé, suffoquant au fond de sa baignoire glacée. Il
fut ensuite enlevé, roulé dans des couvertures bien
chaudes et couché dans le lit de sa cellule où il dormit
trente-cinq heures d'un profond sommeil.

Il s'éveilla le lendemain, le pouls calme et la tête

légère. Il réfléchit quelques instants sur sa situation, puis il se mit à lire son manuscrit qu'il avait eu soin d'emporter avec lui. Le monsieur noir entra bientôt. On apporta une table servie et ils déjeunèrent en tête à tête. Le docteur, qui n'avait pas oublié son bain de la veille, se montra fort tranquille et fort poli ; sans dire un mot du sujet qui avait pu lui valoir une pareille mésaventure, il parla longtemps de la façon la plus intéressante et s'efforça de prouver à son hôte qu'il était aussi sain d'esprit que les sept sages de la Grèce.

Le monsieur noir offrit à Héraclius en le quittant d'aller faire un tour dans le jardin de l'établissement. C'était une grande cour carrée plantée d'arbres. Une cinquantaine d'individus s'y promenaient ; les uns riant, criant et pérorant, les autres graves et mélancoliques.

Le docteur remarqua d'abord un homme de haute taille portant une longue barbe et de longs cheveux blancs, qui marchait seul, le front penché. Sans savoir pourquoi le sort de cet homme l'intéressa, et, au même moment, l'inconnu, levant la tête, regarda fixement Héraclius. Puis ils allèrent l'un vers l'autre et se saluèrent cérémonieusement. Alors la conversation s'engagea. Le docteur apprit que son compagnon s'appelait Dagobert Félorme et qu'il était professeur de langues vivantes au collège de Balançon. Il ne remarqua rien de détraqué dans le cerveau de cet homme et il se demandait ce qui avait pu l'amener dans un pareil lieu, quand l'autre, s'arrêtant soudain, lui prit la main et, la serrant fortement, lui demanda à voix basse : « Croyez-vous à la métempsycose ? » Le docteur chancela, balbutia ; leurs regards se rencontrèrent et pendant quelques secondes tous deux restèrent debout à se contempler. Enfin l'émotion vainquit Héraclius, des larmes jaillirent de ses yeux — il ouvrit les bras et ils s'embrassèrent. Alors les confidences commencèrent et ils reconnurent bientôt qu'ils étaient illuminés de la même lumière, imprégnés de la même doctrine. Il n'y avait aucun point où leurs idées ne se rencontrassent. Mais à mesure que le docteur constatait cette étonnante similitude de pensées, il se sentait envahi par un malaise singulier ; il lui semblait que plus l'inconnu grandissait à ses yeux, plus il diminuait lui-même dans sa propre estime. La jalousie le mordait au cœur.

L'autre s'écria tout à coup : « La métempsycose c'est moi ; c'est moi qui ai découvert la loi des évolutions des âmes, c'est moi qui ai sondé les destinées des hommes. C'est moi qui fus Pythagore. » Le docteur s'arrêta soudain plus pâle qu'un linceul. « Pardon, dit-il, Pythagore, c'est moi. » Et ils se regardèrent de nouveau. L'homme continua : « J'ai été successivement Philosophe, Architecte, Soldat, Laboureur, Moine, Géomètre, Médecin, Poète et Marin. — Moi aussi, dit Héraclius. — J'ai écrit l'histoire de ma vie en latin, en grec, en allemand, en italien, en espagnol et en français », criait l'inconnu. Héraclius reprit : « Moi aussi. » Tous deux s'arrêtèrent et leurs regards se croisèrent, aigus comme des pointes d'épées. « En l'an 184, vociféra l'autre, j'habitais Rome et j'étais philosophe. » Alors le docteur, plus tremblant qu'une feuille par un vent d'orage, tira de sa poche son précieux document et le brandit comme une arme sous le nez de son adversaire. Ce dernier fit un bond en arrière. « Mon manuscrit », hurla-t-il ; et il étendit le bras pour le saisir. « Il est à moi », mugit Héraclius, et, avec une vélocité surprenante, il élevait l'objet contesté au-dessus de sa tête, le changeait de main derrière son dos, lui faisait faire mille évolutions plus extraordinaires les unes que les autres pour le ravir à la poursuite effrénée de son rival. Ce dernier grinçait des dents, trépignait et beuglait : « Voleur ! Voleur ! Voleur ! » A la fin il réussit par un mouvement aussi rapide qu'adroit à tenir par un bout le papier qu'Héraclius essayait de lui dérober. Pendant quelques secondes chacun tira de son côté avec une colère et une vigueur semblables, puis, comme ni l'un ni l'autre ne cédait, le manuscrit qui leur servait de trait d'union physique termina la lutte aussi sagement que l'aurait pu faire le feu roi Salomon, en se séparant de lui-même en deux parties égales, ce qui permit aux belligérants d'aller rapidement s'asseoir à dix pas l'un de l'autre, chacun serrant toujours sa moitié de victoire entre ses mains crispées.

Ils ne se relevèrent point, mais ils recommencèrent à s'examiner comme deux puissances rivales qui, après avoir mesuré leurs forces, hésitent à en venir aux mains de nouveau.

Dagobert Félorme reprit le premier les hostilités. « La preuve que je suis l'auteur de ce manuscrit, dit-il, c'est que je le connaissais avant vous. » Héraclius ne répondit pas.

L'autre reprit : « La preuve que je suis l'auteur de ce manuscrit c'est que je puis vous le réciter d'un bout à l'autre dans les sept langues qui ont servi à l'écrire. »

Héraclius ne répondit pas. Il méditait profondément. Une révolution se faisait en lui. Le doute n'était pas possible, la victoire restait à son rival ; mais cet auteur qu'il avait appelé de tous ses vœux l'indignait maintenant comme un faux dieu. C'est que, n'étant plus lui-même qu'un dieu dépossédé, il se révoltait contre la divinité. Tant qu'il ne s'était pas cru l'auteur du manuscrit il avait désiré furieusement le voir ; mais à partir du jour où il était arrivé à se dire : « C'est moi qui ai fait cela, la métempsycose, c'est moi », il ne pouvait plus consentir à ce que quelqu'un prît sa place. Pareil à ces gens qui brûlent leur maison plutôt que de la voir habitée par un autre, du moment qu'un inconnu montait sur l'autel qu'il s'était élevé, il brûlait le temple et le Dieu, il brûlait la métempsycose. Aussi, après un long silence, il dit d'une voix lente et grave : « Vous êtes fou. » A ce mot, son adversaire s'élança comme un forcené et une nouvelle lutte allait s'engager plus terrible que la première, si les gardiens n'étaient accourus et n'avaient réintégré ces rénovateurs des guerres religieuses dans leurs domiciles respectifs.

Pendant près d'un mois le docteur ne quitta point sa chambre ; il passait ses journées seul, la tête entre ses deux mains, profondément absorbé. M. le Doyen et M. le Recteur venaient le voir de temps en temps et, doucement, au moyen de comparaisons habiles et de délicates allusions, secondaient le travail qui se faisait dans son esprit. Ils lui apprirent ainsi comment un certain Dagobert Félorme, professeur de langues au collège de Balançon, était devenu fou en écrivant un traité philosophique sur la doctrine de Pythagore, Aristote et Platon, traité qu'il s'imaginait avoir commencé sous l'empereur Commode.

Enfin, par un beau matin de grand soleil, le docteur redevenu lui-même, l'Héraclius des bons jours, serra vivement les mains de ses deux amis et leur annonça qu'il avait renoncé pour jamais à la métempsycose, à ses expiations animales et à ses transmigrations, et qu'il se frappait la poitrine en reconnaissant son erreur.

Huit jours plus tard les portes de l'hospice étaient ouvertes devant lui.

XXIX

COMMENT ON TOMBE PARFOIS DE CHARYBDE EN SCYLLA

En quittant la maison fatale, le docteur s'arrêta un instant sur le seuil et respira à pleins poumons le grand air de la liberté. Puis reprenant son pas allègre d'autrefois, il se mit en route vers son domicile. Il marchait depuis cinq minutes quand un gamin qui l'aperçut poussa tout à coup un sifflement prolongé, auquel répondit aussitôt un sifflement semblable parti d'une rue voisine. Un second galopin arriva immédiatement en courant, et le premier, montrant Héraclius à son camarade cria, de toutes ses forces : « V'là l'homme aux bêtes qu'est sorti de la maison des fous », et tous deux, emboîtant le pas derrière le docteur, se mirent à imiter avec un talent remarquable tous les cris d'animaux connus. Une douzaine d'autres polissons se furent bientôt joints aux premiers et formèrent à l'ex-métempsycosiste une escorte aussi bruyante que désagréable. L'un d'eux marchait à dix pas devant le docteur, portant en guise de drapeau un manche à balai au bout duquel il avait attaché une peau de lapin trouvée sans doute au coin de quelque borne ; trois autres venaient immédiatement derrière, simulant des roulements de tambour, puis apparaissait le docteur effaré qui, serré dans sa grande redingote, le chapeau rabattu sur les yeux, semblait un général au milieu de son armée. Après lui la horde des garnements courait, gambadait, sautait sur les mains, piaillant, beuglant, aboyant, miaulant, hennissant, mugissant, criant cocorico, et imaginant mille autres choses joyeuses pour le plus grand amusement des bourgeois qui se montraient sur leurs portes. Héraclius, éperdu, pressait le pas de plus en plus. Soudain un chien qui rôdait vint lui passer entre les jambes. Un flot de colère monta au cerveau du docteur et il allongea un si terrible coup de pied à la pauvre bête qu'il eût jadis recueillie, que celle-ci s'enfuit en hurlant de douleur. Une acclamation épouvantable éclata autour d'Héraclius qui, perdant la tête, se mit à courir de toutes ses forces, toujours poursuivi par son infernal cortège.

La bande passa comme un tourbillon dans les principales rues de la ville et vint se briser contre la maison du docteur ; celui-ci, voyant la porte entr'ouverte, s'y précipita et la referma derrière lui, puis toujours courant il monta dans son cabinet, où il fut reçu par son singe qui se mit à lui tirer la langue en signe de bienvenue. Cette vue le fit reculer comme si un spectre se fût dressé devant ses yeux. Son singe, c'était le vivant souvenir de tous ses malheurs, une des causes de sa folie, des humiliations et des outrages qu'il venait d'endurer. Il saisit un escabeau de chêne qui se trouvait à portée de sa main et, d'un seul coup, fendit le crâne du misérable quadrumane qui s'affaissa comme une masse aux pieds de son meurtrier. Puis, soulagé par cette exécution, il se laissa tomber dans un fauteuil et déboutonna sa redingote.

Honorine parut alors et faillit s'évanouir de joie en apercevant Héraclius. Dans son allégresse, elle sauta au cou de son seigneur et l'embrassa sur les deux joues, oubliant ainsi la distance qui sépare, aux yeux du monde, le maître de la domestique; ce en quoi, disait-on, le docteur lui en avait jadis donné l'exemple.

Cependant la horde des polissons ne s'était point dissipée et continuait, devant la porte, un si terrible charivari qu'Héraclius impatienté descendit à son jardin.

Un spectacle horrible le frappa.

Honorine, qui aimait véritablement son maître tout en déplorant sa folie, avait voulu lui ménager une agréable surprise lorsqu'il rentrerait chez lui. Elle avait veillé comme une mère sur l'existence de toutes les bêtes précédemment rassemblées en ce lieu, de sorte que, grâce à la fécondité commune à toutes les races d'animaux, le jardin présentait alors un spectacle semblable à celui que devait offrir, lorsque les eaux du Déluge se retirèrent, l'intérieur de l'Arche où Noé rassembla toutes les espèces vivantes. C'était un amas confus, un pullulement de bêtes, sous lesquelles arbres, massifs, herbe et terre disparaissaient. Les branches pliaient sous le poids de régiments d'oiseaux, tandis qu'au-dessous chiens, chats, chèvres, moutons, poules, canards et dindons se roulaient dans la poussière. L'air était rempli de clameurs diverses, absolument semblables à celles que poussait la marmaille ameutée de l'autre côté de la maison.

A cet aspect, Héraclius ne se contint plus. Il se précipita sur une bêche oubliée contre le mur et, semblable aux guerriers fameux dont Homère raconte les exploits, bondissant, tantôt en avant, tantôt en arrière, frappant de droite et de gauche, la rage au cœur, l'écume aux dents, il fit un effroyable massacre de tous ses inoffensifs amis. Les poules effarées s'envolaient par-dessus les murs, les chats grimpaient dans les arbres. Nul n'obtint grâce devant lui; c'était une confusion indescriptible. Puis, lorsque la terre fut jonchée de cadavres, il tomba enfin de lassitude et, comme un général victorieux, s'endormit sur le champ de carnage.

Le lendemain, sa fièvre s'étant dissipée, il voulut essayer de faire un tour par la ville. Mais à peine eut-il franchi le seuil de la porte que les gamins embusqués au coin des rues le poursuivirent de nouveau criant : « Hou hou hou, l'homme aux bêtes, l'ami des bêtes ! » et ils recommencèrent les cris de la veille avec des variations sans nombre.

Le docteur rentra précipitamment. La fureur le suffoquait, et, ne pouvant s'en prendre aux hommes, il jura une haine inextinguible et une guerre acharnée à toutes les races d'animaux. Dès lors, il n'eut plus qu'un désir, qu'un but, qu'une préoccupation constante : tuer des bêtes. Il les guettait du matin au soir, tendait des filets dans son jardin pour prendre des oiseaux, des pièges dans ses gouttières pour étrangler les chats du voisinage. Sa porte toujours entr'ouverte offrait des viandes appétissantes à la gourmandise des chiens qui passaient, et se refermait brusquement dès qu'une victime imprudente succombait à la tentation. Des plaintes s'élevèrent bientôt de tous les côtés contre lui. Le commissaire de police vint plusieurs fois en personne le sommer d'avoir à cesser cette guerre acharnée. Il fut criblé de procès ; mais rien n'arrêta sa vengeance. Enfin, l'indignation fut générale. Une seconde émeute éclata dans la ville, et il aurait été sans doute écharpé par la multitude sans l'intervention de la force armée. Tous les médecins de Balançon furent convoqués à la Préfecture, et déclarèrent à l'unanimité que le docteur Héraclius Gloss était fou. Pour la seconde fois encore, il traversa la ville entre deux agents de la police et vit se refermer sur ses pas la lourde porte de la maison sur laquelle était écrit : « Asile des Aliénés ».

XXX

COMME QUOI LE PROVERBE
« PLUS ON EST DE FOUS, PLUS ON RIT »
N'EST PAS TOUJOURS EXACTEMENT VRAI

Le lendemain il descendit dans la cour de l'établissement, et la première personne qui s'offrit à ses yeux fut l'auteur du manuscrit métempsycosiste. Les deux ennemis marchèrent l'un vers l'autre en se mesurant du regard. Un cercle se fit autour d'eux. Dagobert Félorme s'écria : « Voici l'homme qui a voulu me dérober l'œuvre de ma vie, me voler la gloire de ma découverte. » Un murmure parcourut la foule. Héraclius répondit : « Voici celui qui prétend que les bêtes sont des hommes et que les hommes sont des bêtes. » Puis tous deux ensemble se mirent à parler, ils s'excitèrent peu à peu, et, comme la première fois, ils en vinrent bientôt aux mains. Les spectateurs les séparèrent.

A partir de ce jour, avec une ténacité et une persévérance merveilleuses, chacun s'attacha à se créer des sectaires, et, peu de temps après, la colonie tout entière était divisée en deux partis rivaux, enthousiastes, acharnés, et tellement irréconciliables qu'un métempsycosiste ne pouvait se croiser avec un de ses adversaires sans qu'un combat terrible s'ensuivît. Pour éviter de sanglantes rencontres, le directeur fut contraint d'assigner des heures de promenades réservées à chaque faction, car jamais haine plus tenace n'avait animé deux sectes rivales depuis la querelle fameuse des Guelfes et des Gibelins. Grâce, du reste, à cette prudente mesure, les chefs de ces clans ennemis vécurent heureux, aimés, écoutés de leurs disciples, obéis et vénérés.

Quelquefois pendant la nuit, un chien qui hurle en rôdant autour des murs, fait tressaillir dans leur lit Héraclius et Dagobert : c'est le fidèle Pythagore qui, échappé par miracle à la vengeance de son maître, a suivi sa trace jusqu'au seuil de sa demeure nouvelle, et cherche à se faire ouvrir les portes de cette maison où les hommes seuls ont le droit d'entrer.

SUR L'EAU[1]

J'avais loué, l'été dernier, une petite maison de
campagne au bord de la Seine, à plusieurs lieues de
Paris, et j'allais y coucher tous les soirs[2]. Je fis, au bout
de quelques jours, la connaissance d'un de mes voisins,
un homme de trente à quarante ans, qui était bien le
type le plus curieux que j'eusse jamais vu. C'était un
vieux canotier, mais un canotier enragé, toujours près
de l'eau, toujours sur l'eau, toujours dans l'eau. Il
devait être né dans un canot, et il mourra bien certainement dans le canotage final.

Un soir que nous nous promenions au bord de la
Seine, je lui demandai de me raconter quelques anecdotes de sa vie nautique. Voilà immédiatement mon
bonhomme qui s'anime, se transfigure, devient
éloquent, presque poète. Il avait dans le cœur une
grande passion, une passion dévorante, irrésistible : la
rivière.

— Ah ! me dit-il, combien j'ai de souvenirs sur cette
rivière que vous voyez couler là près de nous ! Vous
autres, habitants des rues, vous ne savez pas ce qu'est la
rivière. Mais écoutez un pêcheur prononcer ce mot.
Pour lui, c'est la chose mystérieuse, profonde,
inconnue, le pays des mirages et des fantasmagories, où
l'on voit, la nuit, des choses qui ne sont pas, où l'on
entend des bruits que l'on ne connaît point, où l'on
tremble sans savoir pourquoi, comme en traversant un

cimetière : et c'est en effet le plus sinistre des cimetières, celui où l'on n'a point de tombeau.

La terre est bornée pour le pêcheur, et dans l'ombre,
quand il n'y a pas de lune, la rivière est illimitée. Un
marin n'éprouve point la même chose pour la mer. Elle
est souvent dure et méchante, c'est[4] vrai, mais elle crie,
elle hurle, elle est loyale, la grande mer ; tandis que la
rivière est silencieuse et perfide. Elle ne gronde pas, elle
coule toujours sans bruit, et ce mouvement éternel de
l'eau qui coule est plus effrayant pour moi que les
hautes vagues[5] de l'Océan.

Des rêveurs prétendent que la mer[6] cache dans son
sein d'immenses pays bleuâtres, où les noyés roulent
parmi les grands poissons, au milieu d'étranges forêts et
dans des grottes de cristal. La rivière n'a que des
profondeurs noires où l'on pourrit dans la vase. Elle est
belle pourtant quand elle brille au soleil levant et qu'elle
clapote doucement entre ses berges couvertes de
roseaux qui murmurent.

Le poète a dit en parlant de l'Océan :

O flots, que vous savez de lugubres histoires !
Flots profonds, redoutés des mères à genoux,
Vous vous les racontez en montant les marées
Et c'est ce qui vous fait ces voix désespérées
Que vous avez, le soir, quand vous venez vers nous[7].

Eh bien, je crois que les histoires chuchotées par les
roseaux[8] minces avec leurs petites voix si douces
doivent être encore plus sinistres que les drames
lugubres racontés par les hurlements des vagues.

Mais puisque vous me demandez quelques-uns de
mes souvenirs, je vais vous dire une singulière aventure
qui m'est arrivée ici, il y a une dizaine d'années.

J'habitais comme aujourd'hui la maison de la mère
Lafon, et un de mes meilleurs camarades, Louis Ber-
net, qui a maintenant renoncé au canotage, à ses
pompes et à son débraillé pour entrer au Conseil d'État,
était[9] installé au village de C..., deux lieues plus bas.
Nous dînions tous les jours ensemble, tantôt chez lui,
tantôt chez moi.

Un soir, comme je[10] revenais tout seul et assez fatigué, traînant péniblement mon gros bateau, un *océan* de douze pieds[11], dont je me servais toujours la nuit, je m'arrêtai quelques secondes pour reprendre haleine auprès de la pointe des roseaux, là-bas, deux cents mètres environ avant le pont du chemin de fer. Il faisait un temps magnifique; la lune resplendissait, le fleuve brillait, l'air était calme et doux. Cette tranquillité me tenta; je me dis qu'il ferait bien bon fumer une pipe en cet endroit. L'action suivit la pensée; je saisis mon ancre et la jetai dans la rivière.

Le canot, qui redescendait avec le courant, fila sa chaîne jusqu'au bout, puis s'arrêta; et je[12] m'assis à l'arrière sur ma peau de mouton, aussi commodément qu'il me fut possible[13]. On n'entendait rien, rien : parfois seulement, je croyais saisir un petit clapotement presque insensible de l'eau contre la rive, et j'apercevais des groupes de roseaux plus élevés qui prenaient des figures surprenantes et semblaient par moment s'agiter[14].

Le fleuve était parfaitement tranquille, mais je me sentis ému par le silence extraordinaire qui m'entourait. Toutes les bêtes, grenouilles et crapauds, ces chanteurs nocturnes des marécages, se taisaient. Soudain, à ma droite, contre moi, une grenouille coassa. Je tressaillis : elle se tut; je n'entendis plus rien, et je résolus de fumer un peu pour me distraire. Cependant, quoique je fusse un culotteur de pipes renommé, je ne pus pas; dès la seconde bouffée, le cœur me tourna et je cessai. Je me mis à chantonner; le son[15] de ma voix m'était pénible; alors, je m'étendis au fond du bateau et je regardai le ciel. Pendant quelque temps, je demeurai tranquille, mais bientôt les légers mouvements de la barque m'inquiétèrent. Il me sembla qu'elle faisait des embardées gigantesques, touchant tour à tour les deux berges du fleuve; puis je crus qu'un être ou qu'une force invisible l'attirait doucement au fond de l'eau et la soulevait ensuite pour la laisser retomber. J'étais ballotté comme au milieu d'une tempête; j'entendis des bruits autour de moi; je me dressai d'un bond : l'eau brillait, tout était calme.

Je compris que j'avais les nerfs un peu ébranlés et je résolus de m'en aller. Je tirai sur ma chaîne ; le canot se mit en mouvement, puis je sentis une résistance, je tirai plus fort, l'ancre ne vint pas ; elle avait accroché quelque chose au fond de l'eau et je ne pouvais la soulever ; je recommençai à tirer, mais inutilement. Alors, avec mes avirons, je fis tourner mon bateau et je le portai en amont pour changer la position de l'ancre. Ce fut en vain, elle tenait toujours ; je fus pris de colère et je secouai la chaîne rageusement. Rien ne remua. Je m'assis découragé et je me mis à réfléchir sur ma position. Je ne pouvais songer à casser cette chaîne ni à la séparer de l'embarcation, car elle était énorme et rivée à l'avant dans un morceau de bois plus gros que mon bras ; mais comme le temps demeurait fort beau, je pensai que je ne tarderais point, sans doute, à rencontrer quelque pêcheur qui viendrait à mon secours. Ma mésaventure m'avait calmé ; je m'assis et je pus enfin fumer ma pipe. Je possédais une bouteille de rhum, j'en bus deux ou trois verres, et ma situation me fit rire. Il faisait très chaud, de sorte qu'à la rigueur je pouvais, sans grand mal, passer la nuit à la belle étoile.

Soudain, un petit coup sonna contre mon bordage. Je fis un soubresaut, et une sueur froide me glaça des pieds à la tête. Ce bruit venait sans doute de quelque bout de bois entraîné par le courant, mais cela avait suffi et je me sentis envahi de nouveau par une étrange agitation nerveuse. Je saisis ma chaîne et je me raidis dans[16] un effort désespéré. L'ancre tint bon. Je me rassis épuisé.

Cependant, la rivière s'était peu à peu couverte d'un brouillard blanc très épais qui rampait sur l'eau fort bas, de sorte que, en me dressant debout, je ne voyais plus le fleuve, ni mes pieds, ni mon bateau, mais j'apercevais seulement les pointes des roseaux, puis, plus loin, la plaine toute pâle de la lumière de la lune, avec de grandes taches noires qui montaient dans le ciel, formées par des groupes de peupliers d'Italie. J'étais comme enseveli jusqu'à la ceinture dans une nappe de coton d'une blancheur singulière, et il me venait des imaginations fantastiques. Je me figurais qu'on essayait de monter dans ma barque que je ne pouvais plus distinguer, et que la rivière, cachée par ce brouillard opaque, devait être pleine d'êtres étranges qui nageaient autour de moi. J'éprouvais un malaise horrible, j'avais les tempes serrées, mon cœur battait à m'étouffer ; et, perdant la tête, je pensai à me sauver à la nage ; puis aussitôt cette idée me fit frissonner d'épouvante. Je me vis, perdu, allant à l'aventure dans cette brume épaisse, me débattant au milieu des herbes et des roseaux que je ne pourrais éviter, râlant de peur, ne voyant pas la berge, ne retrouvant plus mon bateau, et il me semblait que je me sentirais tiré par les pieds tout au fond de cette eau noire.

En effet, comme il m'eût fallu remonter le courant au moins pendant cinq cents mètres avant de trouver un point libre d'herbes et de joncs où je pusse prendre pied, il y avait pour moi neuf chances sur dix de ne pouvoir me diriger dans ce brouillard et de me noyer, quelque bon nageur que je fusse.

J'essayai de me raisonner. Je me sentais la volonté bien ferme de ne point avoir peur, mais il y avait en moi autre chose que ma volonté, et cette autre chose avait peur. Je me demandai ce que je pouvais redouter ; mon *moi* brave railla mon *moi* poltron, et jamais aussi bien que ce jour-là je ne saisis l'opposition des deux êtres qui sont en nous, l'un voulant, l'autre résistant, et chacun l'emportant tour à tour.

Cet effroi bête et inexplicable grandissait toujours et devenait de la terreur. Je demeurais immobile, les yeux ouverts, l'oreille tendue et attendant. Quoi ? Je n'en savais rien, mais ce devait être terrible. Je crois que si un poisson se fût avisé de sauter hors de l'eau, comme cela arrive souvent, il n'en aurait pas fallu davantage pour me faire tomber raide sans[17] connaissance.

Cependant, par un effort violent, je finis par ressaisir à peu près ma raison qui m'échappait. Je pris de nouveau ma bouteille de rhum et je bus à grands traits. Alors une idée me vint et je me mis à crier de toutes mes forces en me tournant successivement vers les quatre points de l'horizon. Lorsque mon gosier fut absolument paralysé, j'écoutai. — Un chien hurlait, très loin.

Je bus encore et je m'étendis tout de mon long au fond du bateau. Je restai ainsi peut-être une heure, peut-être deux, sans dormir, les yeux ouverts, avec des cauchemars autour de moi. Je n'osais pas me lever et pourtant je le désirais violemment; je remettais de minute en minute. Je me disais : — « Allons, debout! » et j'avais peur de faire un mouvement. A la fin, je me soulevai avec des précautions infinies, comme si ma vie eût dépendu du moindre bruit que j'aurais fait, et je regardai par-dessus le bord.

Je fus ébloui par le plus merveilleux, le plus étonnant spectacle qu'il soit possible de voir. C'était une de ces fantasmagories du pays des fées, une de ces visions racontées par les voyageurs qui reviennent de très loin et que nous écoutons sans les croire.

Le brouillard qui, deux heures auparavant, flottait sur l'eau, s'était peu à peu retiré et ramassé sur les rives. Laissant le fleuve absolument libre, il avait formé sur chaque berge une colline ininterrompue, haute de six ou sept mètres, qui brillait sous la lune avec l'éclat superbe des neiges. De sorte qu'on ne voyait rien autre chose que cette rivière lamée de feu entre ces deux montagnes blanches; et là-haut, sur ma tête, s'étalait, pleine et large, une grande lune illuminante au milieu d'un ciel bleuâtre et laiteux.

Toutes[18] les bêtes de l'eau s'étaient réveillées; les grenouilles coassaient furieusement, tandis que, d'instant en instant, tantôt à droite, tantôt à gauche, j'entendais cette note courte, monotone et triste, que jette aux étoiles la voix cuivrée des crapauds. Chose étrange, je n'avais plus peur; j'étais au milieu d'un paysage tellement extraordinaire que les singularités les plus fortes n'eussent pu m'étonner.

Combien de temps cela dura-t-il, je n'en sais rien, car j'avais fini par m'assoupir. Quand je rouvris les yeux, la lune était couchée, le ciel plein de nuages. L'eau clapotait lugubrement, le vent soufflait, il faisait froid, l'obscurité était profonde.

Je bus ce qui me restait de rhum, puis j'écoutai en grelottant le froissement des roseaux et le bruit sinistre de la rivière. Je cherchai à voir, mais je ne pus distinguer mon bateau, ni mes mains elles-mêmes, que j'approchais de[19] mes yeux.

Peu à peu, cependant, l'épaisseur du noir diminua. Soudain je crus sentir qu'une ombre glissait tout près de moi; je poussai un cri, une voix répondit; c'était un pêcheur. Je l'appelai, il s'approcha et je lui racontai ma mésaventure. Il mit alors son bateau bord à bord avec le mien, et tous les deux nous tirâmes sur la chaîne. L'ancre ne remua pas. Le jour venait, sombre, gris, pluvieux, glacial, une de ces journées qui vous apportent des tristesses et des malheurs. J'aperçus une autre barque, nous la hélâmes. L'homme qui la montait unit ses efforts aux nôtres; alors, peu à peu, l'ancre céda. Elle montait mais doucement, doucement, et chargée d'un poids considérable. Enfin nous aperçûmes une masse noire, et nous la tirâmes à mon bord:

C'était le cadavre d'une vieille femme qui avait une grosse pierre[20] au cou.

« COCO, COCO, COCO FRAIS[1]! »

J'avais entendu raconter la mort de mon oncle Olli-
vier.

Je savais qu'au moment où il allait expirer doucement, tranquillement, dans l'ombre de sa grande
chambre dont on avait fermé les volets à cause d'un
terrible soleil de juillet ; au milieu du silence étouffant
de cette brûlante après-midi d'été, on entendit dans la
rue une petite sonnette argentine. Puis, une voix claire
traversa l'alourdissante chaleur : « Coco frais, rafraî-
chissez-vous — mesdames — coco, coco, qui veut du
coco ? »

Mon oncle fit un mouvement, quelque chose comme
l'effleurement d'un sourire remua sa lèvre, une gaieté
dernière brilla dans son œil qui, bientôt après, s'éteignit
pour toujours.

J'assistais à l'ouverture du testament. Mon cousin
Jacques héritait naturellement des biens de son père ; au
mien, comme souvenir, étaient légués quelques
meubles. La dernière clause me concernait. La voici :
« A mon neveu Pierre, je laisse un manuscrit de quel-
« ques feuillets qu'on trouvera dans le tiroir gauche de
« mon secrétaire ; plus 500 francs pour acheter son fusil
« de chasse, et 100 francs qu'il voudra bien remettre de
« ma part au premier marchand de coco qu'il ren-
« contrera !... »

« Ce fut une stupéfaction générale. Le manuscrit qui
me fut remis m'expliqua ce legs surprenant.

Je le copie textuellement :

« L'homme a toujours vécu sous le joug des super-
« stitions. On croyait autrefois qu'une étoile s'allumait
« en même temps que naissait un enfant ; qu'elle suivait
« les vicissitudes de sa vie, marquant les bonheurs par
« son éclat, les misères par son obscurcissement. On
« croit à l'influence des comètes, des années bissextiles,
« des vendredis, du nombre treize. On s'imagine que
« certaines gens jettent des sorts, le mauvais œil. On
« dit : Sa rencontre m'a toujours porté malheur. Tout
« cela est vrai. J'y crois. — Je m'explique : Je ne crois
« pas à l'influence occulte des choses ou des êtres ; mais
« je crois au hasard bien ordonné. Il est certain que le
« hasard a fait s'accomplir des événements importants
« pendant que des comètes visitaient notre ciel ; qu'il en
« a placé dans les années bissextiles ; que certains mal-
« heurs remarqués sont tombés le vendredi, ou bien ont
« coïncidé avec le nombre treize ; que la vue de cer-
« taines personnes a concordé avec le retour de certains
« faits, etc. De là naissent les superstitions. Elles se
« forment d'une observation incomplète, superficielle,
« qui voit la cause dans la coïncidence et ne cherche pas
« au-delà.

« Or, mon étoile à moi, ma comète, mon vendredi,
« mon nombre treize, mon jeteur de sorts, c'est bien
« certainement un marchand de coco.

« Le jour de ma naissance, m'a-t-on dit, il y en eut un
« qui cria toute la journée sous nos fenêtres.

« A huit ans, comme j'allais me promener avec ma
« bonne aux Champs-Élysées, et que nous traversions
« la grande avenue, un de ces industriels agita soudain
« sa sonnette derrière mon dos. Ma bonne regardait au
« loin un régiment qui passait ; je me retournai pour
« voir le marchand de coco. Elle me tirait en avant ; je
« résistais préoccupé par la sonnette. Une voiture à
« deux chevaux, luisante et rapide comme un éclair,
« arrivait sur nous. Le cocher cria. Ma bonne n'enten-
« dit pas ; moi non plus. Je me sentis renversé, roulé,
« meurtri... et je me trouvai, je ne sais comment, dans
« les bras du marchand de coco qui, pour me réconfor-

« ter, me mit la bouche sous un de ses robinets,
« l'ouvrit, et m'aspergea... ce qui me remit tout à fait.
«   Ma bonne avait le nez cassé. Et si elle continua à
« regarder les régiments, les régiments ne la regar-
« dèrent plus.
«   A seize ans, je venais d'acheter mon premier fusil,
« et, la veille de l'ouverture de la chasse, je me dirigeais
« vers le bureau de la diligence, en donnant le bras à ma
« vieille mère qui allait fort lentement à cause de ses
« rhumatismes. Tout à coup, derrière nous, j'entendis
« crier : « Coco, coco, coco frais! » La voix se rappro-
« cha, nous suivit, nous poursuivit! Il me semblait
« qu'elle s'adressait à moi, que c'était une personnalité,
« une insulte. Je crus qu'on me regardait en riant; et
« l'homme criait toujours : « Coco frais! » comme s'il
« se fût moqué de mon fusil brillant, de ma carnassière
« neuve, de mon costume de chasse tout « *frais* » en
« velours marron.
«   Dans la voiture je l'entendais encore.
«   Le lendemain, je n'abattis aucun gibier; mais je
« tuai un chien courant que je pris pour un lièvre; une
« jeune poule que je crus être une perdrix. Un petit
« oiseau se posa sur une haie; je tirai, il s'envola; mais
« un beuglement terrible me cloua sur place. Il dura
« jusqu'à la nuit... Hélas! mon père dut payer la vache
« d'un pauvre fermier.
«   A vingt-cinq ans, je vis, un matin, un vieux mar-
« chand de coco, très ridé, très courbé, qui marchait à
« peine, appuyé sur son bâton et comme écrasé par sa
« fontaine. Il me parut être une sorte de divinité,
« comme la patriarche, l'ancêtre, le grand chef de tous
« les marchands de coco du monde. Je bus un verre de
« coco et je le payai vingt sous. Une voix profonde, qui
« semblait plutôt sortir de la boîte en fer blanc que de
« l'homme qui la portait, gémit : "Cela vous portera
« bonheur, mon cher monsieur."
«   Ce jour-là je fis la connaissance de ma femme, qui
« me rendit toujours heureux.
«   Enfin voici comment un marchand de coco
« m'empêcha d'être préfet.

«   Une révolution venait d'avoir lieu. Je fus pris du
« besoin de devenir un homme public. J'étais riche,
« estimé, je connaissais un ministre ; je demandai une
« audience en indiquant le but de ma visite. Elle me fut
« accordée de la façon la plus aimable.

«   Au jour dit (c'était en été, il faisait une chaleur
« terrible), je mis un pantalon clair, des gants clairs, des
« bottines de drap clair aux bouts de cuir verni. Les
« rues étaient brûlantes. On enfonçait dans les trottoirs
« qui fondaient ; et de gros tonneaux d'arrosage fai-
« saient un cloaque des chaussées. De place en place
« des balayeurs faisaient un tas de cette boue chaude et
« pour ainsi dire factice, et la poussaient dans les
« égouts. Je ne pensais qu'à mon audience, et j'allais
« vite, quand je rencontrai un de ces flots vaseux ; je
« pris mon élan, une — … deux — … Un cri aigu,
« terrible, me perça les oreilles : « Coco, coco, coco,
« qui veut du coco ? » Je fis un mouvement involontaire
« des gens surpris ; je glissai… Ce fut une chose lamen-
« table, atroce… j'étais assis dans cette fange… mon
« pantalon était devenu foncé, ma chemise blanche
« tachetée de boue ; mon chapeau nageait à côté de moi.
« La voix furieuse, enrouée à force de crier, hurlait
« toujours : « Coco, coco ! » Et devant moi vingt per-
« sonnes, que secouait un rire formidable, faisaient
« d'horribles grimaces en me regardant.

«   Je rentrai chez moi en courant. Je me changeai.
« L'heure de l'audience était passée. »

«   Le manuscrit se terminait ainsi :

«   Fais-toi l'ami d'un marchand de coco, mon petit
« Pierre. Quant à moi, je m'en irai content de ce monde
« si j'en entends crier un au moment de mourir. »

Le lendemain je rencontrai aux Champs-Élysées un
vieux, très vieux porteur de fontaine qui paraissait fort
misérable. Je lui donnai les cent francs de mon oncle. Il
tressaillit stupéfait, puis me dit : « Grand merci, mon
petit homme, cela vous portera bonheur. »

SUICIDES[1]

A Georges Legrand[2].

Il ne se passe[3] guère de jours sans[4] qu'on lise dans quelque journal le fait divers suivant[5] :

« Dans la nuit de mercredi à jeudi, les habitants de la maison portant le n° 40 de[6] la rue de... ont été réveillés par deux détonations successives. Le bruit partait d'un[7] logement habité par M. X... La porte fut ouverte, et on trouva ce locataire[8] baigné dans son sang, tenant encore à la main le revolver avec lequel il s'était donné la mort.

« M. X... était âgé de cinquante-sept ans, jouissait d'une aisance honorable et avait tout ce qu'il faut pour être heureux. On ignore absolument la cause de sa funeste détermination. »

Quelles douleurs profondes, quelles lésions du cœur, désespoirs cachés, blessures brûlantes poussent au suicide ces gens qui sont heureux[9] ? On cherche, on imagine des drames d'amour, on soupçonne des désastres d'argent et, comme on ne découvre jamais rien de précis, on met sur ces morts le mot « Mystère ».

Une[10] lettre trouvée sur la table d'un de ces « suicidés sans raison », et écrite pendant la dernière nuit, auprès du pistolet chargé, est tombée entre nos mains. Nous la croyons intéressante. Elle ne révèle aucune des grandes catastrophes qu'on cherche toujours derrière ces actes de désespoir; mais elle montre la lente succession des petites misères de la vie, la désorganisation fatale d'une existence solitaire, dont les rêves sont disparus; elle donne la raison de[11] ces fins tragiques que les nerveux et les sensitifs seuls comprendront.

La voici[12] :

« Il est minuit. Quand j'aurai fini cette lettre, je me tuerai. Pourquoi? Je vais tâcher de le dire, non pour ceux qui liront ces lignes, mais pour moi-même, pour renforcer mon courage défaillant, me bien pénétrer de la nécessité maintenant fatale de cet acte qui ne pourrait être que différé.

J'ai été élevé par des parents simples qui croyaient à tout. Et j'ai cru comme eux.

Mon rêve dura longtemps. Les derniers lambeaux viennent seulement de se déchirer.

Depuis quelques années déjà un phénomène se passe en moi. Tous les événements de l'existence qui, autrefois resplendissaient à mes yeux comme des aurores, me semblent se décolorer. La signification des choses m'est apparue dans sa réalité brutale; et la raison vraie de l'amour m'a dégoûté même des poétiques tendresses.

Nous sommes les jouets éternels d'illusions stupides et charmantes toujours renouvelées.

Alors, vieillissant, j'avais pris mon parti de l'horrible misère des choses, de l'inutilité des efforts, de la vanité des attentes, quand[13] une lumière nouvelle sur le néant de tout m'est apparue, ce soir, après dîner.

Autrefois, j'étais joyeux! Tout me charmait : les femmes qui passent, l'aspect des rues, les lieux que j'habite; et je m'intéressais même à la forme de mes vêtements. Mais la répétition des mêmes visions a fini par m'emplir le cœur de lassitude et d'ennui, comme il arriverait pour un spectateur entrant chaque soir au[14] même théâtre.

Tous les jours, à la même heure depuis trente ans, je me lève; et, dans le même restaurant, depuis trente ans, je mange aux mêmes heures les mêmes plats apportés par des garçons différents.

J'ai tenté de voyager? L'isolement qu'on éprouve en

des lieux inconnus m'a fait peur. Je me suis senti tellement seul sur la terre, et si petit, que j'ai repris bien vite la route de chez moi.

Mais alors l'immuable physionomie de mes meubles, depuis trente ans à la même place, l'usure de mes fauteuils que j'avais connus neufs, l'odeur de mon appartement (car chaque logis prend, avec le temps, une odeur particulière), m'ont donné, chaque soir, la nausée des habitudes et[15] la noire mélancolie de vivre ainsi.

Tout se répète sans cesse et lamentablement. La manière même dont je mets en rentrant la clef dans la serrure, la place où je trouve toujours mes allumettes, le premier coup d'œil jeté dans ma chambre quand le phosphore s'enflamme, me donnent envie de sauter par la fenêtre et d'en finir avec ces événements monotones auxquels nous n'échappons jamais.

J'éprouve chaque jour, en me rasant, un désir immodéré de me couper la gorge[16] ; et ma figure, toujours la même, que je revois dans la petite glace avec du savon sur les joues[17], m'a plusieurs fois fait pleurer de tristesse.

Je ne puis même plus me retrouver auprès des gens que je rencontrais jadis avec plaisir, tant je les connais, tant je sais ce qu'ils vont me dire et ce que je vais répondre, tant j'ai vu le moule de leurs pensées immuables, le pli de leurs raisonnements. Chaque cerveau est comme un cirque, où tourne éternellement un pauvre cheval enfermé. Quels que soient nos efforts, nos détours, nos crochets, la limite est proche et arrondie d'une façon continue, sans saillies imprévues et sans porte sur l'inconnu. Il[18] faut tourner, tourner toujours, par les mêmes idées, les mêmes joies, les mêmes plaisanteries, les mêmes habitudes, les mêmes croyances, les mêmes écœurements[19].

Le brouillard était affreux, ce soir. Il enveloppait le boulevard où les becs de gaz obscurcis semblaient des chandelles fumeuses[20]. Un poids plus lourd que d'habitude me pesait sur les épaules. Je digérais mal, probablement.

Car une bonne digestion est tout dans la vie. C'est elle qui donne l'inspiration à l'artiste, les désirs amoureux aux[21] jeunes gens, des idées claires aux penseurs, la joie de vivre à tout le monde, et elle permet de manger beaucoup (ce qui est encore le plus grand bonheur). Un estomac malade pousse au scepticisme, à l'incrédulité, fait germer les songes noirs et[22] les désirs de mort. Je l'ai remarqué fort souvent. Je ne me tuerais peut-être pas si j'avais bien digéré ce soir.

Quand je fus assis dans le fauteuil où je m'asseois tous les jours depuis trente ans, je jetai les yeux autour de moi, et je me sentis saisi par une détresse si horrible que je me crus près de devenir fou.

Je cherchai ce que je pourrais faire pour échapper à moi-même? Toute occupation m'épouvanta comme plus odieuse encore que l'inaction. Alors, je songeai à mettre de l'ordre dans mes papiers.

Voici longtemps que je songeais à cette besogne d'épurer mes tiroirs; car depuis trente ans, je jette pêle-mêle dans le même meuble mes lettres et mes factures, et le désordre de ce mélange m'a souvent causé bien des ennuis. Mais j'éprouve une telle fatigue morale et physique à la seule pensée de ranger quelque chose que je n'ai jamais eu le courage de me mettre à ce travail odieux.

Donc je m'assis devant mon secrétaire et je l'ouvris, voulant faire un choix dans mes papiers anciens pour en détruire une grande partie.

Je demeurai d'abord troublé devant cet entassement de feuilles jaunies, puis j'en pris une.

Oh! ne touchez jamais à ce meuble, à ce cimetière des correspondances d'autrefois, si vous tenez à la vie! Et, si vous l'ouvrez par hasard, saisissez à pleines mains[23] les lettres qu'il contient, fermez les yeux pour n'en point lire un mot, pour qu'une seule écriture[24] oubliée et reconnue ne vous jette d'un seul coup dans l'océan des souvenirs; portez au feu ces papiers mortels; et, quand ils seront en cendres, écrasez-les encore en une poussière invisible... ou sinon vous êtes perdu... comme je suis perdu depuis une heure!...

Ah! les premières lettres que j'ai relues ne[25] m'ont point intéressé. Elles étaient récentes d'ailleurs, et me venaient d'hommes vivants que je rencontre encore assez souvent et dont la présence ne me touche guère. Mais soudain une enveloppe m'a fait tressaillir. Une grande écriture large y avait tracé mon nom; et brusquement les[26] larmes me sont montées aux yeux. C'était de mon[27] plus cher ami, celui-là, le compagnon de ma jeunesse, le confident de mes espérances; et il m'apparut si nettement, avec son sourire bon enfant et la main tendue vers moi qu'un frisson me secoua les os. Oui, oui, les morts reviennent, car je l'ai vu! Notre[28] mémoire est un monde plus parfait que l'univers : elle rend la vie à ce qui n'existe plus!

La main tremblante, le regard brumeux, j'ai relu tout ce qu'il me disait, et dans mon pauvre cœur sanglotant j'ai senti une meurtrissure si douloureuse que je me mis à pousser des gémissements comme un homme dont on brise les membres.

Alors j'ai remonté toute ma vie ainsi qu'on remonte un fleuve. J'ai reconnu des gens oubliés depuis si longtemps que je ne savais plus leur nom. Leur figure seule vivait en moi. Dans les lettres de ma mère, j'ai retrouvé les vieux domestiques et la forme de notre maison et les petits[29] détails insignifiants où s'attache l'esprit des enfants.

Oui, j'ai revu[30] soudain toutes les vieilles toilettes de ma mère avec ses physionomies différentes suivant les modes qu'elle portait et les coiffures qu'elle avait successivement adoptées. Elle me hantait surtout[31] dans une robe de soie à ramages anciens; et je me rappelais une phrase, qu'un jour, portant cette robe, elle m'avait dite : « Robert, mon enfant, si tu ne te tiens pas droit, tu seras bossu toute ta vie. »

Puis soudain, ouvrant un autre tiroir, je me retrouvai en face de mes souvenirs d'amour : une bottine de bal, un mouchoir déchiré, une jarretière même, des cheveux et des fleurs desséchées. Alors les doux romans de ma vie, dont les héroïnes encore vivantes ont aujourd'hui des cheveux tout blancs, m'ont plongé dans l'amère mélancolie des choses à jamais finies. Oh! les fronts jeunes où frisent les cheveux dorés, la caresse des mains, le regard qui parle, les cœurs qui battent, ce sourire qui promet les lèvres, ces lèvres qui promettent l'étreinte... Et le premier baiser... ce baiser sans fin qui fait se fermer les yeux, qui anéantit toute pensée dans l'incommensurable bonheur de la possession prochaine.

Prenant à pleines mains ces vieux gages de tendresses lointaines, je les couvris[32] de caresses furieuses, et dans mon âme ravagée par les souvenirs, je revoyais chacune à l'heure de l'abandon, et je souffrais un supplice plus cruel que toutes les tortures imaginées par toutes les fables de l'enfer.

Une dernière lettre restait. Elle était de moi et dictée de cinquante[33] ans auparavant par mon professeur d'écriture. La voici :

« Ma petite maman chérie,

« J'ai aujourd'hui sept ans. C'est l'âge de raison, j'en profite pour te remercier de m'avoir donné le jour.

« Ton petit garçon qui t'adore,

« ROBERT. »

C'était fini. J'arrivais à la source, et brusquement je me retournai pour envisager le reste de mes jours. Je vis la vieillesse hideuse et solitaire, et les infirmités prochaines et tout fini, fini, fini! Et personne autour de moi!

Mon revolver est là, sur la table... Je l'arme... Ne relisez jamais vos vieilles lettres[34]. »

Et voilà comment se tuent beaucoup d'hommes dont on fouille en vain l'existence pour y découvrir de grands chagrins.

MAGNÉTISME[1]

C'était à la fin d'un dîner d'hommes, à l'heure des interminables cigares et des incessants petits verres, dans la fumée et l'engourdissement chaud des digestions, dans le léger trouble des têtes après tant de viandes et de liqueurs absorbées et mêlées[2].

On vint à parler du magnétisme, des tours de Donato[3] et des expériences du docteur Charcot. Soudain ces hommes, sceptiques, aimables, indifférents à toute religion, se mirent à raconter des faits étranges, des histoires incroyables mais arrivées, affirmaient-ils; retombant brusquement en des croyances superstitieuses, se cramponnant à ce dernier reste de merveilleux, devenus dévots à ce mystère du magnétisme, le défendant au nom de la science.

Un seul souriait, un vigoureux garçon, grand coureur de filles et chasseur de femmes, chez qui une incroyance à tout s'était ancrée si fortement qu'il n'admettait même point la discussion.

Il répétait en ricanant : « Des blagues ! des blagues ! des blagues ! Nous ne discuterons pas Donato, qui est tout simplement un très malin faiseur de tours. Quant à M. Charcot, qu'on dit être un remarquable savant, il me fait l'effet de ces conteurs dans le genre d'Edgar Poe, qui finissent par devenir fous à force de réfléchir à d'étranges cas de folie. Il a constaté des phénomènes nerveux inexpliqués et encore inexplicables, il marche dans cet inconnu qu'on explore un peu chaque jour et ne pouvant toujours comprendre ce qu'il voit, il se souvient trop peut-être des explications ecclésiastiques des mystères. Et puis je voudrais l'entendre parler, ce serait tout autre chose que ce que vous répétez. »

Il y eut autour de l'incrédule une sorte de mouvement de pitié, comme s'il avait blasphémé dans une assemblée de moines.

Un de ces messieurs s'écria :

« Il y a pourtant eu des miracles autrefois. »

Mais l'autre répondit :

« Je le nie. Pourquoi n'y en aurait-il plus ? »

Alors chacun apporta un fait, des pressentiments fantastiques, des communications d'âmes à travers de longs espaces, des influences secrètes d'un être sur un autre. Et on affirmait, on déclarait les faits indiscutables, tandis que le nieur acharné répétait : « Des blagues ! des blagues ! des blagues ! »

A la fin il se leva, jeta son cigare, et les mains dans ses poches : « Eh bien, moi aussi, je vais vous raconter deux histoires, et puis je vous les expliquerai. Les voici :

Dans le petit village d'Étretat les hommes, tous matelots, vont chaque année au banc de Terre-Neuve pêcher la morue. Or, une nuit, l'enfant d'un de ces marins se réveilla en sursaut en criant que son « pé était mort à la mé ». On calma le mioche, qui se réveilla de nouveau en hurlant que son « pé était neyé ».

Un mois après on apprenait en effet la mort du père enlevé du pont par un coup de mer. La veuve se rappela les réveils de l'enfant. On cria au miracle ; tout le monde s'émut ; on rapprocha les dates ; et il se trouva que l'accident et le rêve avaient coïncidé à peu près ; d'où l'on conclut qu'ils étaient arrivés la même nuit, à la même heure. Et voilà un mystère du magnétisme. » Le conteur s'interrompit. Alors un des auditeurs, fort ému, demanda : « Et vous expliquez ça, vous ? » — « Parfaitement, monsieur, j'ai trouvé le secret. Le fait m'avait surpris et même vivement embarrassé ; mais moi, voyez-vous, je ne crois pas par principe. De même

que d'autres commencent par croire, je commence par
douter ; et, quand je ne comprends nullement, je continue à nier toute communication téléphonique des[4]
âmes, sûr que ma pénétration seule est suffisante. Eh
bien, j'ai cherché, cherché, et j'ai fini, à force d'inter-
roger toutes les femmes des matelots absents, par me
convaincre qu'il ne se passait pas huit jours sans que
l'une d'elles ou un des enfants rêvât et annonçât à son
réveil que le « pé était mort à la mé ». La crainte
horrible et constante de cet accident fait qu'ils en
parlent toujours, y pensent sans cesse. Or, si une de ces
fréquentes prédictions coïncide, par un hasard très
simple, avec une mort, on crie aussitôt au miracle, car
on oublie soudain tous les autres songes, tous les autres
présages, toutes les autres prophéties de malheur,
demeurés sans confirmation. J'en ai pour ma part
constaté plus de cinquante dont les auteurs, huit jours
plus tard, ne se souvenaient même plus. Mais, si
l'homme, en effet, était mort, la mémoire se serait
immédiatement réveillée, et on aurait célébré l'intervention de Dieu selon les uns, du magnétisme selon les
autres. »

★

Un des fumeurs déclara :
— C'est assez juste, ce que vous dites-là, mais
voyons votre seconde histoire ?
— Oh ! ma seconde histoire est fort délicate à
raconter. C'est à moi qu'elle est arrivée, aussi je me
défie un rien de ma propre appréciation. On n'est
jamais équitablement juge et partie. Enfin la voici.
J'avais, dans mes relations mondaines, une jeune
femme à laquelle je ne songeais nullement, que je
n'avais même jamais regardée attentivement, jamais
remarquée, comme on dit.
Je la classais parmi les insignifiantes, bien qu'elle ne
fût pas laide ; enfin, elle me semblait avoir des yeux, un
nez, une bouche, des cheveux quelconques, toute une
physionomie terne ; c'était un de ces êtres sur qui la

pensée ne semble se poser que par hasard, ne se pouvoir arrêter; sur qui le désir ne s'abat point.

Je la voyais cinq ou six fois l'an. Deux visites et quelques rencontres dans le monde, voilà tout. Or, un soir, comme j'écrivais des lettres au coin de mon feu, avant de me mettre au lit, j'ai senti au milieu de ce dévergondage d'idées, de cette procession d'images qui vous effleurent le cerveau quand on reste quelques minutes rêvassant, la plume en l'air, une sorte de petit souffle qui me passait dans l'esprit, un tout léger frisson du cœur, et immédiatement, sans raison, sans aucun enchaînement de pensées logiques, j'ai vu distinctement, vu comme si je la touchais, vu des pieds à la tête, et sans un voile, cette jeune femme à qui je n'avais jamais songé plus de trois secondes de suite, le temps que son nom me traversât la tête. Et soudain je lui découvris un tas de qualités que je n'avais point observées, un charme doux, un attrait langoureux; elle éveilla chez moi cette sorte d'inquiétude d'amour qui vous met à la poursuite d'une femme. Mais je n'y pensai pas longtemps. Je me couchai, je m'endormis. Et je rêvai.

Vous avez tous fait de ces rêves singuliers, n'est-ce pas, qui vous rendent maîtres de l'Impossible, qui vous ouvrent des portes infranchissables, des joies inespérées, des bras impénétrables?

Qui de nous, dans ces sommeils troubles, nerveux, haletants, n'a tenu, étreint, pétri, possédé avec une acuité de sensation extraordinaire, celle dont son esprit était occupé? Et avez-vous remarqué quelles surhumaines délices apportent ces bonnes fortunes du rêve! En quelles ivresses folles elles vous jettent, de quels spasmes fougueux elles vous secouent, et quelle tendresse infinie, caressante, pénétrante elles vous enfoncent au cœur pour celle qu'on tient défaillante et chaude, en cette illusion adorable et brutale, qui semble une réalité!

Tout cela, je l'ai ressenti avec une inoubliable violence. Cette femme fut à moi, tellement à moi que la tiède douceur de sa peau me restait aux doigts, l'odeur de sa peau me restait au cerveau, le goût de ses baisers me restait aux lèvres, le son de sa voix me restait aux oreilles, le cercle de son étreinte autour des reins, et le charme ardent de sa tendresse en toute ma personne, longtemps après mon réveil exquis et décevant.

Et trois fois en cette même nuit, le même songe se renouvela.

Le jour venu, elle m'obsédait, me possédait, me hantait la tête et les sens, à tel point que je ne restais plus une seconde sans penser à elle.

A la fin, ne sachant que faire, je m'habillai et je l'allai voir. Dans son escalier, j'étais ému à trembler, mon cœur battait : un désir véhément m'envahissait des pieds aux cheveux.

J'entrai. Elle se leva toute droite en entendant mon nom ; et soudain nos yeux se croisèrent avec une surprenante fixité. Je m'assis.

Je balbutiai quelques banalités qu'elle ne semblait point écouter. Je ne savais que dire ni que faire ; alors, brusquement, je me jetai sur elle, la saisissant à pleins bras ; et tout mon rêve s'accomplit si vite, si facilement, si follement, que je doutai soudain d'être éveillé... Elle fut pendant deux ans ma maîtresse...

« Qu'en concluez-vous ? » dit une voix.

Le conteur semblait hésiter.

« J'en conclus... je conclus à une coïncidence, parbleu ! Et puis, qui sait ? C'est peut-être un regard d'elle que je n'avais point remarqué et qui m'est revenu ce soir-là par un de ces mystérieux et inconscients rappels de la mémoire qui nous représente souvent des choses négligées par notre conscience, passées inaperçues devant notre intelligence ! »

« Tout ce que vous voudrez, conclut un convive, mais si vous ne croyez pas au magnétisme après cela, vous êtes un ingrat, mon cher monsieur ! »

RÊVES[1]

C'était après un dîner d'amis, de vieux amis. Ils étaient cinq : un écrivain, un médecin et trois célibataires riches, sans profession.

On avait parlé de tout, et une lassitude arrivait, cette lassitude qui précède et décide les départs après les fêtes. Un des convives qui regardait depuis cinq minutes, sans parler, le boulevard houleux, étoilé de becs de gaz et bruissant, dit tout à coup :

— Quand on ne fait rien du matin au soir, les jours sont longs.

— Et les nuits aussi, ajouta son voisin. Je ne dors guère, les plaisirs me fatiguent, les conversations ne varient pas ; jamais je ne rencontre une idée nouvelle, et j'éprouve, avant de causer avec n'importe qui, un désir furieux de ne rien dire et de ne rien entendre. Je ne sais que faire de mes soirées.

Et le troisième désœuvré proclama :

— Je paierais bien cher un moyen de passer, chaque jour, seulement deux heures agréables.

Alors l'écrivain, qui venait de jeter son pardessus sur son bras, s'approcha.

— L'homme, dit-il, qui découvrirait un vice nouveau, et l'offrirait à ses semblables, dût-il abréger de moitié leur vie, rendrait un plus grand service à l'humanité que celui qui trouverait le moyen d'assurer l'éternelle santé et l'éternelle jeunesse.

Le médecin se mit à rire ; et, tout en mâchonnant un cigare :

— Oui, mais ça ne se découvre pas comme ça. On a pourtant rudement cherché et travaillé la matière, depuis que le monde existe. Les premiers hommes sont arrivés, d'un coup, à la perfection dans ce genre. Nous les égalons à peine.

Un des trois désœuvrés murmura :

— C'est dommage !

Puis au bout d'une minute, il ajouta :

— Si on pouvait seulement dormir, bien dormir, sans avoir chaud ni froid, dormir avec cet anéantissement des soirs de grande fatigue, dormir sans rêves.

— Pourquoi sans rêves ? demanda le voisin.

L'autre reprit :

— Parce que les rêves ne sont pas toujours agréables, et que toujours ils sont bizarres, invraisemblables, décousus, et que, dormant, nous ne pouvons même savourer les meilleurs à notre gré. Il faudrait rêver éveillé.

— Qui vous en empêche ? interrogea l'écrivain.

Le médecin jeta son cigare.

— Mon cher, pour rêver éveillé, il faut une grande puissance et un grand travail de volonté, et, partant, une grande fatigue en résulte. Or, le vrai rêve, cette promenade de notre pensée à travers des visions charmantes, est assurément ce qu'il y a de plus délicieux au monde ; mais il faut qu'il vienne naturellement, qu'il ne soit pas péniblement provoqué et qu'il soit accompagné d'un bien-être absolu du corps. Ce rêve-là, je peux vous l'offrir, à condition que vous me promettiez[2] de n'en pas abuser.

L'écrivain haussa les épaules :

— Ah ! oui, je sais, le hachisch, l'opium, la confiture verte, les paradis artificiels. J'ai lu Baudelaire[3] ; et j'ai même goûté la fameuse drogue, qui m'a rendu fort malade.

Mais le médecin s'était assis :

— Non, l'éther, rien que l'éther, et j'ajoute même que vous autres, hommes de lettres, vous en devriez user quelquefois.

Les trois hommes riches s'approchèrent. L'un demanda :

— Expliquez-nous-en donc les effets.

Et le médecin reprit :

— Mettons de côté les grands mots, n'est-ce pas ? Je ne parle pas médecine, ni morale ; je parle plaisir. Vous vous livrez tous les jours à des excès qui dévorent votre vie. Je veux vous indiquer une sensation nouvelle, possible seulement pour les hommes intelligents, disons même : très intelligents, dangereuse comme tout ce qui surexcite nos organes, mais exquise. J'ajoute qu'il vous faudra une certaine préparation, c'est-à-dire une certaine habitude, pour ressentir dans toute leur plénitude les singuliers effets de l'éther.

« Ils sont différents des effets du hachisch, des effets de l'opium et de la morphine ; et ils cessent aussitôt que s'interrompt l'absorption du médicament. Tandis que les autres producteurs de rêveries continuent leur action pendant des heures.

« Je vais tâcher maintenant d'analyser le plus nettement possible ce qu'on ressent. Mais la chose n'est pas facile, tant sont délicates, presque insaisissables, ces sensations.

« C'est atteint de névralgies violentes que j'ai usé de ce remède, dont j'ai peut-être un peu abusé depuis.

« J'avais dans la tête et dans le cou de vives douleurs, et une insupportable chaleur de la peau, une inquiétude de fièvre. Je pris un grand flacon d'éther et, m'étant couché, je me mis à l'aspirer lentement.

« Au[4] bout de quelques minutes, je crus entendre un murmure vague qui devint bientôt une espèce de bourdonnement, et il me semblait que tout l'intérieur de mon corps devenait léger, léger comme de l'air, qu'il se vaporisait.

« Puis ce fut une sorte de torpeur de l'âme, de bien-être somnolent, malgré les douleurs qui persistaient, mais qui cessaient cependant d'être pénibles. C'était une de ces souffrances qu'on consent à supporter, et non plus ces déchirements affreux contre lesquels tout notre corps torturé proteste.

« Bientôt l'étrange et charmante sensation de vide que j'avais dans la poitrine s'étendit, gagna les membres qui devinrent à leur tour légers, légers comme si la chair et les os se fussent fondus et que la peau seule fût restée, la peau nécessaire pour me faire percevoir la douceur de vivre, d'être couché dans ce bien-être. Je m'aperçus alors que je ne souffrais plus. La douleur s'en était allée, fondue aussi, évaporée. Et j'entendis des voix, quatre voix, deux dialogues, sans rien comprendre des paroles. Tantôt ce n'étaient que des sons indistincts, tantôt un mot me parvenait. Mais je reconnus que c'étaient là simplement les bourdonnements accentués de mes oreilles. Je ne dormais pas, je veillais ; je comprenais, je sentais, je raisonnais avec une netteté, une profondeur, une puissance extraordinaires, et une joie d'esprit, une ivresse étrange venue de ce décuplement de mes facultés mentales.

« Ce n'était pas du rêve comme avec le hachisch[5], ce n'étaient pas les visions un peu maladives de l'opium ; c'était une acuité prodigieuse de raisonnement, une manière nouvelle de voir, de juger, d'apprécier les choses et la vie, et avec[6] la certitude, la conscience absolue que cette manière était la vraie.

« Et la vieille image de l'Écriture m'est revenue soudain à la pensée. Il me semblait que j'avais goûté à l'arbre de science, que tous les mystères se dévoilaient, tant je me trouvais sous l'empire d'une logique nouvelle, étrange, irréfutable. Et des arguments, des raisonnements, des preuves me venaient en foule, renversés immédiatement par une preuve, un raisonnement, un argument plus fort. Ma[7] tête était devenue le champ de lutte des idées. J'étais un être supérieur, armé d'une intelligence invincible, et je goûtais une jouissance prodigieuse à la constatation de ma puissance...

« Cela dura longtemps, longtemps. Je respirais toujours l'orifice de mon flacon d'éther. Soudain, je m'aperçus qu'il était vide[8]. Et j'en ressentis un effroyable chagrin.

*

Les quatre hommes demandèrent ensemble :

— Docteur, vite une ordonnance pour un litre d'éther !

Mais le médecin mit son chapeau et répondit :

— Quant à ça, non ; allez vous faire empoisonner par d'autres !

Et il sortit.

*

Mesdames et messieurs, si le cœur vous en dit ?...

LE LOUP[1]

Voici ce que nous raconta le vieux marquis d'Arville à la fin du dîner de Saint-Hubert, chez le baron des Ravels.

On avait forcé un cerf dans le jour. Le marquis était le seul des convives qui n'eût point pris part à cette poursuite, car il ne chassait jamais.

Pendant toute la durée du grand repas, on n'avait guère parlé que de massacres d'animaux. Les femmes elles-mêmes s'intéressaient aux récits sanguinaires et souvent invraisemblables, et les orateurs mimaient les attaques et les combats d'hommes contre les bêtes[2], levaient les bras, contaient d'une voix tonnante.

M. d'Arville parlait bien, avec une certaine poésie un peu ronflante, mais pleine d'effet. Il avait dû répéter souvent cette histoire, car il la disait couramment, n'hésitant pas sur les mots choisis avec habileté pour faire image.

— Messieurs, je n'ai jamais chassé, mon père non plus, mon grand-père non plus, et non plus, mon arrière-grand-père. Ce dernier était fils d'un homme qui chassa plus que vous tous. Il mourut en 1764. Je vous dirai comment.

Il se nommait Jean, était marié, père de cet enfant qui fut mon trisaïeul, et il habitait avec son frère cadet, François d'Arville, notre château de Lorraine, en pleine forêt.

François d'Arville était resté garçon par amour de la chasse.

Ils chassaient tous deux d'un bout à l'autre de l'année, sans repos, sans arrêt, sans lassitude. Ils n'aimaient que cela, ne comprenaient[3] pas autre chose, ne parlaient que de cela, ne vivaient que pour cela.

Ils avaient au cœur cette passion terrible, inexorable. Elle les brûlait, les ayant envahis tout entiers, ne laissant de place pour rien autre.

Ils avaient défendu qu'on les dérangeât jamais en chasse, pour aucune raison. Mon trisaïeul naquit pendant que son père suivait un renard, et Jean d'Arville n'interrompit point sa course, mais il jura : « Non d'un nom, ce gredin-là aurait bien pu attendre après l'hallali ! »

Son frère François se montrait encore plus emporté que lui. Dès le lever[4], il allait voir les chiens, puis les chevaux, puis il tirait des oiseaux autour du château jusqu'au moment de partir pour forcer quelque grosse bête.

On les appelait dans le pays M. le Marquis et M. le Cadet, les nobles d'alors ne faisant point, comme la noblesse d'occasion de notre temps, qui veut établir dans les titres une hiérarchie descendante ; car le fils d'un marquis n'est pas plus comte, ni le fils d'un vicomte baron, que le fils d'un général n'est colonel de naissance. Mais la vanité mesquine du jour trouve profit à cet arrangement.

Je reviens à mes ancêtres.

Ils étaient[5], paraît-il, démesurément grands, osseux, poilus, violents et vigoureux. Le jeune, plus haut encore que l'aîné, avait une voix tellement forte que, suivant une légende dont il était fier, toutes les feuilles de la forêt s'agitaient quand il criait.

Et lorsqu'ils se mettaient en selle tous deux pour partir en chasse, ce devait être un spectacle superbe de voir ces deux géants enfourcher leurs grands chevaux[6].

Or, vers le milieu de l'hiver de cette année 1764, les froids furent excessifs et les loups devinrent féroces.

Ils attaquaient même les paysans attardés, rôdaient la

nuit autour des maisons, hurlaient du coucher du soleil à son lever et dépeuplaient les étables.

Et bientôt une rumeur circula. On parlait d'un loup colossal, au pelage gris, presque blanc, qui avait mangé deux enfants, dévoré le bras d'une femme, étranglé tous les chiens de garde du pays et qui pénétrait sans peur dans les enclos pour venir flairer sous les portes. Tous les habitants affirmaient avoir senti son souffle qui faisait vaciller la flamme des lumières. Et bientôt une panique courut par toute la province. Personne n'osait plus sortir dès que tombait le soir. Les ténèbres semblaient hantées par l'image de cette bête...

Les frères d'Arville résolurent de la trouver et de la tuer, et ils convièrent à de grandes chasses tous les gentilshommes du pays.

Ce fut en vain. On avait beau battre les forêts, fouiller les buissons, on ne le rencontrait[7] jamais. On tuait des loups, mais pas celui-là. Et, chaque nuit qui suivait la battue, l'animal, comme pour se venger, attaquait quelque voyageur ou dévorait quelque bétail, toujours loin du lieu où on l'avait cherché.

Une nuit enfin, il pénétra dans l'étable aux porcs du château d'Arville et mangea les deux plus beaux élèves.

Les deux frères furent enflammés de colère, considérant cette attaque comme une bravade du monstre, une injure directe, un défi. Ils prirent tous leurs forts limiers[8] habitués à poursuivre les bêtes redoutables, et ils se mirent en chasse, le cœur soulevé de fureur.

Depuis l'aurore jusqu'à l'heure où le soleil empourpré descendit derrière[9] les grands arbres nus, ils battirent les fourrés sans rien trouver.

Tous deux enfin, furieux et désolés, revenaient au pas de leurs chevaux par une allée bordée de broussailles, et s'étonnaient de leur science déjouée par ce loup, saisis soudain d'une sorte de crainte[10] mystérieuse.

L'aîné disait :

— Cette bête-là n'est point ordinaire. On dirait qu'elle pense comme un homme.

Le cadet répondit :

— On devrait peut-être[11] faire bénir une balle par notre cousin l'évêque, ou prier quelque prêtre de prononcer les paroles qu'il faut.

Puis ils se turent.

Jean reprit :

— Regarde le soleil s'il est rouge. Le grand loup va faire quelque malheur cette nuit.

Il n'avait point fini de parler que son cheval se cabra ; celui de François se mit à ruer. Un large buisson couvert de feuilles mortes s'ouvrit devant eux, et une bête colossale, toute grise, surgit, qui détala à travers le bois[12].

Tous deux poussèrent une sorte de grognement de joie, et, se courbant sur l'encolure de leurs pesants chevaux[13], ils les jetèrent en avant d'une poussée de tout leur corps ; les lançant d'une telle allure, les excitant, les entraînant, les affolant de la voix, du geste et de l'éperon, que les forts cavaliers semblaient porter les lourdes bêtes entre leurs cuisses et les enlever comme s'ils s'envolaient.

Ils allaient ainsi[14], ventre à terre, crevant les fourrés, coupant les ravins, grimpant les côtes, dévalant les[15] gorges, et sonnant du cor à pleins poumons pour attirer leurs gens et leurs chiens.

Et voilà que soudain, dans cette course éperdue, mon aïeul heurta du front une branche énorme qui lui fendit le crâne ; et il tomba raide mort sur le sol, tandis que son cheval affolé s'emportait, disparaissait dans l'ombre enveloppant les bois.

Le cadet d'Arville s'arrêta net, sauta par terre, saisit dans ses bras son frère, et il vit que la cervelle coulait de la plaie avec le sang.

Alors il s'assit auprès du corps, posa sur ses genoux la tête défigurée et rouge, et il attendit en contemplant cette face immobile de l'aîné. Peu à peu une peur l'envahissait, une peur singulière qu'il n'avait jamais sentie encore, la peur de l'ombre, la peur de la solitude, la peur du bois désert et la peur aussi du loup fantastique qui venait de tuer son frère pour se venger d'eux.

Les ténèbres[16] s'épaississaient, le froid aigu faisait

craquer les arbres. François se leva, frissonnant, incapable[17] de rester là plus longtemps, se sentant presque
défaillir. On n'entendait plus rien, ni la voix des chiens
ni le son des cors, tout était muet par l'invisible horizon ; et ce silence morne du soir glacé avait quelque
chose d'effrayant et d'étrange.

Il saisit dans ses mains de colosse le grand corps de
Jean, le dressa et le coucha[18] en travers sur la selle pour
le reporter au château ; puis il se remit en marche
doucement, l'esprit troublé comme s'il était gris, poursuivi par des images horribles et surprenantes.

Et, brusquement[19], dans le sentier qu'envahissait la
nuit, une grande forme passa. C'était la bête. Une
secousse d'épouvante agita le chasseur ; quelque chose
de froid, comme une goutte d'eau, lui glissa le long des
reins, et il fit ainsi qu'un moine hanté du diable, un
grand signe de croix, éperdu à ce retour brusque de
l'effrayant rôdeur. Mais ses yeux retombèrent sur le
corps inerte couché devant lui, et soudain, passant
brusquement de la crainte à la colère, il frémit d'une
rage désordonnée.

Alors il piqua son cheval et s'élança derrière le loup.

Il le suivait par les taillis, les ravines et les futaies,
traversant des bois qu'il ne reconnaissait plus, l'œil fixé
sur la tache blanche qui fuyait dans la nuit descendue
sur la terre.

Son cheval aussi semblait animé d'une force et d'une
ardeur inconnues. Il galopait le cou tendu, droit devant
lui, heurtant aux arbres, aux rochers, la tête et les pieds
du mort jeté en travers[20] sur la selle[21]. Les ronces
arrachaient les cheveux ; le front, battant les troncs
énormes, les éclaboussait de sang ; les éperons
déchiraient des lambeaux d'écorce.

Et soudain, l'animal et le cavalier sortirent de la forêt
et se ruèrent dans un vallon, comme la lune apparaissait[22] au-dessus des monts. Ce vallon était pierreux,
fermé par des roches énormes, sans issue possible ; et le
loup acculé se retourna.

François alors poussa un hurlement de joie que les
échos répétèrent comme un roulement de tonnerre, et il
sauta de cheval, son coutelas à la main.

La bête hérissée, le dos rond, l'attendait; ses yeux luisaient comme deux étoiles. Mais, avant de livrer bataille, le fort chasseur, empoignant son frère, l'assit sur une roche, et, soutenant avec des pierres sa tête qui n'était plus qu'une tache de sang, il lui cria dans les oreilles, comme s'il eût parlé à un sourd : « Regarde, Jean, regarde ça! »

Puis il se jeta sur le monstre. Il se sentait fort à culbuter une montagne, à broyer des pierres dans ses mains. La bête le voulut mordre, cherchant à lui fouiller le ventre; mais il l'avait saisie par le cou, sans même se servir de son arme, et il l'étranglait douce-ment, écoutant s'arrêter les souffles de sa gorge et les battements de son cœur. Et il riait, jouissant éperdu-ment, serrant de plus en plus sa formidable étreinte, criant, dans un délire de joie : « Regarde, Jean, regarde! » Toute résistance cessa; le corps du loup devint flasque. Il était mort.

Alors François, le prenant à pleins bras, l'emporta et le vint jeter aux pieds de l'aîné en répétant d'une voix attendrie : « Tiens, tiens, tiens, mon petit Jean, le voilà! »

Puis il replaça sur sa selle les deux cadavres l'un sur l'autre : et il se remit en route.

Il rentra au château, riant et pleurant, comme Gar-gantua à la naissance de Pantagruel[23], poussant des cris de triomphe et trépignant d'allégresse en racontant la mort de l'animal, et gémissant et s'arrachant la barbe en disant celle de son frère.

Et souvent, plus tard, quand il reparlait de ce jour, il prononçait, les larmes aux yeux : « Si seulement ce pauvre Jean avait pu me voir étrangler l'autre, il serait mort content, j'en suis sûr! »

La veuve[24] de mon aïeul inspira à son fils orphelin l'horreur de la chasse, qui s'est transmise de père en fils jusqu'à moi.

Le marquis d'Arville se tut. Quelqu'un demanda :
— Cette histoire est une légende, n'est-ce pas?
Et le conteur répondit :

— Je vous jure qu'elle est vraie d'un bout à l'autre.

Alors une femme déclara d'une[25] petite voix douce :

— C'est égal, c'est beau d'avoir des passions pareilles.

CONTE DE NOËL[1]

Le docteur Bonenfant cherchait dans sa mémoire, répétant à mi-voix : « Un souvenir de Noël ?... Un souvenir de Noël ?... »

Et tout à coup, il s'écria :

— Mais si, j'en ai un, et un bien étrange encore ; c'est une histoire fantastique. J'ai vu un miracle ! Oui, Mesdames, un miracle, la nuit de Noël.

Cela vous étonne de m'entendre parler ainsi, moi qui ne crois guère à rien. Et pourtant j'ai vu un miracle ! Je l'ai vu, dis-je, vu de mes propres yeux vu, ce qui s'appelle vu.

En ai-je été fort surpris ? non pas ; car si je ne crois point à vos croyances, je crois à la foi, et je sais qu'elle transporte les montagnes. Je pourrais citer bien des exemples ; mais je vous indignerais et je m'exposerais aussi à amoindrir l'effet de mon histoire.

Je vous avouerai d'abord que si je n'ai pas été fort convaincu[2] et converti par ce que j'ai vu, j'ai été du moins fort ému, et je vais tâcher de vous dire la chose naïvement, comme si j'avais une crédulité d'Auvergnat.

J'étais alors médecin de campagne, habitant le bourg de Rolleville[3], en pleine Normandie.

L'hiver, cette année-là, fut terrible. Dès la fin de novembre, les neiges arrivèrent après une semaine de gelées. On voyait de loin les gros nuages venir du nord ; et la blanche descente des flocons commença.

En une nuit, toute la plaine fut ensevelie.

Les fermes, isolées dans leurs cours carrées, derrière leurs rideaux de grands arbres poudrés de frimas, semblaient s'endormir sous l'accumulation de cette mousse épaisse et légère.

Aucun bruit ne traversait plus la campagne immobile. Seuls les corbeaux, par bandes, décrivaient de longs festons dans le ciel, cherchant leur vie inutilement, s'abattant tous ensemble sur les champs livides et piquant la neige de leurs grands becs.

On n'entendait rien que le glissement vague et continu de cette poussière tombant[4] toujours.

Cela dura huit jours pleins, puis l'avalanche s'arrêta. La terre avait sur le dos un manteau épais de cinq pieds.

Et, pendant trois semaines ensuite, un ciel, clair comme un cristal bleu le jour, et, la nuit, tout semé d'étoiles qu'on aurait crues de givre, tant le vaste espace était rigoureux, s'étendit sur la nappe unie, dure et luisante des neiges.

La plaine, les haies, les ormes des clôtures, tout semblait mort, tué par le froid. Ni hommes ni bêtes ne sortaient plus : seules les cheminées des chaumières en chemise blanche révélaient la vie cachée, par les minces filets de fumée qui montaient droit dans l'air glacial.

De temps en temps on entendait craquer les arbres, comme si leurs membres de bois se fussent brisés sous l'écorce ; et, parfois, une grosse branche se détachait et tombait, l'invincible gelée pétrifiant la sève et cassant les fibres[5].

Les habitations semées çà et là par les champs semblaient éloignées de cent lieues les unes des autres. On vivait comme on pouvait. Seul, j'essayais d'aller voir mes clients les plus proches, m'exposant sans cesse à rester enseveli dans quelque creux.

Je m'aperçus bientôt qu'une terreur mystérieuse planait sur le pays. Un tel fléau, pensait-on, n'était[6] point naturel. On prétendit qu'on entendait des voix la nuit, des sifflements aigus, des cris qui passaient.

Ces cris et ces sifflements venaient sans aucun doute des oiseaux émigrants qui voyagent au crépuscule, et qui fuyaient en masse vers le sud. Mais allez donc faire entendre raison à des gens affolés. Une épouvante envahissait les esprits et on s'attendait à un événement extraordinaire.

La forge du père Vatinel était située au bout du hameau d'Épivent[7], sur la grande route, maintenant invisible et déserte. Or, comme les gens manquaient de pain, le forgeron résolut d'aller jusqu'au village. Il resta quelques heures à causer dans les six maisons qui forment le centre du pays, prit son pain et des nouvelles, et un peu de cette peur épandue sur la campagne.

Et il se remit en route avant la nuit.

Tout à coup, en longeant une haie, il crut voir un œuf sur la neige ; oui, un œuf déposé là, tout blanc comme le reste du monde. Il se pencha, c'était un œuf en effet. D'où venait-il ? Quelle poule avait pu sortir du poulailler et venir pondre en cet endroit ? Le forgeron s'étonna, ne comprit pas ; mais il ramassa l'œuf et le porta à sa femme.

— Tiens, la maîtresse, v'là un œuf que j'ai trouvé sur la route !

La femme hocha la tête :

— Un œuf sur la route ? Par ce temps-ci, t'es soûl, bien sûr ?

— Mais non, la maîtresse, même qu'il était au pied d'une haie, et encore chaud, pas gelé. Le v'là, j'me l'ai mis sur l'estomac pour qui n'refroidisse pas. Tu le mangeras pour ton dîner.

L'œuf fut glissé dans la marmite où mijotait la soupe, et le forgeron se mit à raconter ce[8] qu'on disait par la contrée.

La femme écoutait, toute pâle.

— Pour sûr que j'ai entendu des sifflets[9] l'autre nuit, même qu'ils semblaient v'nir de la cheminée.

On se mit à table, on mangea la soupe d'abord, puis, pendant que le mari étendait du beurre sur son pain, la femme prit l'œuf et l'examina d'un œil méfiant.

— Si y avait quéque chose dans c't'œuf ?

— Qué que tu veux qu'y ait ?

— J'sais ti, mé?

— Allons[10], mange-le, et fais pas la bête.

Elle ouvrit l'œuf. Il était comme tous les oeufs, et bien frais.

Elle se mit à le manger en hésitant, le goûtant, le laissant, le reprenant. Le mari disait :

— Eh bien! qué goût qu'il a, c't'œuf?

Elle ne répondit pas[11] et elle acheva de l'avaler ; puis, soudain, elle planta sur son homme des yeux fixes, hagards, affolés ; leva les bras, les tordit et, convulsée de la tête aux pieds, roula par terre en poussant des cris horribles.

Toute la nuit elle se débattit en des spasmes épouvantables, secouée de tremblements effrayants, déformée par de hideuses convulsions. Le forgeron, impuissant à la tenir, fut obligé de la lier.

Et elle hurlait sans repos, d'une voix infatigable :

— J'l'ai dans l'corps! J'l'ai dans l'corps!

Je fus appelé le lendemain. J'ordonnai tous[12] les calmants connus sans obtenir le moindre résultat. Elle était folle.

Alors, avec une incroyable rapidité, malgré l'obstacle des hautes neiges, la nouvelle, une nouvelle étrange, courut de ferme en ferme : « La femme au forgeron qu'est possédée! » Et on venait de partout, sans oser pénétrer dans la maison ; on écoutait de loin ses cris affreux poussés d'une voix si forte qu'on ne les aurait pas crus d'une créature humaine.

Le curé du village fut prévenu. C'était un vieux prêtre naïf. Il accourut en surplis comme pour administrer un mourant et il prononça[13], en étendant les mains, les formules d'exorcisme, pendant que quatre hommes maintenaient sur un lit la femme écumante et tordue.

Mais l'esprit ne fut point chassé.

Et la Noël arriva sans que le temps eût changé.

La veille au matin, le prêtre vint me trouver :

— J'ai envie, dit-il, de faire assister à l'office de cette nuit cette malheureuse. Peut-être Dieu fera-t-il un miracle en sa faveur, à l'heure même où il naquit d'une femme.

Je répondis au curé :

— Je vous approuve absolument, monsieur l'abbé. Si elle a l'esprit frappé par la cérémonie (et[14] rien n'est plus propice à l'émouvoir), elle peut être sauvée sans autre remède.

Le vieux prêtre murmura :

— Vous n'êtes pas croyant, docteur, mais aidez-moi, n'est-ce pas ? Vous vous chargez de l'amener ?

Et je lui promis mon aide.

Le soir vint, puis la nuit ; et la cloche de l'église se mit à sonner, jetant sa voix plaintive à travers l'espace morne, sur l'étendue blanche et glacée des neiges.

Des êtres noirs s'en venaient lentement, par groupes, dociles au cri d'airain du clocher. La pleine lune éclairait d'une lueur vive et blafarde tout l'horizon, rendait plus visible la pâle désolation des champs.

J'avais pris quatre hommes robustes et je me rendis à la forge.

La Possédée hurlait[15] toujours, attachée à sa couche. On la vêtit proprement malgré sa résistance éperdue, et on l'emporta.

L'église était maintenant pleine de monde, illuminée et froide ; les chantres poussaient leurs notes monotones ; le serpent[16] ronflait ; la petite sonnette de l'enfant de chœur tintait, réglant les mouvements des fidèles.

J'enfermai la femme et ses gardiens dans la cuisine du presbytère, et j'attendis le moment que je croyais favorable.

Je choisis l'instant qui suit la communion. Tous les paysans, hommes et femmes, avaient reçu leur Dieu pour fléchir sa rigueur. Un grand silence planait pendant que le prêtre achevait le mystère divin.

Sur mon ordre, la porte fut ouverte et mes quatre aides apportèrent la folle.

Dès qu'elle aperçut les lumières, la foule à genoux, le chœur en feu et le tabernacle doré, elle se débattit d'une telle vigueur, qu'elle faillit nous échapper, et elle poussa des clameurs si aiguës qu'un frisson d'épouvante passa dans l'église ; toutes les têtes se relevèrent ; des gens s'enfuirent.

Elle n'avait plus la forme d'une femme, crispée et tordue en nos mains, le visage contourné, les yeux fous.

On la traîna jusqu'aux marches du chœur et puis on la tint fortement accroupie à terre.

Le prêtre s'était levé; il attendait. Dès qu'il la vit arrêtée, il prit en ses mains l'ostensoir ceint de rayons[17] d'or, avec l'hostie blanche au milieu, et, s'avançant de quelques pas, il l'éleva de ses deux bras tendus au-dessus de sa tête, le présentant aux regards effarés de[18] la Démoniaque.

Elle hurlait toujours, l'œil fixé, tendu sur cet objet rayonnant.

Et le prêtre demeurait tellement immobile qu'on l'aurait pris pour une statue.

Et cela dura longtemps, longtemps.

La femme semblait saisie de peur, fascinée; elle contemplait fixement l'ostensoir, secouée encore de tremblements terribles, mais passagers, et[19] criant toujours, mais d'une voix moins déchirante.

Et cela dura encore longtemps.

On eût dit qu'elle ne pouvait plus baisser les yeux, qu'ils étaient rivés sur l'hostie; elle[20] ne faisait plus que gémir; et son corps raidi s'amollissait[21], s'affaissait.

Toute la foule était prosternée le front par terre.

La Possédée maintenant baissait rapidement les paupières, puis les relevait aussitôt, comme impuissante à supporter la vue de son Dieu. Elle s'était tue. Et puis soudain, je m'aperçus que ses yeux demeuraient clos. Elle dormait du sommeil des somnambules, hypnotisée, pardon! vaincue par la contemplation persistante de l'ostensoir aux rayons d'or, terrassée par le Christ victorieux.

On l'emporta, inerte, pendant que le prêtre remontait vers l'autel.

L'assistance bouleversée entonna un *Te Deum* d'actions de grâces.

Et la femme du forgeron dormit quarante heures de suite, puis se réveilla sans aucun souvenir de la possession ni[22] de la délivrance.

Voilà, Mesdames, le miracle que j'ai vu.

Le docteur Bonenfant se tut, puis ajouta d'une voix contrariée :

— Je n'ai pu refuser de l'attester par écrit.

AUPRÈS D'UN MORT[1]

Il s'en allait mourant, comme meurent les poitrinaires. Je le voyais chaque jour s'asseoir, vers deux heures, sous les fenêtres de l'hôtel, en face de la mer tranquille, sur un banc de la promenade. Il restait quelque temps immobile dans la chaleur du soleil, contemplant d'un œil morne la Méditerranée. Parfois il jetait un regard sur la haute montagne aux sommets vaporeux, qui enferme Menton; puis il croisait, d'un mouvement très lent, ses longues jambes, si maigres qu'elles semblaient deux os, autour desquels flottait le drap du pantalon, et il ouvrait un livre, toujours le même.

Alors il ne remuait plus, il lisait, il lisait de l'œil et de la pensée; tout son pauvre corps expirant semblait lire, toute son âme s'enfonçait, se perdait, disparaissait dans ce livre jusqu'à l'heure où l'air rafraîchi le faisait un peu tousser. Alors il se levait et rentrait.

C'était un grand Allemand à barbe blonde, qui déjeunait et dînait dans sa chambre, et ne parlait à personne.

Une vague curiosité m'attira vers lui. Je m'assis un jour à son côté, ayant pris aussi, pour me donner une contenance, un volume des poésies de Musset.

Et je me mis à parcourir *Rolla*.

Mon voisin me dit tout à coup, en bon français :

— Savez-vous l'allemand, monsieur ?

— Nullement, monsieur.

— Je le regrette. Puisque le hasard nous met côte à côte, je vous aurais prêté, je vous aurais fait voir une chose inestimable : ce livre que je tiens là.

— Qu'est-ce donc ?

— C'est un exemplaire de mon maître Schopenhauer, annoté de sa main. Toutes les marges, comme vous le voyez, sont couvertes de son écriture.

Je pris le livre avec respect et je contemplai ces formes incompréhensibles pour moi, mais qui révélaient l'immortelle pensée du plus grand saccageur de rêves qui ait passé sur la terre.

*

Et les vers de Musset éclatèrent dans ma mémoire :

Dors-tu content, Voltaire, et ton hideux sourire
Voltige-t-il encor sur tes os décharnés[2] ?

Et je comparais involontairement le sarcasme enfantin, le sarcasme religieux de Voltaire à l'irrésistible ironie du philosophe allemand dont l'influence est désormais ineffaçable.

Qu'on proteste et qu'on se fâche, qu'on s'indigne ou qu'on s'exalte, Schopenhauer a marqué l'humanité du sceau de son dédain et de son désenchantement.

Jouisseur désabusé, il a renversé les croyances, les espoirs, les poésies, les chimères, détruit les aspirations, ravagé la confiance des âmes, tué l'amour, abattu le culte idéal de la femme, crevé les illusions des cœurs, accompli la plus gigantesque besogne de sceptique qui ait jamais été faite. Il a tout traversé de sa moquerie, et tout vidé. Et aujourd'hui même, ceux qui l'exècrent semblent porter, malgré eux, en leurs esprits, des parcelles de sa pensée.

— Vous avez donc connu particulièrement Schopenhauer ? dis-je à l'allemand.

Il sourit tristement.

— Jusqu'à sa mort, monsieur.

Et il me parla de lui, il me raconta l'impression presque surnaturelle que faisait cet être étrange à tous ceux qui l'approchaient.

Il me dit l'entrevue du vieux démolisseur avec un politicien français, républicain doctrinaire, qui voulut voir cet homme et le trouva dans une brasserie tumultueuse, assis au milieu de disciples, sec, ridé, riant d'un inoubliable rire, mordant et déchirant les idées et les croyances d'une seule parole, comme un chien d'un coup de dents déchire les tissus avec lesquels il joue.

Il me répéta le mot de ce Français, s'en allant effaré, épouvanté et s'écriant :

« J'ai cru passer une heure avec le diable[3]. »

Puis il ajouta :

— Il avait, en effet, monsieur, un effrayant sourire, qui nous fit peur, même après sa mort. C'est une anecdote presque inconnue que je peux vous conter si elle vous intéresse.

★

Et il commença, d'une voix fatiguée, que des quintes de toux interrompaient par moments :

— Schopenhauer venait de mourir[4], et il fut décidé que nous le veillerions tour à tour, deux par deux, jusqu'au matin.

Il était couché dans une grande chambre très simple, vaste et sombre. Deux bougies brûlaient sur la table de nuit.

C'est à minuit que je pris la garde, avec un de nos camarades. Les deux amis que nous remplacions sortirent, et nous vînmes nous asseoir au pied du lit.

La figure n'était point changée. Elle riait. Ce pli que nous connaissions si bien se creusait au coin des lèvres, et il nous semblait qu'il allait ouvrir les yeux, remuer, parler. Sa pensée ou plutôt ses pensées nous enveloppaient ; nous nous sentions plus que jamais dans l'atmosphère de son génie, envahis, possédés par lui. Sa domination nous semblait même plus souveraine maintenant qu'il était mort. Un mystère se mêlait à la puissance de cet incomparable esprit.

Le corps de ces hommes-là disparaît, mais ils restent, eux ; et, dans la nuit qui suit l'arrêt de leur cœur, je vous assure, monsieur, qu'ils sont effrayants.

Et, tout bas, nous parlions de lui, nous rappelant des paroles, des formules, ces surprenantes maximes qui semblent des lumières jetées, par quelques mots, dans les ténèbres de la Vie inconnue[5].

— Il me semble qu'il va parler, dit mon camarade. Et nous regardions, avec une inquiétude touchant à la peur, le visage immobile et riant toujours.

Peu à peu nous nous sentions mal à l'aise, oppressés, défaillants. Je balbutiai :

— Je ne sais pas ce que j'ai, mais je t'assure que je suis malade.

Et nous nous aperçûmes alors que le cadavre sentait mauvais.

Alors mon compagnon me proposa de passer dans la chambre voisine, en laissant la porte ouverte ; et j'acceptai.

Je pris une des bougies qui brûlaient sur la table de nuit et je laissai la seconde, et nous allâmes nous asseoir à l'autre bout de l'autre pièce, de façon à voir de notre place le lit et le mort, en pleine lumière.

Mais il nous obsédait toujours ; on eût dit que son être immatériel, dégagé, libre, tout-puissant et dominateur, rôdait autour de nous. Et parfois aussi l'odeur infâme du corps décomposé nous arrivait, nous pénétrait, écœurante et vague.

Tout à coup, un frisson nous passa dans les os : un bruit, un petit bruit était venu de la chambre du mort. Nos regards furent aussitôt sur lui, et nous vîmes, oui, monsieur, nous vîmes parfaitement, l'un et l'autre, quelque chose de blanc courir sur le lit, tomber à terre sur le tapis, et disparaître sous un fauteuil.

Nous fûmes debout avant d'avoir eu le temps de penser à rien, fous d'une terreur stupide, prêts à fuir. Puis, nous nous sommes regardés. Nous étions horriblement pâles. Nos cœurs battaient à soulever le drap de nos habits. Je parlai le premier :

— Tu as vu ?...

— Oui, j'ai vu.

— Est-ce qu'il n'est pas mort ?

— Mais puisqu'il entre en putréfaction ?

— Qu'allons-nous faire ?

Mon compagnon prononça en hésitant :

— Il faut aller voir.

Je pris notre bougie, et j'entrai le premier, fouillant de l'œil toute la grande pièce aux coins noirs. Rien ne remuait plus ; et je m'approchai du lit. Mais je demeurai saisi de stupeur et d'épouvante : Schopenhauer ne riait plus ! Il grimaçait d'une horrible façon, la bouche serrée, les joues creusées profondément. Je balbutiai :

— Il n'est pas mort !

Mais l'odeur épouvantable me montait au nez, me suffoquait. Et je ne remuais plus, le regardant fixement, effaré comme devant une apparition.

Alors mon compagnon, ayant pris l'autre bougie, se pencha. Puis il me toucha le bras sans dire un mot. Je suivis son regard, et j'aperçus à terre, sous le fauteuil à côté du lit, tout blanc sur le sombre tapis, ouvert comme pour mordre, le râtelier de Schopenhauer.

Le travail de la décomposition, desserrant les mâchoires, l'avait fait jaillir de la bouche.

J'ai eu vraiment peur ce jour-là, monsieur.

*

Et, comme le soleil s'approchait de la mer étincelante, l'Allemand phtisique se leva, me salua, et regagna l'hôtel.

NOTES

SIGLES

Ms	manuscrit
APL	*Annales politiques et littéraires*
BF	*Bulletin français*
ES	*L'Écho de la semaine*
G	*Le Gaulois*
GB	*Gil Blas*
II	*L'Intransigeant illustré*
L	Supplément de *La Lanterne*
LA	*Les Lettres et les Arts*
M4° , M8°	*Clair de Lune*, éditions Monnier in-4° et in-8°
PP	Supplément du *Petit Parisien*
V	*Le Voleur*
VP	*La Vie populaire*

LETTRE D'UN FOU

1. Le récit parut dans le *Gil Blas* du 17 février 1885, signé Maufrigneuse. Il ne fut pas recueilli du vivant de Maupassant.

Lettre d'un fou peut être considérée comme une première version du *Horla* : certaines réflexions sur l'insuffisance des sens et, partant, des sciences empiriques pour connaître le monde y seront reprises textuellement, et l'incident du miroir s'y retrouvera dans une position privilégiée.

2. Montesquieu : *Essai sur le goût*, article destiné pour *L'Encyclopédie*. Louis Forestier (Pléiade, II, 1459) relève une importante faute dans la citation : « Un organe [...] nous aurait fait une autre éloquence », écrit Montesquieu.

3. *Coquille probable. Le manuscrit devait porter* : sous forme de sons et de sons différents.

4. Maupassant lui-même avait un lit Louis XIII à colonnes auquel il tenait beaucoup.

5. La dilatation de la pupille était un symptôme que Maupassant a pu observer sur lui-même.

LE HORLA
[Première version]

1. Le récit parut dans le *Gil Blas* du 26 octobre 1886, et fut repris dans *La Vie populaire* du 9 décembre 1886. Il ne fut recueilli qu'après la mort de l'écrivain. Notre texte est celui du *Gil Blas*.

Cette première version n'est pas une ébauche de celle de 1887, elle est une œuvre différente, construite sur le contraste entre deux interprétations du cas présenté : selon l'une, il relève de la psychopathologie ; selon l'autre, le malade est un homme normal dont les souffrances sont provoquées par une cause externe, par l'apparition sur la terre d'un être plus puissant que l'homme, dans le récit de 1887, cette seconde proposition prendra l'aspect d'une formation délirante.

Sur le nom « Horla », cf. la note 1 de la version de 1887.

2. Sous-titre ajouté par nous.

3. Localité proche de Croisset.

4. En caractères romains dans l'original ; nous corrigeons.

5. Forme voulue par l'auteur ou faute d'impression ?

6. Dans *Solitude*, Maupassant cite trois vers de *La Nuit de mai*, dont voici le premier : « Qui vient ? Qui m'appelle ? Personne. » Ici l'évocation de ce poème s'explique par l'analogie des deux situations : chez Musset, le Poète hésite d'abord de reconnaître la présence de la Muse qui fait intrusion dans sa solitude : chez Maupassant, même hésitation de la part du héros à l'égard de la présence du Horla.

7. Cf. la note 3 de *Lettre d'un fou*.

LE HORLA

1. Le récit parut la première fois dans le recueil intitulé *Le Horla* (Paris, Ollendorff, 1887), enregistré dans la *Bibliographie de la France* le 25 mai 1887. Il a été repris dans les *Annales politiques et littéraires* des 29 mai, 5 et 12 juin 1887, précédé de l'avertissement suivant : « M. Guy de Maupassant vient de publier une nouvelle dont l'apparition a fait grand bruit. Elle a pour titre : LE HORLA. Nous avons obtenu l'autorisation de la reproduire. Nous en commençons aujourd'hui la publication. Nos abonnés liront avec grand intérêt ce récit étrange et mystérieux » ; dans *Le Supplément de La Lanterne* des 7, 11, 14, 18 et 21 juin 1891, annoncé ainsi sur la première page : « LE HORLA de GUY de MAUPASSANT à l'attrait des plus étonnantes créations d'Edgar Poe. » Des fragments ont été publiés dans *Le Supplément de l'Écho de Paris* du 10 janvier 1892, précédé de l'avertissement suivant : « Nos lecteurs trouveront ici deux fragments, considérables il est vrai, de cette nouvelle où M. Guy de Maupassant décrit une hallucination qui mène de la peur au suicide » ; dans *L'Écho de la semaine* du 17 janvier 1892, précédé de l'avertissement suivant : « Notre malheureux confrère, Guy de Maupassant, aujourd'hui interné dans une maison de santé, était depuis longtemps en proie à des hallucinations. Il avait l'hallucination de la peur, qui fait le sujet de plusieurs de ses nouvelles : il avait aussi des hallucinations *autoscopiques*, dans lesquelles il se voyait lui-même, en double.

Quand il publia le *Horla* — dont voici quelques pages, — les médecins y virent le pronostic certain de sa future aliénation mentale. » De ces deux derniers publications, faites peu après l'internement de Maupassant, et dont il n'a certainement pas pu corriger le texte, nous n'avons pas tenu compte pour l'établissement de notre appareil critique. La Bibliothèque nationale possède un manuscrit — copie autographe, plutôt? —, portant de nombreuses corrections. Notre texte est celui du *Horla*.

De nombreuses études ont été consacrées à ce récit considéré comme le chef-d'œuvre de Maupassant dans le domaine du fantastique ; elles sont indiquées dans notre bibliographie. Ici notons seulement que si d'aucuns voyaient dans *Le Horla* une preuve de la maladie mentale, Maupassant lui-même aurait déclaré à des interlocuteurs plus ou moins fiables (Robert Pinchon, François Tassart) qu'il l'a écrit dans un état de santé parfait. Bien entendu, il n'existe pas de frontière nettement tracée entre la maladie et la santé. Selon notre opinion, exposée d'une façon plus détaillée dans l'étude qui introduit ce volume, le récit est une réminiscence d'un incident psychotique, survenu bien plus tôt — la scène du miroir apparaît la première fois dans *Lettre d'un fou*, paru le 17 février 1885 —, mais dont l'élaboration littéraire a été effectuée dans un état de parfaite lucidité.

Les deux versions du *Horla* ont été comparées à maintes reprises. Qu'il suffise de rappeler ici les différences qui nous semblent les plus importantes : dans cette deuxième version conçue en forme de journal tous les phénomènes apparaissent dans une optique subjective, ce qui permet à l'auteur de fournir une analyse psychologique particulièrement fouillée ; les nombreux compléments anecdotiques — voyage au Mont Saint-Michel, voyage à Paris, lecture de l'ouvrage du docteur Herestauss, etc. — servent, en premier lieu, à approfondir la problématique de la connaissance qui préoccupe Maupassant depuis longtemps.

De nombreuses interprétations ont été proposées pour comprendre le nom « Horla » : *orla*, génitif d'*oriol*, « aigle » en russe (Mansuy, dans *L'Intermédiaire des chercheurs et des curieux*, 30 juillet 1901) ; « hors-là » (« B.F. », dans la même publication, 10 août 1901) ; anagramme de Lahor, pseusodonyme de Cazalis, ami et médecin de Maupassant (André Vial : *Maupassant et l'art du roman*, p. 242) ; « horzain » ou « horsain », « étranger » dans le dialecte normand (René Dumesnil : *Guy de Maupassant*, p. 32 ; Pierre-Georges Castex : *Le Conte fantastique en France de Nodier à Maupassant*, p. 383 ; Marie-Claire Bancquart dans son introduction pour les *Contes cruels et fantastiques* de Maupassant, p. XXXV) ; Horlaville, patronyme fréquent en Normandie (Marie-Claire Bancquart, *ibid.*, p. XXXV) ; « ce Horla », anagramme de « choléra » (Louis Forestier, *Contes et Nouvelles* de Maupassant, t. II, p. 1621). Nous retiendrons le plus volontiers, ainsi que le fait Louis Forestier aussi, l'interprétation la plus simple : « hors là ! ». Mais si ces mots peuvent renvoyer à l'ailleurs fantastique, ils ont aussi une signification inconsciente qui permet de considérer le nom comme un représentant du principal refoulé : « hors là! », il faut sortir de là, de la clôture maternelle obsédante, ou, par retournement, il faut se débarrasser du persécuteur intériorisé. Enfin, une suggestion d'ordre associatif : anagramme vocale de Laura, forme à peine déguisée de Laure, prénom de la mère.

2. *Ms* : maison [blanche *biffé*], sous

3. *Ms* : l'attachent [aux usages, aux nourritures particu *biffé*] [aux fruits, au goût spécial de *biffé*] [à ce qu'on pense et à ce qu'on mange aux *ajouté*] aux nourritures, aux [inton *biffé*] locutions

4. *Ms* : où [je suis né. *biffé*] j'ai grandi.

5. *Ms* : coule [devant ma porte *biffé*], le long

6. *Ms* : derrière [le chemin *biffé*] la route [et qui semble *biffé*] [presque *ajouté*] chez moi,

7. *Ms* : Rouen [aux *biffé*] [sous son *biffé*] [la vaste ville aux toits bleus *ajouté*] [que domine *biffé*] [sous le *ajouté*] peuple pointu de clochers [de pierres *biffé*] gothiques.

8. *ALP* : flèche de foule de

9. *Ms* : belles mattinées [*sic*], [et jetant jusqu'à moi et *biffé*] jetant jusqu'à moi

10. *Ms* : la brise [m'apporte *ajouté*] tantôt

11. *Ms* : le ciel, [s'ann *biffé*] [venait *ajouté*] un superbe

12. *L* : saluai, tant

13. *L'original ainsi que ALP donne* 21 mai. *Nous corrigeons le texte suivant le manuscrit.*

14. *Ms* : Puissances [qui *biffé*] dont

15. *Ms* : voisinages [inconnus *biffé*] [mystérieux. *ajouté*] Je

16. *Ms* : envies de [*rature illisible*] chanter

17. *Ms* : ma peau a [troublé *biffé*] [troublé *biffé*] [ébranlé *ajouté*] mes nerfs

18. *Ms* : nuages ou la [transparence *biffé*] couleur du jour [qui a frappé la couleur des choses, si changeante, qui *biffé, puis rature illisible*] passant

19. *Ms* : sur nous, [sur nos sens *biffé*] sur nos organes

20. *Ms* : rapides [pr *biffé*] surprenants

21. *Ms* : profond le mystère

22. *Ms* : misérables... [ni *biffé*] avec nos yeux qui ne [peuvent *biffé*] [savent *ajouté*] apercevoir

23. *Ms* : goutte d'eau... [ni *biffé*] avec nos oreilles [qui nous révèlent le son, *biffé*] qui nous trompent car elles [changent pour nous *biffé*] [nous transmettent *ajouté*] les vibrations de l'air en notes [de musique *biffé*] [sonores ; *ajouté*] elles sont

24. *L* : chantante l'œuvre muette

25. *Ms* : en bruit le mouvement, [! *ajouté*] [de recevoir *biffé*] [Et la musique est née de cette métamorphose! *biffé*] [Car la nature est muette *biffé*] [et par cette métamorphose *ajouté*] [de faire naître la musique *ajouté et biffé*] [de faire naître pour nous *ajouté et biffé*] [donnent naissance à la musique *ajouté*] [dans la *ajouté et biffé*] [qui rend chantante l'agitation muette de la nature… *ajouté*] [ni *biffé*] avec notre odorat [qui est *biffé*] plus faible que celui d'un chien; [ni *biffé*] [… *ajouté*] avec notre goût,

26. *Ms* : miracles [que ceux de la Vue et de l'Ouïe *biffé*]; que de choses

27. *Ms* : une fièvre [aiguë *biffé*] atroce, ou plutôt [une agitat *biffé*] [un *ajouté*] énervement

28. *Ms* : aussi [frémis *biffé*] souffrante

29. *Ms* : appréhension du malheur

30. *Ms* : lettres. [je vais et *biffé*] Je marche dans

31. *Ms* : entré [je pousse les verrous *biffé*] je donne

32. *Ms* : étrange qu'un[e *biffé*] simple

33. *Ms* : fonctionnement [si imparfait et si *ajouté*] [mal réglé *ajouté et biffé*] [délicat *ajouté*] [et stupide *ajouté et biffé*] [de notre machine *ajouté*] [vivante *ajouté*, *en surcharge sur* vivre] puisse

34. *Ms* : atteindrait le [un *ajouté et biffé*] bourreau

35. *Ms* : venue; [et mes jambes s'agit *biffé*] et mon cœur

36. *Ms* : corps tressaille[nt *biffé*] dans la chaleur des draps, *ajouté*] jusqu'au moment où je tombe [tout à coup *ajouté*] dans

37. *Ms* : m'anéantir. [Alors je rêv *biffé*] Je dors — longtemps — deux ou trois heures [au plus *biffé*] — puis un reve — non — un cauchemar [me hante *biffé*] m'étreint. [Je sens *biffé*] Je sens

38. *Ms* : lit, [m' *biffé*] [s' *ajouté*] agenouille

39. *Ms* : débats, [ai *biffé*] lié

40. Forêt au sud-ouest de Rouen.

41. *Ms* : plein d'odeurs [de sèves, *biffé*] [d'herbes et *ajouté*] de feuilles, [de terre fécondée *biffé*] me versait

42. *Ms* : une [sève *biffé*] [énergie *ajouté*] nouvelle.

43. *Ms* : pris [d'abord *biffé*] une

44. Village proche de Rouen, bien connu par les habitants de la région à cause de son site exceptionnel.

45. *Ms* : qu'on [me toucha *biffé*] marchait

46. *Ms* : que la [longue et *biffé*] droite et longue allée,

47. *Ms* : toupie [; longtemps *biffé*]. Je

48. *L* : plus où

49. *Ms* : Bizarre! Bizarre [idée! *ajouté*] Je ne savais plus [du tout

ajouté]. Je partis par le côté qui se trouvait à ma droite. Et je [me retournai *biffé*] [revins *ajouté*] dans l'avenue [par où j'étais entré dans *biffé*] [qui m'avait amené au milieu de *ajouté*] la forêt.

50. *Ms* : vers [la *en surcharge sur* le] [coucher du soleil. *biffé*] [fin du jour. *ajouté*] La ville est sur une colli [i *biffé*] ne ; [qui domine la baie immense *biffé*] [la mer *ajouté et biffé*] [et la côte à porte de vue *biffé*] et on me conduisit dans le Jardin Public [sur le versant de la cote, au bord *biffé*] [au bout *ajouté*] de la cité. [d'où j'aperçus une baie démesurée immense toute jaune et debout au milieu près *biffé*]. Je poussai

51. *APL* : une haie démesurée

52. *Ms* : deux cotes [lointaines *biffé*] [écartées *ajouté*] [disparues *biffé*] [se perdant *ajouté*] [a *biffé*] au loin [à perte de *biffé*] dans les brumes. [Cette baie de sable était jaune était *biffé*] [Et *ajouté*] Au milieu de cette [immense *ajouté*] baie [immense de sable *biffé*] [toute *ajouté*] jaune,

53. *Ms* : étrange tout seul au milieu

54. *Ms* : l'horizon [encore *ajouté*] flamboyant

55. *Ms* : j'allais [les *biffé*] vers

56. *Ms* : moi [la surprenante abbaye *biffé*] à mesure

57. *Ms* : petite [ville *biffé*] [cité *ajouté*] dominée

58. *Ms* : j'entrai éperdu de surprise dans [ce monstrueux *biffé*] [gigantesque *ajouté et biffé*] [bijou de granit, vaste comme une ville, hérissé de tours de tours de clochetons légers ou montent des escaliers à jour, dans ce palais *un mot illisible biffé*] [gothique *ajouté*] plein de voutes pesantes et de colonnes élancées, dans ce rêve réalisé, de salles basses effrayantes, et de hautes galeries, ce prodigieux [*en surcharge sur* prodigieuse] [temple gothique *biffé*] palais gothique, la plus admirable demeure construite.

59. *Ms* : voutes pesantes et

60. *Ms* : galeries que [portent *biffés*] soutiennent *ajouté*] de frêles colonnes [j'entrai *ajouté*] dans ce gigantesque bijou [de granit *biffé*] [de granit *ajouté*] [monstrueuse dentelle de granit, hérissée de *biffé*] [aussi fin *ajouté et biffé*] [aussi léger qu'une dentelle *ajouté*] [*mot illisible ajouté et biffé*] [couvert de *ajouté*] tours de [sveltes *ajouté*] clochetons [légers, bizarres, *biffé*] ou montent des escaliers [a jour *biffé*] [*mot illisible ajouté et biffé*] [tordus *ajouté*] et qui lancent

61. *Ms* : nuits, [le pe *biffé*] leurs

62. *ALP* : reliés l'une à l'autre

63. *Ms* : de [fines *biffé*] [fines *ajouté*] arches

64. *Ms* : sommet [j'eus envie de m'agenouiller *biffé*] je dis

65. *Ms* : être [tranquille *biffé*] [bien *ajouté*] ici. »

66. *Ms* : « Il y a [bien du *biffé*] [beaucoup de *ajouté*] vent

67. *Ms* : courait [sur le sable *biffé*] en rampant sur le sable

68. *Ms* : des légendes, [encore *biffé*] [toujours *ajouté*] des légendes.
[Et je les croyais à mesure qu'il les disait. Je les croyais toutes. *biffé*]
Une d'elles

69. *Ms* : du pays, [les pecheurs *biffé*] [du *ajouté et biffé*] [prétendent
que la nuit *biffé*] ceux du mont,

70. *Ms* : chèvres, une

71. *L* : plaintes humaines. *Fin de la livraison du 7 juin.*

72. *L* : Mais les *début de la livraison du 11 juin.*

73. *L* : jetée aussi loin

74. *Ms* : voix faible [*rature illisible*] [Et quelques-uns affirment
biffé] [Les incrédules affirment que ce sont des cris des oiseaux de
mer, qui ressemblent tantôt à des bêlements et tantôt à des *ajouté*]
[cris *ajouté et biffé*] [plaintes *surajouté*] [humaines ; mais les pecheurs
attardés *ajouté*] [prétendent *ajouté et biffé*] [jurent *ajouté*] avoir rencontré, rodant [sur les dunes, entre deux marées *ajouté*] autour [de
biffé] de la petite ville [ét *biffé*] [perdue *biffé*] [jetée *ajouté*] ainsi loin du
monde un vieux berger dont on ne [voyait point *biffé*] [voit jamais
ajouté] la tête, [couverte de son manteau et qui *ajouté*] [lequel *biffé*]
[conduit *en surcharge sur* conduisait,] en marchant devant eux un bouc
à figure d'homme et une chèvre à figure de femme, [avec de longs
cheveux blancs *ajouté et biffé*] [qui *biffé*] [parlant *en surcharge sur*
parlaient] [sans repos sans qu'on comprît *biffé*] [comprennent *ajouté et
biffé*] [leurs paroles *biffé*] [et se querellant dans une langue inconnue
ajouté] et parfois [se mettant à *biffé*] [aussi cessant de crier, pour
ajouté] beler

75. *Ms* : existait [pas *biffé*] sur

76. *Ms* : voyons [la *en surcharge sur* le] [dix *biffé*] [cent *ajouté*]
millième [partie *ajouté*] de

77. *Ms* : montagnes d'eau [qui abattent *biffé*] [détruit *ajouté*] les
falaises et [engloutit tout *biffé*] [jette aux brisants *ajouté*] les [grands
ajouté] navires, le vent qui tue, [qui gémit *biffé*] qui siffle,

78. *Ms* : ou [peut-être *ajouté*] un

79. *Ms* : pu [dire *biffé*] [affirmer *ajouté*] au

80. *Ms* : souvent [déjà *ajouté et biffé*]. / 3 juillet.

81. *Ms* : un [mal. *biffé*] sort.

82. *Ms* : lèvres. [Je sentais la puiser dans *biffé*] [l'aspirai *biffé*] [Oui
il la *ajouté*] [puisait *en surcharge sur* puisant, *ajouté*] [dans ma gorge
ajouté] comme un enfant qui [tett tette tete *biffé*] tette un sein. [Et
biffé] Puis

83. *Ms* : que [je ne sais *biffé*] ma

84. *Ms* : un de [mes *en surcharge sur* ces] sommeils épouvantables
[dans ce néant *biffé*] dont

85. *Ms* : par un[e *ajouté*] [de ces réveils *biffé*] [secousse *ajouté*] plus
[affreuse *en surcharge sur* affreux] encore [que le sommeil *biffé*].
Figurez-vous

86. *Ms :* Ayant enfin [repris mes sens *biffé*] [reconquis ma raison *ajouté*] j'eus soif de nouveau ; j'allumai une bougie et j'allai vers [la *en surcharge sur* ma] [commo *biffé*] table [pour prendre *biffé*] [ou était posée *ajouté*] ma carafe. — [Elle était vide! ça! *biffé*] [Je la *ajouté*] [pris, je la *ajouté et biffé*] [soulevai en la *surajouté*] [penchant *en surcharge sur* penchai, *ajouté*] [sur mon verre ; rien ne coula — Elle était vide! *ajouté*] Elle était vide complètement! [L'émotion que je ressentis fut si fo *biffé*] [fut *ajouté et biffé*] [terrible. Je m'assis, *biffé*] [D'abord je n'y compris rien ; puis *ajouté*] [brusquement *ajouté et biffé*] [tout à coup *surajouté*] [je ressentis une émotion si terrible que je dus m'asseoir, *ajouté*] ou plutôt [que *biffé*] je tombai sur une chaise ; puis je me [relevai *biffé*] redressai *ajouté*] d'un[e secousse *biffé*] [saut *ajouté*] pour regarder autour de moi ; puis je me rassis, [de nouveau *ajouté et biffé*] éperdu d'étonnement [et d'angoisse *biffé*] [et de peur *ajouté*] devant le cristal [vide. *biffé*] [clair *ajouté et biffé*] [transparent. *ajouté*] Je le contemplais avec des yeux fixes, [ne comprenant pas. *biffé*] [cherchant à deviner! *ajouté*] Mais mains

87. *Ms :* sans [m'en douter *biffé*] [le savoir *ajouté*] de

88. *Ms :* épreuves [bizarres *biffé*] surprenantes.

89. *Ms :* Le six juillet

90. *Ms :* l'eau, [et *ajouté*] un

91. *Ms :* Le sept juillet

92. *Ms :* Le huit juillet,

93. *Ms :* Le neuf juillet

94. *Ms :* carafes [dans *biffé*] en

95. *Ms :* ne portaient [point *biffé*] [pas *ajouté*] de

96. *Ms :* ma table[s *biffé*] ; les linges [envelopp *biffé*] enfermant

97. *Ms :* les [cordes *biffé*] cordons,

98. *Ms :* Ah! [Mon *ajouté*] [Dieu!... *en surcharge sur* ah!, *ajouté*] [Je *ajouté*] vais

99. *Ms :* Paris, [25 juillet. Je viens de rentrer chez moi *biffé*] 12 juillet.

100. *Ms :* derniers! [Je ne puis comprendre encore *biffé*] J'ai

101. *Ms :* Hier [soir *biffé*], après

102. *Ms :* dans [l'esprit *biffé*] [l'âme *ajouté*] de

103. *Ms :* j'ai [pe *biffé*] fini

104. *Ms :* et [son *biffé*] cet esprit [si *biffé*] alerte [et *en surcharge sur* si] puissant a fini de

105. *Ms :* et [refuse *biffé*] s'effare, et s'égare [vite *ajouté*] dès

106. *Ms :* la [raison *biffé*] cause [in *biffé*] m'échappe [»*ajouté*] [de l'effet aperçu » *biffé*], nous

107. Le 14 juillet est fête nationale depuis 1880. Particulièrement somptueuse, la fête de 1886 marqua le triomphe du général Boulan-

ger. L'hostilité de Maupassant aux boulangistes n'est pas étrangère à l'ironie des propos qui suivent.

108. *Ms* : gouvernement. [Au fond *biffé*] Le peuple est un troupeau [de chèvr *biffé*] imbécile, tantôt stupidement [docile *biffé*] [patient *ajouté*] et tantôt

109. *Ms* : niais [et *biffé*] stériles

110. *Ms* : c'est-à-dire des [choses *biffé*] [idées *ajouté*] réputées [invariables *biffé*] [certaines et immuables, *ajouté*] en

111. *Ms* : rien puisque [les coul *biffé*] la lumière est une illusion, puisque la couleur est une illusion, puisque le bruit

112. *Ms* : Mme Sablé [avec *biffé*] dont le mari commande le 76e chasseurs à Limoges. *ajouté*] [Je me trouvai chez elle avec *ajouté*] deux jeunes femmes [dont l'une a épousé un médecin *ajouté*] le docteur

113. *Ms* : auxquelles donne[nt *ajouté*] lieu

114. *Ms* : sur l'hypnotisme[s *biffé*] et

115. Comme en témoignent plusieurs récits de ce recueil et du suivant — *Magnétisme, Conte de Noël, Un fou?* —, Maupassant portait un vif intérêt aux expériences hypnotiques. Les médecins de l'école de Nancy pratiquaient la « petite hypnose » — ceux de la Salpêtrière la « grande » — qui entraînait un sommeil pendant lequel on pouvait suggérer certaines actions au sujet. C'était ce type d'hypnose que produisaient les « magnétiseurs » dans les salons parisiens.

116. *APL* : tout à fait incrédule. *Fin de la livraison du 29 mai.*

117. *APL* : « Nous sommes, *Début de la livraison du 5 juin.*

118. *Ms* : sommes [disait-il *biffé*] [affirmait-il *ajouté*] sur

119. *Ms* : a [certes *biffé*] certes d'autrement [prof *biffé*] [q *biffé*] importants

120. *Ms* : sens [grossiers et *ajouté*] imparfaits [, et il *biffé*]; et il

121. *Ms* : hantise [du monde invisible qui nous entoure *biffé*] des phénomènes *ajouté*] [incroyables *ajouté et biffé*] [invisibles *ajouté*] a pris

122. *Ms* : effrayantes. [De *biffé*] De là [est née *biffé*] [sont nées *ajouté*] [les *en surcharge sur* la] croyances

123. *Ms* : Dieu, car [notre *biffé*] [nos *ajouté*] conceptions [du *biffé*] [de l'ouvrier- *ajouté*] créateur, de quelque religion qu'elles nous viennent [es *biffé*] [sont *ajouté*] bien [une des *biffé*] [les *ajouté*] inventions

124. *Ms* : des [hommes *biffé*] créatures.

125. *APL* : la légende de Dieu. Rien

126. *Le Sottisier*, 32.

127. *Ms* : depuis [une dizaine d'années *biffé*] [quatre ou cinq ans *ajouté*] surtout

128. *L :* — Oui, je veux bien. *Fin de la livraison du 11 juin.*

129. *L :* Elle s'assit *Début de la livraison du 14 juin.*

130. *Ms :* je me [sentais *biffé*] sentis

131. *Ms :* le cœur [serré, *biffé*] battant,

132. *Ms :* de [deux *biffé*] dix

133. *Ms :* lui [mit *biffé*] [plaça *ajouté*] entre

134. *Ms :* Et [ma *biffé*] [cette *ajouté*] photographie

135. *Ms :* Comment est-il sur cette photographie. *biffé*] ce por-trait ? / [Il se tient *ajouté*] Debout

136. *Ms :* disaient « Assez, [Docteur, *biffé*] Assez

137. *Ms :* docteur [dit *biffé*] [reprit *biffé*] [ordonna *ajouté*] : « Vous

138. *Ms :* hotel [monsieur *biffé*] votre

139. *Ms :* mari [vous demande qu'il *ajouté*] vous réclamera

140. *Ms :* docteur. [N'y avait *biffé*] [Ne dissimulait *ajouté*] — il pas [une glace *biffé*] dans sa main [qu'il av *biffé*] [une glace qu'il *ajouté*] montrait

141. *Ms :* demie, [un coup de sonnette me réveilla. Et le garçon *biffé*] [je fus réveillé par *ajouté*] mon valet de chambre [qui *ajouté*] me dit :

142. *Ms :* elle dit :

143. *Ms :* je [la regardais *biffé*] balbutiais

144. *Ms :* demandais [si on ne me *biffé*] si vraiment elle ne [se *biffé*] s'était pas

145. *Ms :* parent *corrigé en* Parent

146. *Ms :* sanglots. / [Comme *biffé*] Je la savais fort riche, [et *ajouté*] je repris. / — Comment, [vous n'avez pas cin *biffé*] votre

147. *Ms :* devait [me demander *biffé*] [m'emprunter *ajouté*] cinq mille

148. *APL :* personnelles... je l'ai... brûlée.

149. *Ms :* je n[' *biffé*]e puis

150. *Ms :* francs, ma

151. *Ms :* s'exaltait, [*rature illisible*] joignait

152. *Ms :* voix *en surcharge sur* vois

153. *Ms :* ton ; [les larmes *biffé*] Elle pleurait, et bégayait [obsédée ha *biffé*] harcelée

154. *Ms :* venir [me demander *biffé*] [m'emprunter *ajouté*] ce

155. *Ms :* sommeillait sur une chaise longue, accablée de fatigue ; [nous dit-elle *biffé*] Le

156. *Ms :* vous [les avez demandés à *biffé*] prié votre cousin [de vous les prêter ; *ajouté*] et

157. *Ms :* ce matin [Elle fut tellement surprise que je n'hésitai pas une seconde à la croire sincère. Et malgré mes efforts elle ne se souvint de rien, *biffé*] [Elle fut *ajouté*] [tellement, *en surcharge sur* réellement, *ajouté*] [surprise que je n'osai pas insister. J'essayai cependant de *ajouté*] [réveiller *ajouté et biffé*] [ranimer *ajouté*] [sa *en surcharge sur* son *ajouté*] [mémoire, mais elle nia avec force *ajouté*] [se fâcha *ajouté et biffé*] [crut que je me moquais d'elle, et faillit, à la fin, se fâcher. *ajouté*] / Voilà !

158. *Ms :* cette [épreuve *biffé*] expérience

159. *Ms :* 19 *en surcharge sur* 17

160. *Ms :* j'ai passé [e *biffé*] la

161. *Ms :* Bal des Canotiers

162. *Ms :* Décidément [et *biffé*] tout

163. *Ms :* milieux. [Serait-il *biffé*] [L'hom *biffé*] Croire

164. *Ms :* l'Ile de

165. *Ms :* subissons [l'influence *biffé*] effroyablement

166. *Ms :* on [casse *biffé*] [vole *ajouté*] les

167. *Ms :* douter... j'ai vu... [J'en ai *biffé*] [J'ai encore *ajouté*] froid dans les ongles... [j'en *biffé*] [j'*ajouté*] ai encore peur

168. *Ms :* fleurir. / [Comme *ajouté*] Je m'arrêtais à regarder un [magnifique Maréchal Niel *biffé*] géant des batailles qui

169. *Ms :* Puis [elle *biffé*] la fleur

170. *Ms :* mes yeux. / [Affo *biffé*] [Éperdu *biffé*] Éperdu

171. *Ms :* demeurés [sur *biffé*] [à *ajouté*] la

172. *Ms :* l'alternance [des *en surcharge sur* du] jour[s *ajouté*] et de [s *ajouté*] [la *biffé*] nuit[s *ajouté*] qu'il existe près de moi [un *biffé*] [sous mon toit *ajouté et biffé*] [un *ajouté*] être

173. *Ms :* peut [p *biffé*] [cueillir mes fleurs *biffé*] toucher

174. *Ms :* place, [qui est doué *biffé*] doué

175. *Ms :* imperceptible [pour *ajouté*] [nous *ajouté et biffé*]   [nos sens *ajouté*] et

176. *Ms :* mais [ne m'a pa *biffé*] n'a
APL : mais il n'a

177. *Ms :* soleil [sur le bord de m *biffé*] [le long de *ajouté*] la

178. *Ms :* connu [d'int *biffé*] qui

179. *Ms :* océan [confus *biffé*] effrayant

180. *Ms :* vagues [énormes *biffé*] bondissantes,

181. *Ms :* halluciné [raisonneur. *biffé*] raisonnant.

182. *Ms :* ce trouble [a produit *biffé*] [aurait déterminé *ajouté*] dans mon esprit [une cre *biffé*] dans l'ordre

183. *L :* une crevasse profonde. *Fin de la livraison du 14 juin.*

184. *L :* Des phénomènes semblables *Début de la livraison du 18 juin.*

185. *Ms* : semblables [se produisent *biffé*] [ont lieu *ajouté*] dans

186. *Ms. original* : soyions *Nous corrigeons*.

187. *Ms* : tandis que [le reste *biffé*] [la faculté imaginative *ajouté*] veille

188. *Ms* : qu'un[e *ajouté*] de[s *ajouté*] [ces *biffé*] imperceptibles [point *biffé*] [touches *ajouté*] du

189. *Ms* : ou [des chiffres, ou seulement *ajouté*] des dates. Ces localisations.

190. *Ms* : la pensée[s *biffé*] sont

191. *Ms* : prouvées. [Or il se peut q *biffé*] Or

192. *Ms* : ma faculté de contrôler la réalité se trouve un peu malade en ce moment, [à l'état de veille *ajouté* et *biffé*] comme [la *biffé*] [notre *ajouté*] faculté de contrôler la vraisemblance des événements désordonnés du songe se trouve engourdi à l'état de sommeil. / Je songeais *L'original donne* en ce moment ! / Je songeais *Nous corrigeons*.

193. *Ms* : emplissait [mes yeux *biffé*] [mon regard *ajouté*] d'amour pour la vie, [pour les herbes *biffé*] [pour *ajouté*] les hirondelles dont l'agilité est une joie [de l'œil *ajouté* et *biffé*] [de mes yeux *ajouté*] pour les herbes de la rive dont le [frisson est une musi *biffé*] [frémissement est *ajouté*] un bonheur

194. *Ms* : inexplicable *corrigé par surcharge sur* inexpliquable.

195. *Ms* : J'éprouvais cette angoisse [qui vous crispe quand on a laissé ou log *biffé*] et ce besoin douloureux de rentrer [qui vous oppresse *ajouté*] quand

196. *Ms* : malade [aimé *biffé*] aimé,

197. *Ms* : trouver [au logis *biffé*] [dans ma maison *ajouté*] une

198. *Ms* : j'avais [vu *biffé*] [eu *ajouté*] de

199. *Ms* : près de moi, contre moi, m'épiant,

200. *Ms* : s'il [se *biffé*] signalait

201. *Ms* : dormi [tranquille *biffé*] pourtant.

202. *Ms* : pu. J'ai voulu dire à mon valet de chambre de faire mes malles. Je n'ai pas pu. J'ai voulu accomplir cet acte de [volonté *biffé*] [liberté *ajouté*] si facile, si simple — [partir *biffé*] — sortir

203. *APL* : pas pu. Pourquoi ? *Fin de la livraison du 5 juin.*

204. *Ms* : 13 août. [Il me semble qu'un Etre perfide *biffé*] Quand on [se sent *biffé*] est
APL : Quand on est *Début de la livraison du 12 juin.*

205. *Ms* : énergies [coupées *biffé*] [anéanties *ajouté*] [tous *en surcharge sur* toutes] les

206. *Ms* : mon [ame *biffé*] [etre moral *ajouté*] d'une

207. *Ms* : courage, aucun [*sic*] [pouvoir *biffé*] [force *ajouté* et *biffé*] [domination *ajouté*] sur moi

208. *Ms :* ma volonté. [J'ai changé l'heure de mes repas. Pourquoi ? Quan *biffé*] [Je ne veux plus *biffé*] [Je ne peux plus vouloir *ajouté*]. Mais

209. *Ms :* désire seul[em *biffé*]ement me

210. *Ms :* rivé [sur *biffé*] [à *ajouté*] mon

211. *Ms :* siège [tient *biffé*] [adhère *ajouté*] au sol [plancher *biffé*] de

212. *Ms :* cueillir [une *biffé*] [des *ajouté*] fraises

213. *Ms :* je *en surcharge sur* de

214. *Ms :* elle comme une [am *biffé*] [autre *ajouté*] ame [comme *ajouté*] une

215. *Ms :* ce Rôdeur d'une race Étrangère. / Donc les invisibles existent. [Mais *biffé*] [Alors *ajouté*] comment

216. *Ms :* ressemblent à ce qui se passe, à ce qui s'est passé

217. *Ms :* J'ai [fait *biffé*] [ordonné d'*ajouté*] atteler

218. *Ms :* gagné [Rouen *biffé*] [Rouen. Oh! quelle joie de pouvoir dire à un homme qui obéit « allez à Rouen » *ajouté*] Je

219. *Ms :* docteur [Hermann *ajouté*] Herestauss
Selon Marie-Claire Bancquart, le nom Herestauss « semble avoir été forgé sur les mots allemands "Her (r)" : monsieur, le maître, et "aus", hors de. Herestauss, c'est le "Horla", celui qui "est d'ailleurs". » (Maupassant : *Le Horla et autres contes cruels et fantastiques*, p. 162.) Notons, de notre côté, que ce nom n'est pas conforme au système phonétique allemand.

220. *Ms :* les [habitants *biffé*] [hôtes inconnus *biffé*] [habitants *ajouté*] [inconnus *ajouté et biffé*] [inconnus *ajouté*] du

221. *Ms :* j'ai [di *biffé*] crié

222. *Ms :* tombé [écrasé d'*biffé*] affolé

223. *Ms :* Jusqu'à [minuit *biffé*] [une heure du matin *ajouté*] j'ai lu. [Hermann *biffé*] Hermann Herestauss, docteur en [Théol *biffé*] Philosophie et Théogonie a écrit.

224. *Ms :* manifestations [connues *biffé*] de [tout *biffé*] tous

225. *Ms :* origines, leur[s *biffé*] domaine

226. *Ms :* à Celui qui

227. *Ms :* que [tous *biffé*] l'homme

228. *Ms :* que lui, qui n'était pas venu encore, et que [la *biffé*] sentant proche et ne [la *biffé*] pouvant prévoir, la [nature de *biffé*] ce Maître, il

229. *Ms :* des Etres Occultes, fantômes [né *biffé*] vagues

230. *Ms :* calme [des *biffé*] [la nuit. *biffé*] [ténèbres. *biffé*] [de l'obscurité. *ajouté*] Il

231. *Ms :* Comme [j'en *surcharge sur* c'] aurais

232. *Ms :* Ceux qui pensent [dans ces univers lointains *ajouté*] que

savent[-ils *biffé*] [plus que nous ? que peuvent-ils plus que nous ? *ajouté*] Un d'eux un jour ou l'autre [traversant l'espace *ajouté*] n'apparaîtra-il [*sic*] pas

233. *Ms* : peuples [lointa *biffé*] plus

234. *Ms* : tourne [dans une goutte d'eau *biffé*] [delay *biffé*] [délayé *en surcharge sur* délaié] dans

235. *Ms* : resté [ouvert *ajouté*] sur

236. *Ms* : vide *en surcharge sur* vite

237. *Ms* : lui, [et qu'il *biffé*] assis

238. *Ms* : révoltée [d'un bond de tigre *biffé*] qui va [déchirer *biffé*] [déchirer *ajouté et biffé*] [éventrer *ajouté*] son dompteur

239. *Ms* : fenêtre [saisie *biffé*] [poussée *biffé*] se ferma

240. *Ms* : tenir [dans mes mains *biffé*] [les bras *ajouté et biffé*] [sous mes poings *ajouté*] et

241. *Ms* : ne [mordent point et *ajouté*] n'étranglent

242. *Ms* : la Revue du [Nouveau *biffé*] Monde Scientifique. / « Une

243. *Ms* : bétail [humain *ajouté*] par des Etres invisibles

244. *Ms* : tangibles, [et *biffé*] des

245. *Ms* : aliment. / Mr[s *biffé*] les professeur

246. *Ms* : de San Paolo afin

247. *Ms* : délire. » / [Ah ! ah ! *ajouté*] Je

248. *Ms* : Bien entendu, cette épidémie est inventée par Maupassant. Mais on peut la rapprocher du choléra, apporté également par un navire, dont il est question dans *La Peur* (vol. suiv.).

249. *L* : ma blanche demeure aussi

250. *Ms* : du [vaisse *biffé*] navire

251. *Ms* : peuples [primitifs *biffé*] [naïfs *ajouté*], Celui

252. *Ms* : inquiets, [celui *biffé*] que les sorciers évoquaient [sans le *biffé*] [par les nuits sombres, sans le *ajouté*] voir apparaître [encore *ajouté*], à qui

253. *Ms* : monstrueuses [ou gracieuses *ajouté*] des

254. *Ms* : fées [et *ajouté*] des

255. *Ms* : conceptions de [l'épouvante *biffé*] [la grossière ép *biffé*] l'épouvante

256. *L* : pressenti plus clairement. *Fin de la livraison du 18 juin.*

257. *Ms* : pressenti [d'u *biffé*] plus clairement. [*rature illisible*] Mesmer

   L : Mesmer *Début de la livraison du 21 juin.*

258. *Ms* : dix ans [déjà *ajouté*] ont découvert [déjà *biffé*] [d'une façon précise *ajouté*] la

259. *Ms* : arme [qu'il *biffé*] du [Maître *biffé*] [Seigneur *ajouté*] Nouveau, la domination infâme d'un Mystérieux Vouloir sur

260. *Ms* : cela Magnétisme [hypnotisme *ajouté*] Suggestion... que

261. *Ms* : vus [s'am *biffé*] s'amuser

262. *Ms* : puissance,! [qui les tuera *biffé*; *lecture incertaine*] Malheur

263. *Ms* : se nomme-il

264. *Ms* : répète... le... le Horla...

265. *Ms* : le [renard *biffé*] [loup *ajouté*] a

266. *Ms* : dévoré [le cheval, le bœuf aux cornes *biffé*] [le *rature illisible ajouté*] le buffle aux cornes aiguës [*sic*] [et *biffé*] l'homme a tué le lion avec la flèche, avec le [fer *biffé*] [glaive *ajouté*] avec

267. *Ms* : l'homme [son serviteur *biffé*] [comme nous avons fait, nous du cheval et du bœuf *ajouté*] sa chose, son serviteur et sa nourriture, [comme nous avons fait du Cheval et du Bœuf, *biffé*] par

268. *Ms* : se révolte, [le cheval rue, le b *biffé*] et tue celui qui l'a[v *biffé*] dompté...

269. *Ms* : aussi je peux... je

270. *Ms* : ne [voit point com *biffé*] distingue

271. *Ms* : distingue [même *ajouté*] point [même *biffé*] les corps

272. *Ms* : trompent [et *ajouté*] l'égarent!

273. *Ms* : traverse. / [Un corps nouveau, *biffé*] [Un *en surcharge sur* un] être

274. *Ms* : point, [comme *en surcharge sur un mot illisible*] tous ceux créés

275. *L* : le nôtre faible,

276. *Ms* : parfaite, [plus *biffé*] son corps plus [parfait *biffé*] [fin et plus fini *ajouté*] que le notre, que le notre [si maladroit *biffé*] si faible [et si compliqué *biffé*] [si maladroitement conçu, *ajouté*] encombré

277. *Ms* : trop [complexes *en surcharge sur* compliqués], que le notre qui vit [vivant *ajouté et biffé*] comme

278. *Ms* : se nourrissant [d'air *biffé*] [péniblement d'air *ajouté*] d'herbe et de viande, [machine animale *biffé*] [machine animale en proie aux maladies aux déformations aux putréfactions *ajouté*] [machine animale *ajouté et biffé*] poussive

279. *Ms* : bizarre, [inutilement *biffé*] ingénieusement

280. *Ms* : qui [serait beau *biffé*] [pourrait devenir *ajouté*] intelligent

281. *Ms* : ces [principes nut *biffé*] pères

282. *Ms* : êtres,! [pour *biffé*] quelle

283. *Ms* : d'élégance! [Ah! *biffé*] [Mais *ajouté*] direz-vous

284. *Ms* : forme [l'élégance *biffé*] [la beauté *ajouté*], la

285. *Ms* : mouvement. [et le mouvement *biffé*]... mais

286. *Ms* : étoile, les [parfumant du battement de *biffé*] [rafraî-

chissant les embaumant *ajouté*] du souffle [de son passage *biffé*]
[harmonieux et léger de *ajouté*] sa course... [les enchantant de la
musique de son passage *biffé*] [comme une mus *ajouté et biffé*] [Dans
ses yeux *biffé*] — Et les peuples de la haut [ravis *biffé*] le

287. *L* : Pas de ligne de points.

288. *Ms* : il [est *biffé*] [devient *ajouté*] mon

289. La date du 19 août est marquée ici la deuxième fois, alors que
cette partie du journal, consacrée aux événements d'« hier soir », n'a
pas pu être rédigée le même jour que la précédente.

290. *Ms* : poitrine, [mes dents, *biffé*] mon front, [mes dents *ajouté*]
pour

291. *Ms* : surexcités. [j'avais allumé mes deux lampes et les huit
bougies de ma cheminée, comme si j'eusse pu, dans cette clarté, le
découvrir, *ajouté*] / En face

292. *Ms* : ouverte [pour *biffé*] [afin de *ajouté*] l'attirer.

293. *Ms* : très [grande *biffé*] [haute ajouté] armoire

294. *Ms* : corps [miracul *biffé*] imperceptible

295. *Ms* : d'ailleurs [auraien *biffé*] [pourr *biffé*] auraient-ils

296. *Ms* : ont [les hotels de Pa *biffé*] à Paris

297. *L'original donne* hotel continental. *Nous corrigeons.*

298. *Ms* : moque! / [10 septembre. / C'est fait *biffé*]
....
[10 septembre. Rouen. Hôtel Continental. *ajouté*] / C'est fait...

299. *Ms* : fer : [*rature illisible*] j'ai

300. *Ms* : une [envie *biffé*] joie,

301. *Ms* : mes [souli *biffé*] bottines

302. *Ms* : persienne [de fer, *ajouté*] et

303. *Ms* : tour. [Revenant *biffé*] [Retournant *ajouté*] alors

304. *Ms* : fenêtre [j'appli *biffé*] je

305. *Ms* : dans [la *biffé*] ma

306. *Ms* : peur, [qu'a *biffé*] [à son *ajouté*] tour,

307. *Ms* : mais [armé *biffé*] [reculant *biffé*] m'adossant à la porte je
l'entr'[e *ajouté*] [ouvris *biffé*] bailli tout

308. *Ms* : touchait [à la corniche *biffé*] au

309. *Ms* : descendis, nu pieds, en

310. *Ms* : un [massif *biffé*] massif

311. *Ms* : long! [Tout à coup une des fenêtres du salon creva *biffé*]
Je

312. *Ms* : éteint, lui, quand

313. *Ms* : longue, [*rature illisible*] molle, caressante, monta [comme

une *biffé*] le long du mur blanc, [je me d *biffé*] [et le baisa jusqu'au toit. *ajouté*] Une

314. *Ms :* se levait, le jour de ma délivrance, l'aurore de ma liberté. Deux

315. *Ms :* nuit, [et je *biffé*] et deux mansardes [sous mon toit *biffé*] s'ouvrirent !

316. *Ms :* affolées [et leurs bras *ajouté*] [blancs *ajouté et biffé*] [qui s'agitaient... ! *ajouté*] Alors

317. *Ms :* qui [s'en *biffé*] s'en

318. *Ms :* magnifique [ou brulaient des hommes et ou brulait aussi *biffé*] [Un bucher où brulaient des hommes et ou brulait aussi le Premier Venu des maîtres *biffé*] / Un bucher monstrueux [fumant jusqu'au ciel *biffé*] éclairant

319. *Ms :* maître, [Le Horla. / Tout à coup le bâtiment croula *biffé*] [le Horla. Soudain *ajouté*] le toit [tout entier *ajouté*] engloutit

320. *Ms :* volcan [d'étin *biffé*] de flammes

321. *Ms :* ouvertes [dans les murs *biffé*] [sur la fournaise *ajouté*] je voyais [la cuve de feu, la fournaise monstrueuse *biffé*] la cuve

322. *Ms :* mort ? Seul [e *biffé*] peut être [la vie *biffé*] le temps [avait *biffé*] [a *ajouté*] prise

323. *Ms :* être invisible *corrigé par surcharge en* Etre Invisible

324. *Ms :* devait [avoir *biffé*] craindre

325. *Ms :* vient [de là *biffé*] d'elle !

326. *Ms :* l'Homme le

327. *Ms :* accidents, [est venu *ajouté*] celui

328. *Ms :* minute, [par la fin *biffé*] parce qu'il

329. *Ms :* non... sans doute... sans aucun doute...

330. *Ms :* il va [donc *ajouté*] falloir que... que je

331. *Ms :* moi ! / *Fin*

LA MAIN D'ÉCORCHÉ

1. C'est la première nouvelle publiée par Maupassant. Elle parut dans l'*Almanach lorrain de Pont-à-Mousson* pour l'année 1875, signée Joseph Prunier, surnom que Maupassant portait dans la bande des canotiers. elle ne fut ni recueillie ni reprise du vivant de l'auteur, mais l'anecdote, élaborée d'une façon différente, se retrouve dans *La Main* (publiée la première fois dans *Le Gaulois* du 23 décembre 1883, et recueillie dans *Contes du jour et de la nuit*, volume paru dans la collection GF-Flammarion, en 1977). Nous corrigeons, à certains endroits, la ponctuation, pour faciliter la compréhension du récit.

Dans la maison de « l'Anglais d'Étretat » où Maupassant fit la connaissance de Swinburne, se trouvait une « main d'écorché », qui devint plus tard la propriété de Maupassant ; celui-ci pensait d'abord en faire un cordon de sonnette, mais finit par en orner sa chambre.

2. Fondé en 1840 par le danseur Mabille et situé dans l'allée des Veuves (l'actuelle avenue Montaigne), le bal Mabille était un des plus célèbres lieux de plaisir de Paris ; il disparut en 1875.

3. Mont-de-Piété.

4. Dans le désert, saint Antoine eut pour compagnon un cochon.

5. Une correction qui semble judicieuse est apportée dans l'édition Conard : « par un procédé nouveau ».

LE DOCTEUR HÉRACLIUS GLOSS

1. Composé, selon toute vraisemblance, en 1857, le récit ne parut pas du vivant de Maupassant. En 1921, Jean Ossola, le propriétaire du manuscrit, le publia dans la *Revue de Paris* (15 novembre et 15 décembre). Le manuscrit semble être perdu, mais les recherches de Louis Forestier (Pléiade, t. I, p. 1270) ont permis de supposer qu'Albert-Marie Schmidt avait pu le consulter. C'est donc le texte de son édition des *Contes et Nouvelles*, Albin Michel, 1964-1967, différent de celui de la *Revue de Paris*, que nous reproduisons.
En interprétant le nom Héraclius Gloss, Louis Forestier remarque (Pléiade, t. I, p. 1271) : « Le docteur porte un nom à la fois héroïque et inquiétant. *Gloss*, qui vient du grec : langue (organe aussi bien qu'idiome) n'est pas mal trouvé pour un héros appelé à connaître d'un manuscrit polyglotte ; mais ce nom rappelle aussi celui d'un philosophe passablement décrié : le Pangloss de *Candide*. Quand au prénom d'Héraclius, il n'est pas seulement l'écho des héroïsmes cornéliens, il évoque aussi cet empereur d'Orient dont les dernières années s'écoulèrent en arguties théologiques et en vaines disputes de philosophie. »

2. Tous les noms géographiques dans le récit sont imaginaires, mais le modèle de Balançon semble être Rouen.

3. « Les montagnes seront en travail, il en naît un rat ridicule. » Déformation d'un célèbre vers d'Horace (*Art poétique*, 139) : « *Parturient montes, nascetur ridiculus mus.* » (« Les montagnes sont en travail, il en naîtra un rat ridicule. »)

4. Passage inspiré, de toute évidence, par *La Tentation de saint Antoine* de Flaubert.

5. La philosophie éclectique se rattache, dans la France du XIXe siècle, au nom de Victor Cousin. Mais ce passage sur l'éclectisme ainsi que le suivant qui traite de son contraire se prêtent à être lus comme un persiflage des querelles d'écoles sempiternelles.

6. Voir la *Bible, Actes des Apôtres*, IX, 3-18.

7. Dans la Rome du IIe siècle les doctrines pythagoriciennes, fondées au IVe siècle avant J.-C., jouissaient d'une large audience. La métempsycose trouve, en effet, sa place dans cette philosophie.

8. Corneille : *Polyeucte*, V, 5. Texte exact : « Je vois, je sais, je crois, je suis désabusée. »

9. Selon les Anciens, les ibis pratiquent l'autoclystère ; mais chez Hérodote la mention n'a pas pu être retrouvée.

10. *Juges*, XVI, 4-21.

11. L'anecdote n'a pas pu être identifiée. Serait-ce simplement une allusion au rôle de pacificateur entrepris par Henri IV ?

12. Allusion à la ballade de Villon que Maupassant aime citer.

13. *Bible, Daniel*, V. « Les trois mots fameux », *mane, thecel, pharès* (compté, pesé, divisé), annoncent la fin du règne de Balthazar.

14. Expression connue comme titre d'un célèbre opéra-comique de Pergolèse.

15. « Je suis qui je suis. » C'est Dieu qui s'annonce ainsi à Moïse. (*Bible, Exode*, III, 14.)

16. *Bible, Daniel*, IV, 29-30 ; V, 21.

17. Cf. *Le Meunier, son Fils et l'Ane* : « Le plus âne des trois n'est pas celui qu'on pense. »

18. La Fontaine : *Le Signe et le Dauphin*. Texte exact : « Il l'y replonge et va trouver / Quelque homme afin de le sauver. »

SUR L'EAU

1. Intitulé *En canot* et signé Guy de Valmont, le récit parut dans le *Bulletin français* du 10 mars 1876, sous la rubrique « Variétés ». Il fut recueilli dans *La Maison Tellier* (Paris, Victor Havard, 1881 ; Paris, Ollendorff, 1891) sous le titre *Sur l'eau*, et repris dans *L'Intransigeant illustré* du 26 juin 1891. Notre texte est celui de *La Maison Tellier* (1891).

Une version manuscrite, constituée de six feuillets numérotés de 1 à 6, intitulée *En canot* et signée Guy de Valmont, a figuré à la vente Jules Marsan (Drouot, 17 juin 1976) ; actuellement elle fait partie de la collection du colonel Daniel Sickles. Après la signature, se trouve le calcul suivant :

$$180 \atop 25$$

$$900 \atop 36,0$$

$$45$$

Voici le texte de cette version, très différent des textes imprimés :

EN CANOT

J'avais loué l'été dernier une petite maison de campagne au bord de la Seine, à [quelques *biffé*] [plusieurs *ajouté*] lieues de Paris, et j'allais y coucher tous les soirs. Je fis au bout de quelque [temps *biffé*] [jours *ajouté*] la connaissance d'un monsieur de quarante à cinquante ans qui était bien un des types les plus curieux que j'eusse jamais vus. C'était un vieux canotier, mais un canotier enragé, solitaire, toujours près de l'eau, toujours sur l'eau, toujours dans l'eau. Il devait être né dans un canot, et il mourra bien certainement dans le canotage final.

Un soir que nous nous promenions au bord de [l'eau *biffé*] [la Seine *ajouté*] je lui demandai de me raconter quelques anecdotes de sa vie nautique. Voilà immédiatement mon bonhomme qui s'anime, se transfigure, devient éloquent, presque poète [et je découvris qu'*biffé*] il avait dans le cœur une grande passion, une passion dévorante, irrésistible — la rivière. « Ah me [dit *en surcharge sur* disait] -il — que je sais de choses étranges sur cette rivière que vous voyez couler, là, près de nous. Vous autres habitants des rues vous ne soupçonnez pas ce que c'est que la rivière. Écoutez un pêcheur prononcer ce mot, c'est comme un prêtre qui parle de Dieu. Pour lui, c'est la chose mystérieuse, profonde, inconnue, le pays redouté des mirages et des fantasmagories, où l'on voit la nuit des choses qui ne sont pas, où l'on entend des bruits que l'on ne connaît point, où l'on tremble sans savoir pourquoi, comme en traversant un cimetière ; et c'est en effet le plus sinistre des cimetières, celui où l'on n'a pas de tombeau. La terre est bornée pour le pêcheur, et dans l'ombre, quand il n'y a pas de lune, la rivière est illimitée. Un marin n'éprouve point la même chose pour la mer. Elle est souvent dure et méchante, c'est vrai, mais elle crie, elle hurle, elle est loyale la grande mer, tandis que la rivière est silencieuse et perfide, elle ne gronde pas, elle coule toujours sans bruit, et ce mouvement éternel de l'eau qui coule est plus effrayant pour moi que les superbes vagues de l'Océan. La mer doit cacher dans son sein d'immenses pays bleuâtres où les noyés roulent [au milieu *biffé*] [parmi *ajouté*] les grands poissons [pa *biffé*] au milieu d'étranges forêts et dans des grottes de cristal. La rivière a [des *en surcharge sur* les] profondeurs noires où l'on pourrit dans la vase. Elle est belle pourtant, la [perfide *en surcharge sur* perverse], quand elle brille au soleil levant et qu'elle clapote doucement entre ses berges couvertes de roseaux qui murmurent. Notre grand poète a dit — en parlant de la mer.

Ô flots que vous savez de lugubres histoires
Flots profonds redoutés des mères à genoux...
Vous vous les racontez en montant les marées...

Eh bien je crois que les histoires que se [*racontent biffé*] [*chuchottent ajouté*] entre eux les [grands *biffés*] roseaux minces avec leurs petites voix si douces, doivent être encore plus sinistres que les drames profonds [que les vagues hurlent aux rivages. *biffé*] [hurlés par *ajouté et biffé*] [racontés par les hurlements des vagues. *ajouté*]

[Et *biffé*] [Mais *ajouté*] Puisque vous me demandez quelques-uns de mes souvenirs, je vais vous dire une singulière aventure qui m'est arrivée ici, il y a une [quinzaine *biffé*] [vingtaine *ajouté*] d'années.

J'habitai comme aujourd'hui la maison de la veuve [Poulin *biffé*] [Lafon *ajouté*] et un de mes meilleurs camarades, Hadji Marcomir, qui a maintenant renoncé au canotage, à ses pompes et à son débraillé pour entrer au Conseil d'État, était installé au village de C... deux lieues plus bas. [et *biffé*] Nous dînions presque chaque jour ensemble, tantôt à C... tantôt ici.

Un soir que je revenais tout seul et assez fatigué, traînant péniblement, mon gros bateau, un océan de 12 pieds, dont je me servais toujours la nuit, j'éprouvai tout à coup un étrange frisson en arrivant à la pointe des roseaux, là-bas, 200 mètres environ avant le pont de chemin de fer. Je m'arrêtai tout net et je regardai autour de moi. [Il n'y avait *biffé*] [Je ne vis *ajouté*] rien. Je trouvai que j'avais été saisi par un courant d'air plus froid, et que cela joint au sommeil qui commençait à m'envahir avait produit la pénible sensation que je ressentais — et je continuai ma route.

Le lendemain je n'y pensais plus, mais en revenant à la même heure, la même impression me frappa, encore plus violemment que la veille : cette fois j'eus peur, vraiment peur, d'autant plus que je ne savais pas de quoi, j'empoignai mes avirons et je lançai mon bateau si vigoureusement que j'aurais pu tenir, je crois, contre une yole de course. [Une fois *biffé*]

Une fois rentré dans ma chambre je me mis à réfléchir. Je me dis que je m'étais trouvé insciemment sous le coup du souvenir de mon impression de la veille, que la vue des mêmes lieux avait rappelé une sensation physique qui s'y était produit. Je me fis de la psychologie pendant une heure et [je *en surcharge sur* de] m'endormis parfaitement édifié.

Le lendemain Hadji dînait avec moi ; il retourna le soir à C... et le jour suivant qui était un mardi, (je n'oublierai pas cette date,) j'allai à mon tour dîner avec mon ami. « Figure-toi me dit-il aussitôt qu'il m'aperçut, qu'hier soir, après t'avoir quitté, comme je revenais bien tranquillement, j'ai eu une peur effroyable en arrivant à la pointe aux roseaux, et ce qu'il y a de plus curieux c'est que je ne sais pas de quoi, [d *biffé*] la lune donnait en plein, la nuit était superbe et la rivière complètement déserte. »

Cette fois je vous l'avoue j'étais très ému il y avait évidemment là quelque chose que je ne comprenais pas. [Était *en surcharge sur* était] -ce un effet de lumière, était-ce un bruit de roseaux ? car ils se trouvaient en cet endroit extraordinaire hauts et serrés. Enfin je résolus de faire le soir même une expérience définitive, je dînai sans rien dire et comme onze heures sonnaient je serrai la main de mon [c *biffé*] ami et je m'embarquai par un temps magnifique.

J'étais [comme presque tous les jeunes gens — je comme je suis *biffé*] [alors et je suis *ajouté*] encore aujourd'hui, absolument sceptique à l'endroit du merveilleux. La vue d'un fantôme, le soir, dans une route déserte ne m'aurait pas plus impressionné que celle d'un simple voleur et je vous affirme que j'aurais bûché sur le premier avec aussi peu de respect que sur le second. Eh bien malgré cela mon cœur battait, ma volonté était [*ici commence une ligne ondulée en regard du texte*] bien ferme, inébranlable, mais il y avait en moi autre chose que ma volonté et cette autre chose avait peur. Enfin j'approchai de l'endroit redouté, mon canot filait vite entre deux forêts de roseaux. La [*fin de la ligne ondulée*] lune resplendissait, le fleuve brillait, tout était parfaitement tranquille. Il faisait chaud, et pourtant je tremblais comme si j'eusse été transi de froid. Je m'arrêtai quelques secondes pour reprendre haleine et je fus effrayé du silence extraordinaire qui m'entourait. Toutes les bêtes, grenouilles et crapauds, ces chanteurs nocturnes des marécages, se taisaient, — avaient-ils peur aussi? Soudain à ma droite, — tout près, — une grenouille coassa. Je tressaillis, elle se tut, je n'entend[a *biffé*]is plus rien et je repris mes avirons — J'approchais toujours. — Alors comme un poltron forcé de se battre qui se précipite sur son adversaire, je lançai mon canot avec fureur. — Les muscles tendus, me courbant et me relevant coup sur coup, [la respiration *biffé*] la poitrine haletante, j'arrivai à la redoutable pointe. Là je lâchai mes avirons et je demeurai immobile, les yeux ouverts, [l'oreille attentive *souligné comme faisant question*] et béant de peur. [*Ici commence une ligne ondulée en regard du texte.*] Je crois que si un poisson se fût avisé de sauter hors de l'eau, comme cela arrive souvent, je serais tombé raide sans connaissance. — Cependant par un effort [surhumain *biffé*] [de volonté *ajouté et biffé*] [violent *ajouté*] je finis par ressaisir ma raison qui m'échappait, je me demandai de quoi j'avais peur, je me raisonnai, mon *moi* brave railla mon *moi* poltron ; et jamais aussi bien que ce jour-là je ne saisis l'opposition des deux êtres qui sont en nous — l'un [r *biffé*] voulant l'autre résistant et chacun [*fin de la ligne ondulée*] l'emportant à son tour. Appelez cela les sens et la volonté, la nature et la raison, peu m'importe ; — pour ma part je sens très bien qu[e *biffé*] 'il y a en moi deux bons hommes qui se querellent du matin au soir.

Enfin, bien résolu à dompter cette involontaire frayeur [dussé-je *biffé*] [dussé-je *ajouté*] passer deux heures au même endroit ; je saisis mon ancre et je la lançai dans la rivière. Le canot qui [re *ajouté*] descendait avec le courant fila sa chaîne jusqu'au bout, et s'arrêta. [Alors *biffé*] Je m'assis à l'arrière et je voulus fumer, mais quoique je fusse un culotteur de pipes renommé je ne pus pas ; — dès la seconde bouffée le cœur me tournait et je cessai. Je me mis à déclamer des vers, le ton de ma voix m'était pénible. Alors je m'étendis au fond du bateau et je regardai le ciel. Pendant quelques secondes [tout alla bien *biffé*] je restai à peu près tranquille, mais bientôt les légers mouvements de la barque m'inquiétèrent ; [il me semblait que les embardées qu'elle faisait s'accéléraient *biffé*] il me sembla qu'elle faisait des embardées gigantesques, touchant tour à tour les deux berges du fleuve ; puis je crus qu'un être ou qu'une force invisible l'attirait doucement au fond de l'eau, et la soulevait ensuite pour la laisser retomber. J'étais ballotté comme au milieu d'une tempête. J'entendis des bruits autour de moi — Je me dressai d'un bond — L'eau brillait. Tout était calme —

Je compris alors que j'avais les nerfs trop ébranlés pour arriver ce soir-là à dompter cette terreur bête, et je résolus de m'en aller. Je tirai sur ma chaîne, le canot se mit en mouvement puis je sentis une résistance, je tirai plus fort. L'ancre ne vint pas — elle avait accroché quelque chose au fond de l'eau et je ne pouvais la soulever. Je recommençai à tirer mais inutilement. Alors, avec mes avirons, je fis tourner mon canot et je le portai en amont pour changer la position de l'ancre. — Ce fut en vain, elle tenait toujours, je pris de fureur et je secouai la chaîne rageusement. Rien ne [vint *biffé*] remua. — Je m'assis découragé et je me mis à réfléchir. Je ne pouvais songer à casser [ma *biffé*] [cette *ajouté*] chaîne, ni à la séparer du bateau, car elle était énorme et rivée à l'avant dans un morceau de bois plus gros que mon bras; mais la nuit était belle et je pensai que, sans doute, je ne tarderais point à rencontrer quelque pêcheur qui viendrait à mon secours. Il me fallait [donc *ajouté*] recommencer, bien malgré moi, mes expériences sur la peur. Ma mésaventure avait détourné le cours de mes idées et j'étais un peu calmé, mais au bout de cinq minutes je ressentis de nouveau une singulière agitation nerveuse. — Je possédais une bouteille de rhum, j'en bus deux ou trois verres coup sur coup, — cela me donna du courage. Je m'assis et je pus enfin fumer ma pipe. Le calme venait. Soudain un petit coup [retentit *biffé*] [sonna *ajouté*] contre mon bordage. Je fis un soubresaut [, *biffé*] [et *ajouté*] un frisson glacé me secoua des pieds à la tête. Ce bruit venait sans aucun doute de quelque bout de bois entraîné par le courant, mais cela avait suffi et je recommençai à avoir peur. Je saisis ma chaîne et je me raidis dans un effort désespéré. L'ancre [ne céda pas *biffé*] [tint bon *ajouté*]. Je me rassis épuisé. Cependant la rivière s'était peu à peu couverte d'un brouillard blanc très épais [qui flottait à s'arrêta et *biffé*] qui [flottait *biffé*] [rampait *ajouté*] sur l'eau [très *biffé*] [fort *ajouté*] bas, de sorte qu'en me dressant je ne voyais plus le fleuve, ni mes pieds, ni mon bateau, mais j'apercevais [seulement *ajouté*] [les berges et *biffé*] [d'abord *ajouté et biffé*] les pointes des roseaux, [puis *ajouté*] plus loin, la plaine toute [blanche *biffé*] [pâle *ajouté*] de la lumière de la lune, avec de grandes taches noires qui montaient dans le ciel, formées par des groupes de peupliers d'Italie. J'étais comme enseveli jusqu'à la ceinture dans [une *biffé*] une nappe de coton d'une blancheur [étrange *biffé*] [singulière *ajouté*], et il me venait des imaginations fantastiques. Je me figurais qu'on essayait de monter dans [un mot illisible ma barque *biffé*] mon bateau que je ne pouvais plus distinguer et que la rivière cachée par ce brouillard opaque devait être pleine d'êtres étranges qui nageaient autour de moi. J'éprouvais un malaise horrible et, perdant la tête, je pensai à me sauver à la nage; — puis aussitôt cette idée me fit frissonner d'épouvante. Je me vis, perdu, allant à l'aventure dans cette brume épaisse, [m'égar *biffé*] me débattant au milieu des herbes et des roseaux que je n'aurais pu [voir *biffé*] [distinguer *ajouté*], râlant de peur, ne retrouvant plus mon bateau, et sans cesse [tiré *biffé*] luttant contre un de ces êtres inconnus qui [me tirant *biffé*] [m'attirerait *ajouté*] par les pieds [m'attirerait *biffé*] [tout *ajouté*] au fond de cette eau noire. Et en effet, comme il [m'aurait *biffé*] [m'eût *ajouté*] fallu remonter le courant au moins pendant 500 mètres avant de trouver un point de la berge où je pusse prendre pied, il y avait pour moi neuf chances sur 10 [de ne pouvoir me diriger dans cette brume et *ajouté*] de me noyer quelque bon nageur que je fusse. —

Je pris [encore *ajouté*] ma bouteille de rhum et je bus à grands traits. — Alors une idée me vint, et je me mis à crier de toutes mes forces en me tournant successivement vers les quatre points [cardinaux *biffé*] [de l'horizon *ajouté*]. Lorsque mon gosier refusa absolument d'émettre un son de plus — j'écoutai — un chien hurlait — très loin —

Je bus encore et je m'étendis tout de mon long au fond du bateau. Je restai ainsi peut-être une heure, peut-être deux, [les yeux, ferm *biffé*] sans dormir, les yeux fermés, avec des cauchemars autour de moi. Je n'osais pas me lever et pourtant je le désirais furieusement, je remettais de minute en minute, — je me disais : « Allons, debout. — Et j'avais peur de faire un mouvement, à la fin je me soulevai avec des précautions infinies, comme si ma vie eût dépendu du moindre bruit que j'aurais fait, et je regardai par-dessus le bord.

Je fus ébloui par le plus merveilleux, [le plus étonnant *ajouté*] spectacle qu'il soit possible de voir. [C'était *ajouté*] une de ces fantasmagories du pays des fées, un de ces tableaux [que racontent *biffé*] [racontés par *ajouté*] les voyageurs qui reviennent de très loin et que nous écoutons sans les croire. Le brouillard qui, deux heures auparavant, flottait sur l'eau, s'était peu à peu retiré et ramassé sur les berges. Laissant le fleuve absolument libre il avait formé sur les deux bords deux chaînes de collines, hautes de 8 ou 10 mètres [qui *biffé*] [qui *ajouté*] brilla [nt *biffé*] [ient *ajouté*] sous la lune avec l'éclat des neiges ; de sorte qu'on ne voyait rien autre chose qu' ['une *biffé*] [e cette *ajouté*] rivière [étincelante qu'on eût dit phosphorescente *biffé*] [lamée de feu *ajouté*] entre ces deux montagnes blanches. — Et, là-haut, [dans le ciel *biffé*] [sur ma tête, *ajouté*] s'étalait pleine et large, une grande lune illuminante, au milieu d'un ciel noir criblé d' [étoiles *biffé*] [d'astres *ajouté*]. [Grenouilles et crapauds *biffé*] [Toutes les bêtes de l'eau *ajouté*] s'étaient réveillées, les [rives ? unes ? *biffé*] [grenouilles *ajouté*] coassaient furieusement, tandis que d'instant en instant, tantôt à droite, tantôt à gauche, j'entendais cette note courte monotone et triste que jette aux étoiles la voix cuivrée des [seconds ?*biffé*] [crapauds *ajouté*]. Chose étrange, je n'avais plus peur, j'étais au milieu d'un paysage tellement extraordinaire que les singularités les plus fortes n'eussent pu m'y étonner.

[en relevant / ce hasard enfin *?ajouté entre deux paragraphes, en regard du texte*]

Combien de temps cela dura-t-il, je n'en sais rien, je finis par m'assoupir. Quand je rouvris les yeux, la lune était couchée, le ciel plein de nuages, l'eau clapottait, le vent soufflait — il faisait froid — l'obscurité était profonde. — Je bus ce qui me restait de rhum — puis

j'écoutai en grelottant, le froissement des roseaux et le bruit sinistre de la rivière. Je cherchais à voir, mais je ne pouvais [même *ajouté*] distinguer mon bateau ni mes mains que j'approchais de mes yeux. Peu à peu [cependant *ajouté*] l'épaisseur du noir diminua : soudain je crus [voir *biffé*] [sentir *ajouté*] une ombre qui glissait tout près de moi, je poussai un cri —, [un au *biffé*] une voix répondit. C'était un pêcheur. [Je le hélai *biffé*] [l'appelai *ajouté*], il s'approcha et je lui racontai ma mésaventure. Il [alors *ajouté et biffé*] mit [alors *ajouté*] son bateau bord à bord avec le mien, et, à nous deux nous tirâmes sur la chaîne. L'ancre ne remua pas. Le jour venait, [tris *biffé*] [sombre *ajouté*] gris, pluvieux, froid, une de ces journées qui vous apportent des tristesses et des malheurs. — J'aperçus une autre barque, nous la hélâmes. L'homme qui la montait unit ses efforts aux nôtres. — Alors, peu à peu, l'ancre céda. Elle montait, mais doucement doucement et chargée d'un poids considérable. Enfin nous aperçûmes une masse noire — et nous la tirâmes à mon bord —
C'était le cadavre d'une vieille femme qui avait une pierre au cou. »
GUY DE VALMONT

2. Le cadre est autobiographique : pendant les années où il était employé de ministère, Maupassant passait le plus clair de son temps au bord de la Seine avec ses amis canotiers. A partir de 1873, il a loué, avec son ami Léon Fontaine, une chambre à Argenteuil.

3. *BF* : ce que c'est que la

4. *BF* : dure et perfide, c'est

5. *BF* : les superbes vagues

6. *BF* : l'Océan. On dit que la mer

7. Victor Hugo : *Oceano Nox*, dans *Les Rayons et les Ombres*.

8. *BF* : les histoires que se chuchotent entre eux les roseaux

9. *BF* : entrer dans le commerce, était

10. *BF* : Un soir, que je

11. *BF* : un océan de 12 pieds,
Un océan est une embarcation à rames, peu long, mais assez large. Un pied équivaut à 0,324 m. Une lieue est environ 4 km. Maupassant lui-même aimait s'embarquer la nuit.

12. *BF* : s'arrêta. Je

13. *BF* : qu'il me fût possible.

14. *BF* : par moments s'agiter.

15. *BF* : je me mis à déclamer des vers, le son

16. *BF, Maison Tellier 1881, II* : je me roidis dans

17. *BF, Maison Tellier 1881, II* : tomber roide, sans

18. *BF*, d'un ciel noir criblé d'astres./ Toutes

19. *BF* : que j'approchai de

20. *BF* : une pierre

« COCO, COCO, COCO FRAIS! »

1. Paru dans *La Mosaïque* du 14 septembre 1878 sous la rubrique
« Impressions et Souvenirs » et signé Guy de Valmont, ce récit de
jeunesse n'a jamais été republié par Maupassant.

Le marchand de coco était un « type de Paris » souvent représenté
par les écrivains et les dessinateurs.

SUICIDE

1. Intitulé *Comment on se brûle la cervelle*, le récit parut d'abord
dans *Le Gaulois* du 29 août 1880, puis, sous le titre *Suicides* et signé
Maufrigneuse, dans le *Gil Blas* du 17 avril 1883. Il fut recueilli dans
Les Sœurs Rondoli (Paris, Ollendorff, 1884), repris par les *Annales
politiques et littéraires* du 10 août 1884, *L'Écho de la semaine* du
7 juillet 1889, le supplément de *La Lanterne* du 27 février 1890, le
supplément du *Petit Parisien* du 10 août 1890, *L'Intransigeant illustré*
du 30 avril 1891, le supplément du *Petit Journal* du 29 octobre 1892
(de cette dernière publication, faite après l'internement de Maupassant, nous ne tiendrons pas compte). Notre texte est celui des *Sœurs
Rondoli*.

Dans les *Annales politiques et littéraires*, le récit est précédé de
l'avertissement suivant : « M. Guy de Maupassant vient de faire
paraître chez Ollendorff (1) un nouveau recueil dont nous détachons
l'intéressante étude suivante : » Note en bas de page : « (1) *Les Sœurs
Rondoli*, 3 fr. 50. »

Dans PP, après le titre, division : I.

2. *G, GB, APL, ES, L, PP, II :* pas de dédicace.
Comme l'indique Louis Forestier (*Contes et Nouvelles*,
t. I, p. 1332), Georges Legrand était un ami de Maupassant, assez
intime pour être choisi comme compagnon de voyage et, aussi, de
parties fines.

3. *L'original et L donnent* Il ne passe; *nous corrigeons.*

4. *L :* de jour sans

5. *L :* fait suivant :

6. *PP :* le nº ... de

7. *G :* bruit partant d'un

8. *L :* trouva le locataire

9. *G, ES :* gens qu'on croit heureux?

10. *G :* mot « mystère ». / Une

11. *G*, *ES* : donne la clef de

12. *PP* : voici : / II./ Il est

13. *G*, *ES* : des choses, quand

14. *G*, *ES* : comme un spectateur qui, chaque soir, entrerait au

15. *G*, *ES* : habitudes invétérées et

16. Dans la nuit du 1er au 2 janvier 1892, Maupassant lui-même tentera de se couper la gorge.

17. *G*, *ES* : sur mes joues,

18. *GB* : sur l'Inconnu. Il

19. *Ce paragraphe manque dans G.*

20. *Le paragraphe précédent et le début de celui-ci, jusqu'à* fumeuses, *manquent dans ES.*

21. *G*, *ES* : l'artiste ; des désirs d'amour aux

22. *G*, *ES* : les idées noires et

23. *G*, *ES* : Alors je songeai à mon secrétaire. Il me sert bien peu, ce meuble ; mais j'y entasse, depuis ma jeunesse, toutes les lettres que je ne brûle point. Comme je prévoyais pour moi une nuit horrible d'insomnie et de désespoir, je voulus faire un choix dans ces papiers anciens pour en détruire une grande partie. / Qui donc n'a pas ce vieux tiroir aux lettres, ce vieux tiroir qu'on veut vider depuis des années et qu'une paresse, toujours, vous empêche d'ouvrir ? Qui donc ne s'est pas dit cent fois : « Il faudra pourtant que j'examine toute ma correspondance passée » ; et, aussitôt le tiroir ouvert, qui donc n'a pas reculé devant cet entassement de papiers jaunis. / Oh ! n'y touchez jamais à ce tiroir, si vous tenez à la vie ; et si vous l'ouvrez, prenez à pleines mains

24. *G*, *GB*, *ES* : une écriture

25. *G*, *ES* : j'ai lues ne

26. *G*, *ES* : et d'un coup les

27. *G*, *APL*, *ES* : C'était mon

28. *G*, *ES* : vu — et notre

29. *G*, *ES* : et de petits

30. *G*, *ES* : enfants : un tabouret en velours jaune qui me servait de cheval ; puis j'ai revu

31. *G*, *ES* : me poursuivait surtout

32. *GB* : je le couvris

33. *G*, *ES* : dictée, cinquante

34. *PP* : lettres. / III. / Et voilà

MAGNÉTISME

1. Le récit parut dans le *Gil Blas* du 5 avril 1882, signé Maufrigneuse. Il ne fut pas recueilli du vivant de Maupassant.

A cette époque, un renouveau d'intérêt se manifeste à l'égard du magnétisme grâce aux expériences hypnotiques pratiquées dans les milieux psychiatriques. L'attitude de Maupassant semble ambivalente : son narrateur considère avec méfiance les recherches de Charcot, mais, pour expliquer son aventure, il se réfère à des processus inconscients ; de l'auteur nous savons qu'il s'intéressait vivement aux travaux du « magnétiseur » de la Salpêtrière.

2. *GB* donne « absorbés et mêlés ». Nous reprenons la correction apportée dans *Le Père Milon* (Paris, Ollendorff, 1899).

3. Donato (Alfred Dhont), magnétiseur belge, faisait en 1882 des expériences d'hypnose, comparables à celles de Charcot, dans les salons parisiens.

4. *Le Père Milon* donne « télépathique », correction qui semble s'imposer. Si nous avons pourtant reproduit le lapsus, c'est qu'il en dit long sur l'enchevêtrement des idées de Maupassant dans le domaine du progrès scientifique : la télépathie, devenue depuis peu objet de la recherche médicale, et le téléphone, installé à Paris depuis 1879, se trouvent étroitement associés parce que les deux font partie de cet inconnu d'hier qui est le connu d'aujourd'hui.

RÊVES

1. Paru dans *Le Gaulois* du 8 juin 1882, *Rêves* ne fut recueilli qu'après la mort de l'écrivain. Un passage en a été repris dans *Sur l'eau* (Paris, C. Marpon et E. Flammarion, 1888, p. 142-144), volume que Maupassant considérait comme un journal de sa vie intérieure. Notre texte est celui du *Gaulois*.

Notons que Maupassant lui-même use de l'éther depuis 1875 pour atténuer ses maux de tête et aussi, probablement, comme d'une drogue, pour atténuer son mal de vivre.

2. *Le Gaulois* donne « promettrez ». Nous reprenons la correction du *Père Milon* (Paris, Ollendorff, 1899).

3. Maupassant lui-même était grand admirateur de Baudelaire.

4. Ici commence le passage repris dans *Sur l'eau.*

5. *Sur l'eau* : avec du haschich,

6. *Sur l'eau* : vie, avec

7. *Sur l'eau* : plus fort. Ma

8. Le passage repris dans *Sur l'eau* se termine ici.

LE LOUP

1. Paru dans *Le Gaulois* du 14 novembre 1882, *Le Loup* a été recueilli dans *Clair de lune* (Paris, Monnier, 1884, deux éditions, in-4° et in-8° ; Paris, Ollendorff, 1888), repris dans *La Vie populaire*

du 4 octobre 1888, dans *Le Voleur* du 20 juin 1889 sous le titre *A propos de chasse*, dans *L'Écho de la semaine* du 25 mai 1890 sous la rubrique « Histoire de la semaine », dans *L'Intransigeant illustré* du 12 février 1891, et fut inclus dans *Contes choisis* (Paris, Société des Bibliophiles Contemporains, 1891) avec le sous-titre *Histoire de chasse*. Notre texte est celui de *Clair de lune* (1888).

2. *G, ES* : contre des bêtes,

3. *G, ES* : n'aimaient que cela, ne faisaient que cela, ne comprenaient

4. *G, M4°, M8°, ES* : Dès son lever,

5. *V* : l'hallali ! » Ils étaient, (*Trois paragraphes manquent.*)

6. *V* : *Tout ce paragraphe manque.*

7. *L'original donne* on ne les rencontrait. *Nous corrigeons.*

8. *G, ES* : Ils prirent tous leurs valets et vassaux, tous leurs forts limiers.

9. *G, ES* : empourpré descendait derrière

10. *V* : soudaine d'une crainte

11. *G, ES* : répondit :/ — Il faudrait peut-être

12. *II* : à travers bois.

13. *Contes choisis* : leurs puissants chevaux,

14. *G, ES* : comme pour s'envoler. / Ils allèrent ainsi,

15. *G, M4°, M8°, ES* : *dévalant dans les*

16. *G, ES* : de la tête avec le sang. Il appela, mais en vain. Alors il s'assit près du corps et attendit gagné par une sorte de peur, voyant dans cette horrible accident une sorte de vengeance du loup fantastique. Les ténèbres

17. *II* : se leva, incapable

18. *V* : Jean et le coucha

19. *G, ES* : arbres. François, frissonnant, souleva de ses mains de colosse le grand corps de Jean, et le coucha en travers de la selle pour le reporter au château ; puis il se remit en marche doucement, la tête troublée comme s'il était gris. / Et brusquement.

20. *M4°, M8°, II* : du mort jetés en travers

21. *V* : du mort jetés en travers de la selle.

22. *M4°, M8°* : lune rouge apparaissait

23. *Pantagruel*, II, 3 : « Et, ce disant, pleurait comme une vache et, tout soudain, riait comme un veau. »

24. *G, ES* : C'était la bête (p. 171). Un frisson glacé courut sur les reins du chasseur, à ce retour de l'effrayant rôdeur ; mais ses yeux retombèrent sur le corps inerte couché devant lui et il se sentit frémir d'une fureur désordonnée. / Alors il piqua son cheval et se rua derrière le loup. / Tantôt il le perdait de vue, puis l'apercevait de

nouveau ; et la tête et les pieds de Jean battaient les arbres ; des ronces se prenaient aux cheveux. / Et, soudain, dans le fond d'un vallon, la bête fut acculée. Alors François mit pied à terre, et, seul, s'avança. Il se sentit fort à culbuter une montagne, à broyer ses bras un bloc de granit ; il coupa la gorge du fauve d'un seul revers de son couteau de chasse. Alors une joie profonde, délirante, l'inonda, et, saisissant son frère mutilé, il le dressa, criant : / — Regarde, Jean ; regarde ça ! / Et les valets, qui cherchaient leurs maîtres, le trouvèrent assis entre les deux cadavres, et il pleurait répétant : / — Si ce pauvre Jean avait pu voir ça avant de mourir ! / La veuve

25. *G, ES* : vraie de tout point. François, jusqu'à sa mort, ne regretta qu'une chose, c'est que son frère n'eût pas vu son combat avec le monstre. / Alors une femme prononça d'une

CONTE DE NOËL

1. Paru dans *Le Gaulois* du 25 décembre 1882, *Conte de Noël* a été recueilli dans *Clair de lune* (Paris, Monnier, 1884, deux éditions, in-4° et in-8° ; Paris, Ollendorff, 1888), et repris dans *Le Voleur* du 25 décembre 1890. Notre texte est celui de *Clair de lune* (1888).
   L'influence des recherches psychiatriques contemporaines est particulièrement sensible dans cette nouvelle. Notons, à ce propos, une coïncidence qui n'est certainement pas due au hasard : les médecins mettaient l'hystérie en relation avec l'utérus, et les symptômes hystériques produits par la possédée de Maupassant sont provoqués par un œuf, symbole de la fécondité utérine.

2. *-G, M4°, M8°* : été convaincu

3. Localité entre Le Havre et Étretat.

4. *G, M4°, M8°* : poussière gelée tombant

5. *V* : gelée pétrifiait la sève et cassait les fibres.

6. *G* : fléau n'était

7. Hameau proche d'Étretat.

8. *G* : raconter tout ce

9. *M4°, M8°* : j'en ai entendu, des sifflets

10. *G* : ti, moi ?/ — Allons,

11. *G, M4°, M8°* : ne répondait pas

12. *G* : J'ordonnais tous

13. *G* : et prononça

14. *G, M4°, M8°* : la cérémonie sacrée (et

15. *V* : La possédée hurlait

16. Ancien instrument à vent qui était souvent utilisé dans les églises de campagne.

17. *G* : ceint des rayons

18. *G*, *M4°*, *M8°* : regards égarés de

19. *G* : de secousses terribles, mais passagères, et

20. *G*, *M4°*, *M8°* : l'hostie; et elle

21. *G* : corps roidi s'amollisait,

22. *V* : la procession ri

AUPRÈS D'UN MORT

1. Le récit parut dans le *Gil Blas* du 30 janvier 1883, signé Maufrigneuse. Il ne fut pas recueilli du vivant de l'écrivain.
La pensée de Schopenhauer a exercé sur Maupassant et ses contemporains une influence réelle et profonde, mais son scepticisme et son pessimisme nourrissaient aussi les conversations mondaines. Par conséquent, un quotidien pouvait accueillir, à cette époque, une anecdote sur le philosophe allemand : c'était un sujet à la mode.

2. Musset : *Rolla*, IV.

3. Ce Français est Challemel-Lacour qui a rendu visite à Schopen-hauer en 1859, et lui consacra une étude intitulée « Un bouddhiste contemporain en Allemagne », publiée dans *La Revue des Deux Mondes* du 15 mars 1870.

4. Schopenhauer est mort le 23 septembre 1860.

5. Les Français de l'époque connaissaient surtout un Schopen-hauer auteur d'aphorismes : en 1880 ont paru *Pensées, Maximes et Fragments* dans la traduction de Bourdeau et *Aphorismes sur la sagesse dans la vie* dans la traduction de Cantacuzène.

BIBLIOGRAPHIE

ÉDITIONS

Les œuvres parues du vivant de Maupassant auxquelles nous avons eu recours sont indiquées dans les notes de ce volume.

Œuvres complètes

Œuvres complètes illutrées de Guy de Maupassant. Paris, Ollendorff, 1899-1904 et 1912. 29 vol. Cette édition a été reprise par Albin Michel.

Œuvres complètes de Guy de Maupassant, avec une étude de Pol Neveux. Paris, Conard, 1907-1910. 29 vol.

Œuvres complètes illustrées de Guy de Maupassant, préface, notices et notes de René Dumesnil. Paris, Librairie de France, 1934-1938. 15 vol.

MAUPASSANT : *Œuvres complètes*, texte établi et présenté par Gilbert Sigaux. Lausanne, Rencontre, 1961-1962. 16 vol.

MAUPASSANT : *Œuvres complètes*, avant-propos, avertissement et préfaces par Pascal Pia, chronologie et bibliographie par Gilbert Sigaux. Evreux, Le Cercle du bibliophile, 1969-1971. 17 vol. A cette édition s'ajoutent 3 vol. de *Correspondance*, établie par Jacques Suffel, 1973.

Contes et Nouvelles

MAUPASSANT : *Contes et Nouvelles*, textes présentés, corrigés, classés et augmentés de pages inédites par Albert-Marie Schmidt, avec la collaboration de Gérard Delaisement. Paris, Albin Michel, 1964-1967. 2 vol.

MAUPASSANT : *Contes et Nouvelles*, préface d'Armand Lanoux, introduction, chronologie, texte établi et annoté par Louis Forestier. Paris, Gallimard, « Bibliothèque de la Pléiade », 1974-1979. 2 vol.

Contes fantastiques

Le Maupassant du Horla, édition présentée par Pierre Cogny. Paris, Lettres Modernes, Minard, 1970.

MAUPASSANT : *Contes fantastiques*, préface d'Anne Richter. Paris, Marabout, 1973.

MAUPASSANT : *Le Horla et autres Contes Cruels et Fantastiques*, introduction, chronologie, bibliographie, notes et dossier de l'œuvre par Marie-Claire Bancquart. Paris, Garnier Frères, « Classiques Garnier », 1976.

BIBLIOGRAPHIES

TALVART ET PLACE : *Bibliographie des auteurs modernes de langue française*. Paris, la Chronique des Lettres françaises, t. XIII, 1956, p. 247-325.

DÉLAISEMENT Gérard : *Maupassant journaliste et chroniqueur, suivi d'une bibliograpphie générale de l'œuvre de Maupassant-*. Paris, Albin Michel, 1956.

ANON. : *Index to the Short Stories of Guy de Maupassant.* Boston, G.K. Hall, 1960.

ARTINIAN Artine : *Maupassant Criticism in France, 1880-1940 : with an Inquiry into his Present Fame and a Bibliography.* New York, Russel and Russel, 1941, 2ᵉ éd. 1969.

MONTENS Frans : *Bibliographie van geschriften over Guy de Maupassant.* Leyde, Bange Duivel, 1976.

FORESTIER Louis : « Bibliographie » dans Maupassant : *Contes et Nouvelles*, t.II, p.1725-1745.

ÉTUDES GÉNÉRALES, BIBLIOGRAPHIQUES ET CRITIQUES, SUR MAUPASSANT

ARTINIAN Artine : *Pour et contre Maupassant, enquête internationale. 147 témoignages inédits*. Paris, Nizet, 1955.

BESNARD-COURSODON Micheline : *Étude thématique et struc-*

turale de l'œuvre de Maupassant : le piège. Paris, Nizet, 1973.

BONNEFIS Philippe : *Comme Maupassant*. Presses Universitaires de Lille, 1981.

CASTELLA Charles : *Structures romanesques et vision sociale chez Maupassant*. Lausanne, L'Age d'homme, 1972.

COGNY Pierre : *Maupassant l'homme sans Dieu*. Bruxelles, La Renaissance du Livre, 1958.

DUMESNIL René : *Guy de Maupassant*. Paris, Armand Colin, 1933 ; Paris, Tallandier, 1947.

FRATANGELO Antonio et Mario : *Guy de Maupassant scrittore moderno*. Florence, Olschki, 1976.

GREIMAS Algirdas Julien : *Maupassant. La sémiotique du texte : exercices pratiques*. Paris, Seuil, 1976.

LANOUX Armand : *Maupassant le Bel-Ami*. Paris, Fayard, 1967.

LEMOINE Fernand : *Guy de Maupassant*. Paris, Éditions Universitaires, 1957.

MAYNIAL Edouard : *La Vie et l'Œuvre de Guy de Maupassant*. Paris, Mercure de France, 1906.

MORAND Paul : *La Vie de Guy de Maupassant*. Paris, Flammarion, 1941 ; réédition 1958.

PARIS Jean : « Maupassant et le conte-récit » dans *Le Point aveugle. Univers parallèles II. Poésie, Roman*. Paris, Seuil, 1975.

SCHMIDT Albert-Marie : *Maupassant par lui-même*. Paris, Seuil, 1962.

STEEGMÜLLER Francis : *Maupassant*. Londres, Collins, 1950.

TASSART François : *Souvenirs sur Guy de Maupassant par François, son valet de chambre*. Paris, Plon-Nourrit, 1911. *Nouveaux souvenirs intimes sur Guy de Maupassant* (inédits), texte établi, annoté et présenté par Pierre Cogny. Paris, Nizet, 1962.

THORAVAL Jean : *L'Art de Maupassant d'après ses variantes*. Paris, Imprimerie Nationale, 1950.

TOGEBY Knud : *L'Œuvre de Maupassant*. Copenhague, Danish Science Press, Paris, Presses Universitaires de France, 1954.

VIAL André : *Guy de Maupassant et l'art du roman*. Paris, Nizet, 1954.
Faits et significations. Paris, Nizet, 1973.

WILLI Kurt : *Déterminisme et liberté chez Guy de Maupassant*. Zurich, Juris, 1972.

Colloque de Cerisy : *Le Naturalisme*. Paris, Union Générale d'Édition, « 10/18 », 1978.

Europe, numéro spécial *Guy de Maupassant*, juin 1969.

ÉTUDES SUR LA MALADIE DE MAUPASSANT

BOREL Pierre et FONTAINE Léon : *Le Destin tragique de Guy de Maupassant, d'après des documents originaux*. Paris, Éditions de France, 1927.

COGNY Pierre : « Dix-neuf lettres inédites de Maupassant au docteur Grancher », *Revue d'Histoire littéraire de la France*, 1974/1.

DELPIERRE Guillaume : *Étude psychopathologique sur Guy de Maupassant*, Paris, Imprimerie V. Hello, 1939.

GABEL Joseph : *Génie et folie chez Guy de Maupassant*. Paris, Jouve, 1940.

LUMBROSO Alberto : *Souvenirs sur Maupassant, sa dernière maladie, sa mort*. Rome, Boca, 1905.

MAURIENNE Jean : *Maupassant est-il mort fou ? Considérations médicales et littéraires sur la vie et la mort de Guy de Maupassant*. Paris, Gründ, 1947.

MORIN-GAUTIER Francine : *La Psychiatrie dans l'œuvre littéraire de Guy de Maupassant*. Paris, Jouve, 1944.

MOUSSARIE Pierre : « Sur une tentative de suicide de Guy de Maupassant », *Revue de la haute Auvergne*, 1961/1.

NORMANDY Georges : *La Fin de Maupassant*. Paris, Albin Michel, 1927.

PILLET Maurice : *Le Mal de Maupassant*. Paris, Maloine, 1911.

THOMAS Louis : *La Maladie et la mort de Maupassant*. Paris, Messin, 1912.

VALLERY-RADOT Pierre : « La Maladie de Maupassant », *Le Fureteur médical*, janvier 1964.

VIAL André : « L'internement de Maupassant (documents inédits) », *Bulletin du Bibliophile et du Bibliothécaire*, 1950/1.

VOIVENEL Paul et LAGRIFFE Louis : *Sous le signe de la P.G. La Folie de Guy de Maupassant*. Paris, Renaissance du Livre, 1929.

ÉTUDES SUR LE FANTASTIQUE DE MAUPASSANT

BANCQUART Marie-Claire : *Maupassant conteur fantastique*. Paris, Lettres Modernes, Minard, 1976.

CASTELLA Charles : « Une divination sociologique : les

contes fantastiques de Maupassant (1875-1891) », dans
« *agencer un univers nouveau* » textes réunis par Louis
Forestier. Paris, Lettres Modernes, Minard,1976.

CASTEX Pierre-Georges : *Le Conte fantastique en France de
Nodier à Maupassant*. Paris, Corti, 1951.

MORRIS D. Hampton : « Variations on a Theme. Five Tales
of Horror by Maupassant », *Studies in Short Fiction*,
1980/4.

PASCO Allan H. : « The Evolution of Maupassant's Super-
natural Stories », *Symposium*, 1969/2.

PENNING Dieter : « Die Begriffe der Überwirklichkeit. Ner-
val, Maupassant, Breton », dans *Phantastik in Literatur und
Kunst*, éd. Christian W. Thomsen et Jens Malte Fischer.
Darmstadt, Wissenschaftliche Buchgeselleschaft, 1980.

SAVINIO Alberto : *Maupassant et l'« Autre »*, traduit par
Michel Arnaud. Paris, Gallimard, 1977.

SCHURIG-GEICK Dorothea : *Studien zum modernen « Conte
fantastique » Maupassants und ausgewählten Autoren des
XX. Jahrhunderts*. Heidelberg, Carl Winter, 1970.

VIAL André : « Le Lignage clandestin de Maupassant conteur
fantastique », *Revue d'histoire littéraire de la France*, 1973/6.

ÉTUDES SUR *LE HORLA*

CHAMBERS Ross : « La lecture comme hantise. *Spirite* et *Le
Horla* », *Revue des Sciences Humaines*, 1980/1.

DENTAN Michel : « *Le Horla* ou le vertige de l'absence »,
Études de Lettres, 1976/2.

FITZ Brewster E. : « The Use of Mirrors and Mirror Ana-
logues in Maupassant's *Le Horla* », *French Review*, 1972/2.

HAMON Philippe : « *Le Horla* de Guy de Maupassant. Essai
de description structurale », *Littérature*, 1971/4.

KNAPP-TEPPENBERG Eva-Maria : « Tiefenpsychologische
Überlegungen zu Maupassants phantastischer Erzählung
Le Horla », *Germanisch-Romanische Monatsschrift*, 1978/4.

NEEFS Jacques : « La Représentation fantastique dans *Le
Horla* de Maupassant », *Cahiers de l'Association Internationale des Études françaises*, Nº XXXII, 1980.

ROPARS-WUILLEUMIER Marie-Claire : « La Lettre brûlée
(écriture et folie dans *Le Horla*) » (voir Colloque de
Cerisy).

TARGE André : « Trois apparitions du *Horla* », *Poétique*,
Nº 24, 1975.

TRAUTWEIN Wolfgang : « Positivismus mit ungeahnten Abgründen. Maupassant, *Le Horla* », dans *Erlesene Angst. Schauerliteratur im 18. und 19. Jahrhundert*. Munich, Vienne, Hanser, 1980.

CHRONOLOGIE
(Cette chronologie a été établie
par Pierre COGNY.)

1850 (5 août) : Naissance d'Henry, René, Albert, *Guy* de Maupassant. Le lieu de la naissance pose encore des problèmes. On penche aujourd'hui pour Fécamp (rue Sous-le-Bois, où habitait la famille de sa mère), mais certains biographes tiennent toujours pour le château de Miromesnil (Seine-Maritime). Son père, Gustave de Maupassant, né en 1821, avait épousé Laure Le Poittevin, née également en 1821, le 9 novembre 1846.

1851 : Baptême de Guy à Tourville-sur-Arques.

1854 : Installation de la famille au château de Grainville-Ymauville, canton de Goderville, arrondissement du Havre.

1856 : Naissance d'Hervé de Maupassant, frère de Guy.

1858-1863 : Séparation de Gustave et Laure de Maupassant. Laure vit avec ses deux fils à Étretat, dans sa villa Les Verguies. D'amiable, la séparation des époux devient officielle au début de 1863.

1863-1867 : Guy est élève au séminaire d'Yvetot (classes de 6e-2e) où il s'ennuie prodigieusement. Il se plaint à ses correspondants d'une atmosphère religieuse étouffante.
Au cours de ses vacances à Étretat, il porte secours au poète anglais Swinburne qui, pour le remercier, l'invite chez un de ses compatriotes. Guy remarque, au mur, une main d'écorché qui reviendra plusieurs fois dans son œuvre (*La Main d'écorché, L'Anglais d'Étretat, La Main*).

1868 : Guy achève sa rhétorique au lycée de Rouen. Il a pour correspondant le poète Louis Bouilhet, poète alors apprécié et grand ami de Flaubert.

1869 : (18 juillet) : Mort de Louis Bouilhet.
(27 juillet) : Guy est reçu à son baccalauréat à la faculté de Caen. Octobre-novembre : installation à Paris, où il s'inscrit à la Faculté de Droit.

1870 : Guerre franco-prussienne. Mobilisé, Maupassant se montre excellent soldat. Profondément patriote, il est effondré par la succession de nos défaites et, malgré tout, jusqu'au désastre de Sedan (septembre), il espérera une victoire finale. Libéré des obligations militaires en 1871, il retourne à la vie civile, ayant engrangé des souvenirs qui feront la trame de quelques-uns de ses meilleurs contes. La guerre devait être pour lui une obsession véritable et une source d'inspiration féconde.

1872 (7 janvier) : Maupassant fait une demande pour entrer au ministère de la Marine et des Colonies.
(16 janvier) : On lui répond par la négative.
(20 février) : Il adresse une seconde requête.
(20 mars) : Le comte-amiral Krantz, chef d'état-major, informe son protecteur, l'amiral Saisset, que le candidat pourra entrer, à titre provisoire et gratuit, dans l'administration centrale.
(17 octobre) : Maupassant entre à la Direction des Colonies en qualité de surnuméraire non rétribué.
Il commence alors ses parties de canotage sur la Seine avec ses camarades (cf. *Mouche*). De nombreuses nouvelles ont été inspirées par ces sorties joyeuses auxquelles sa correspondance, jusqu'en 1880, fait de fréquentes allusions.

1873 (1er février) : Guy commence à être appointé (125 F par mois et une gratification annuelle de 150 F). Il gagne surtout l'occasion de nouvelles observations sur le petit monde des employés de bureau, que l'on retrouve dans maint récit, comme les *Dimanches d'un bourgeois de Paris*, dont la publication commence dans *Le Gaulois* du 31 mai 1880.

1874 : Maupassant est un fidèle des dimanches de Flaubert, rue Murillo. C'est l'occasion de rencontres avec Goncourt, Tourguéniev, Daudet, Zola, Heredia, Huysmans, Alexis, Céard. Chez Zola, il fait la connaissance de Cézanne, Duranty, Taine, Renan, Maxime Du Camp.

1875 : Guy loue une chambre à Bezons, à l'auberge Poulin, que l'on retrouve dans *Une partie de campagne*. Il commence un drame historique en vers, *La Trahison de la comtesse de Rhune*, publié en 1927 par Pierre Borel dans *Le Destin tragique de Guy* *de Maupassant.*

(19 avril) : Représentation devant un cercle fermé d'une pièce bouffonne et égrillarde, *A la feuille de rose, maison turque*. En février, avait paru, dans l'*Almanach lorrain de Pont-à-Mousson*, sous la signature de Joseph Prunier, *La Main d'écorché*.

1876 : Le Vaudeville refuse une pièce qu'il venait d'acheter, *Une répétition*, ce qui explique ses propos à Robert Pinchon : « Quant à moi, je ne m'occupe pas de théâtre en ce moment. Décidément, les directeurs ne valent pas la peine qu'on travaille pour eux! Ils trouvent, il est vrai, nos pièces charmantes, mais ils ne les jouent pas, et pour moi, j'aimerais mieux qu'ils les trouvassent mauvaises, et qu'ils les fissent représenter. »

(20 mars) : Publication, sous le pseudonyme de Guy de Valmont, d'un poème, *Au bord de l'eau*, dans *La République des Lettres* de Catulle Mendès.

1877 : Les premiers signes de la syphilis (alopécie) apparaissent : « J'ai la grande vérole, celle dont est mort François Ier », écrit-il à Robert Pinchon le 2 mars.

(16 avril) : Dîner au restaurant Trapp, à l'angle du passage du Havre et de la rue Saint-Lazare, qui réunit, autour de Flaubert, Edmond de Goncourt et Émile Zola, leurs jeunes disciples Alexis, Céard, Hennique, Huysmans et Mirbeau. Ce dîner est considéré comme le repas de baptême du Naturalisme.

(31 mai) : Deuxième représentation d'*A la feuille de rose*, dans l'atelier de Becker, 26, rue de Fleurus.

(Août) : Ayant obtenu un congé médical de deux mois, saison aux eaux de Louèche, dans le Valais.

(Décembre) : Maupassant commence à penser à un roman, qui sera *Une vie*.

1878 : Il continue à travailler à son roman.

Malgré les recommandations, son drame *La Comtesse de Rhune* est refusé au Français.

(Décembre) : Après de multiples démarches dont les correspondances se font l'écho, Flaubert obtient d'Agénor Bardoux qu'il s'attache Maupassant au ministère de l'Instruction publique.

Sa santé continue à lui donner d'assez sérieuses inquiétudes.

1879 : Attaché au premier bureau du cabinet et du secrétariat à l'Instruction publique. Malgré de bons rapports avec son chef de bureau, Xavier Charmes, il ne se sent pas plus à l'aise à l'Instruction publique qu'à la Marine.

(19 février) : Première de *L'Histoire du vieux temps* chez Ballande.

(Septembre) : Voyage en Bretagne et à Jersey.

(Octobre) : Publication dans *La République des Lettres* d'un article, *Gustave Flaubert*.

(1er novembre) : Publication dans *La Revue Moderne et Naturaliste* du poème *Une fille*, donné en 1876, sous le titre *Au bord de l'eau*, à *La République des Lettres* : Mme Adam, directrice de *La Nouvelle Revue*, refuse *Vénus rustique*, malgré la recommandation de Flaubert.

1880 (11 janvier) : Le juge d'Étampes le cite à comparaître. Le poème *Une fille* lui a valu d'être « prévenu d'outrage à la morale publique et religieuse et aux bonnes mœurs ». Flaubert intervient et le conseille.

(14 février) : Convocation devant le juge d'instruction d'Étampes.

(26 février) : Le procureur général invite le procureur de la République à requérir un non-lieu.

(28 mars) : Il aide Flaubert, à Croisset, à recevoir Edmont de Goncourt, Émile Zola et Gustave Charpentier. Son état de santé l'oblige à se faire mettre en disponibilité (troubles oculaires et cardiaques, alopécie, etc.).

(8 mai) : Mort de Flaubert.

(Novembre-décembre) : Travaille à *La Maison Tellier*. Année très importante pour Maupassant qui voit publier ses deux premières œuvres en volume, *Boule de suif*, le 16 avril, dans le recueil *Les Soirées de Médan* (en collaboration avec Zola, Huysmans, Céard, Hennique et Alexis) et, le 25 avril, *Des vers*.

1881 : Maupassant continue à souffrir de névralgies.

(Mai) : Publication de *La Maison Tellier*, chez Havard.

(Juillet) : Voyage en Algérie, en qualité d'envoyé spécial du *Gaulois*. C'est là qu'il rencontre Jules Lemaître qui n'éprouva pour lui que peu d'attrait.

(Novembre) : Reprend son travail pour *Une vie*.

Publie des poèmes érotiques dans *Le Nouveau Parnasse Satyrique* (Bruxelles).

1882 (janvier) : Se blesse d'un coup de revolver à la main.

(5 mai) : Sortie de *Mademoiselle Fifi* (Kistemaeckers, Bruxelles).

(Juillet) : Voyage en Bretagne : Il suit l'itinéraire de Flaubert et Du Camp dans *Par les champs et par les grèves*.

Maupassant est rayé des cadres du ministère de l'Instruction publique.

1883 : Reçoit les soins du Dr Landolt, qui écrivait, le 20 octobre 1903, à Albert Lumbroso :
« Ce mal, en apparence insignifiant (dilatation d'une pupille), me fit prévoir cependant à cause des troubles fonctionnels qui l'accompagnaient, la fin lamentable qui attendait fatalement (dix ans plus tard) le jeune et autrefois si vigoureux et vaillant écrivain. »
(Mars) : Publication chez Quantin (« Les Célébrités contemporaines ») d'une étude sur Émile Zola.
(Avril) : Publication d'*Une vie* (Havard), donné en feuilleton au *Gil Blas* à partir de la fin de février.
(Juin) : Publication des *Contes de la Bécasse* (Rouveyre et Blond).
(Juillet-août) : Cure à Châtelguyon.

1884 (2 février) : L'*Étude sur Gustave Flaubert* sert de préface aux *Lettres de G. Flaubert à G. Sand* (Charpentier).
Au Soleil (Havard) paraît au début de l'année et il parle du volume à son éditeur le 1er ou le 2 janvier (il a ajouté 30 lignes à *Bou-Amama*), en demande des nouvelles fin janvier, s'étonne en mars qu'il n'y ait pas eu d'articles...
(Mai) : *Miss Harriet* (Havard) (achevé d'imprimer le 22 avril).
(Juillet) : *Les Sœurs Rondoli* (Ollendorff).
(Août) : *Yvette* commence à paraître dans *Le Figaro*.
(Octobre-novembre) : Recueil *Yvette* (Havard).
Cette année-là, il emménage 10, rue Montchanin, au rez-de-chaussée d'un hôtel particulier que son cousin Louis Le Poittevin avait fait construire. C'est le « signe » de la promotion sociale. Ses habitations antérieures (rue Moncey, une chambre chez son père, 1869-1876, 17, rue Clauzel, 1876-1880, 83, rue Dulong, fin 1880-1884) étaient beaucoup plus modestes.

1885 (mars) : *Contes du jour et de la nuit* (Marpon et Flammarion).
(Avril) : voyage en Italie avec le peintre Henri Gervex, Henri Amic, auteur de souvenirs sur Maupassant, et le peintre Louis Legrand.
(Mai) : Voyage en Sicile. Le cimetière des capucins à Palerme le marque assez profondément.
(6 avril-30 mai) : *Bel-Ami* paraît en feuilleton dans le *Gil Blas*. Le roman sort en volume chez Havard en mai.

(Mi-juillet-mi-août) : Séjour à Châtelguyon, où il prépare *Mont-Oriol* :

« Je viens de faire d'*admirables* excursions en Auvergne, c'est vraiment un pays superbe et d'une impression bien particulière, que je vais essayer dans le roman que je commence. » (17 août, à Henri Amic.)

(Décembre) : Publication de *Monsieur Parent* (Ollendorff). Préface pour une réédition de *Manon Lescaut* (Laurette). *Contes et Nouvelles* (premier recueil de morceaux choisis, chez Charpentier).

1886 : Parution de *Toine* (Marpon et Flammarion. Achevé d'imprimer à la fin de 1885). Maupassant passe le début de l'année à Antibes, d'où il écrit, le 21 janvier à un certain Thiébault-Sisson : « Quant à *Yvette (pièce inachevée)*, le plan de la pièce est fait depuis un an, et ce n'est que la multiplicité de mes besognes qui m'a empêché jusqu'ici de l'écrire. »

(10 mai) : Publication de *La Petite Roque* (Havard).

(Juillet) : Séjour à Châtelguyon.

(Entre le 1er et le 15 août) : il est l'hôte du baron Ferdinand de Rothschild au château de Waderden. Visite Oxford, qui était à la mode, mais, à Londres, se contente du musée Tussaud et du théâtre Savoy. Blanche Roosevelt rapporte qu'il ne retira guère de plaisir de ce voyage (*Woman's World*, 1888-1889).

(23 décembre) : Début de la publication de *Mont-Oriol* dans le *Gil Blas*.

1887 (janvier) : Publication de *Mont-Oriol* (Havard).

(17 mai) : Publication du *Horla* (Ollendorff).

(Juin-juillet) : Séjour à Étretat dans sa villa, « La Guillette », où il retourne en septembre pour terminer *Pierre et Jean* et écrire l'*Étude sur le roman* qui lui servira de préface.

(8-9 juillet) : Voyage en ballon.

(Octobre) : Voyage en Afrique du Nord, qui se prolonge jusqu'à la fin de l'année.

Léopold Lacour écrit à Lumbroso :

« L'année où je fis la connaissance de Maupassant est celle où le "souffle redoutable des sciences occultes" le toucha, car le *Horla* est de 1887 ; mais, cette nouvelle mise à part, il était encore, à cette époque, le Maupassant de la *Vénus rustique* et de *Bel-Ami*. »

Sa santé, néanmoins, décline et il lui faut sans cesse rechercher les ailleurs.

1888 (janvier) : Procès avec *Le Figaro* qui a tronqué l'*Étude sur* *le roman*, publiée dans ses colonnes le 7. Maupassant commence à se croire toujours lésé et à engager plusieurs procédures contre ses éditeurs.

(9 janvier) : Parution de *Pierre et Jean* (Ollendorff).

(28 mars) : Achevé d'imprimer du *Rosier de Mme Husson*, illustré par May (Quantin). Il s'agit du conte isolé, et non du recueil.

(Juin) : Publication de *Sur l'eau* (Marpon et Flammarion). Les maux de tête se multiplient de manière inquiétante et il va, en septembre-octobre, à Aix-les-Bains.

(10 octobre) : Publication du recueil *Le Rosier de Mme Husson* (Quantin).

(Novembre-décembre) : Voyage en Afrique du Nord.

1889 (23 février) : Publication de *La Main gauche* (Ollendorff).

(Mai) : Publication de *Fort comme la mort* (Ollendorff).

(Août) : Hervé de Maupassant est conduit par son frère à l'asile psychiatrique de Lyon-Bron.

(Août-octobre) : Croisière sur le *Bel-Ami*.

(13 novembre) : Mort d'Hervé de Maupassant.

1890 (6-24 janvier) : Publication de *La Vie errante* dans *L'Écho de Paris*.

(14-23 février : Publication du *Champ d'oliviers* dans *Le Figaro*.

(Mars) : Publication de *La Vie errante* (Ollendorff).

(Avril) : Publication de *L'Inutile Beauté* (Havard). Emménagement 24, rue Boccador.

(15 mai) : Début de la publication de *Notre cœur* dans *La Revue des Deux Mondes*.

(Juin) : Publication de *Notre cœur* (Ollendorff). La santé de Maupassant se dégrade de jour en jour. Il multiplie les consultations aux médecins les plus qualifiés et les essais de traitements. Tout échoue et son entourage l'estime perdu.

1891 (Janvier-mars) : Les consultations médicales se poursuivent, toujours aussi vaines. Il essaie d'écrire une nouvelle, ou plutôt un roman, *L'Angélus* qu'il ne parviendra pas à terminer et dont *La Revue de Paris* publiera les fragments à titre posthume, en 1895.

(Juin) : Il part pour Divonne prendre les eaux. Quelques jours plus tard, il projette d'aller à Champel :

« J'allais me sauver je ne sais où, vers le soleil, très hésitant, quand je reçus une lettre de Taine me conseillant fort l'établissement rival de Divonne, Champel, à dix minutes de Genève. Il y fut guéri l'an dernier en 40 jours d'une maladie toute pareille à la mienne — impossibilité de lire, d'écrire, de tout travail de la mémoire. Il se crut perdu. Il fut guéri en 40 jours. Mais il revint cette année juste à temps. Le poète Dorchain y est en ce moment avec les mêmes accidents que moi. Il a retrouvé le sommeil, rien que ça. Parbleu, c'est tout, ça ! » (Lettre à sa mère, 27 juin). De son côté, Dorchain, dans *Quelques Normands, Annales politiques et littéraires* du 3 juin 1990, rapporte que le Dr Cazalis (*alias* Jean Lahor), lui aurait confié : « Hélas ! son mal n'est pas le vôtre, vous ne tarderez pas à le voir. »

(Novembre-décembre) : Il engage des procès à tort et à travers contre ses éditeurs pour des faits contestables ou futiles. Ses lettres attestent la dégradation de ses facultés intellectuelles et il perd le contrôle de soi.

(Noël) : il réveillonne avec Marie Kann, inspiratrice de *Notre cœur* et sa sœur, Mme Albert Cahen aux îles Sainte-Marguerite. Il était alors au chalet de l'Isère, à Cannes, où il avait, quelques jours auparavant, rédigé son testament.

Publication de *Musotte* (Ollendorff), qui avait été représentée le 4 mars au Gymnase.

1892 : Maupassant dîne chez sa mère pour le nouvel an. Il est particulièrement nerveux. Rentré à Cannes, dans la nuit du 1er au 2 janvier, il tente de se couper la gorge.

(8 janvier) : Entre à la clinique du Dr Blanche où, malgré les soins de ses médecins, les docteurs Blanche et Meuriot, il sombre chaque jour davantage dans un gâtisme coupé d'instants de lucidité. Le traitement de la paralysie générale était alors inconnu.

1893 (6 mars) : Représentation de *La Paix du ménage* à la Comédie-Française et publication de la pièce (Ollendorff).

(6 juillet) : Mort de Guy de Maupassant.

(9 juillet) : Inhumation au cimetière du Montparnasse, 26e section.

N.B. : Une chronologie de Maupassant n'est jamais, en l'état actuel des connaissances, assurée d'être exempte d'erreurs. Des inexactitudes, qui figuraient dans les ouvrages anciens d'Édouard Maynial (1906) ou de René Dumesnil (1947) qui les reprenait parfois, ont été répétées fréquemment. Ainsi, pour les œuvres, les dates d'achevé d'imprimer et de publication ont pu être confondues. Dans son *Maupassant le Bel Ami* (1967), Armand Lanoux a fait déjà d'heureuses rectifications. La publication de la *Correspondance* par Jacques Suffel, en 1973, a permis de préciser des datations, mais un grand nombre de lettres n'étaient pas datées. S'ajoute à cette confusion la multiplicité des rééditions et des éditions partielles. Il semble que la chronologie la plus fiable aujourd'hui soit celle de Louis Forestier dans l'édition des *Contes et Nouvelles* (La Pléiade, 1979).

CHAMPS DE LECTURES*

Maupassant a écrit la plupart de ses contes entre trente et quarante ans : les témoignages des contemporains et le portrait de Nadar nous lèguent l'image d'un homme robuste, aux traits réguliers, au visage plein, barré de sourcils épais et d'une moustache semblable à celle des *Canotiers* de Manet, avec un je ne sais quoi de tourmenté dans le regard de ses yeux pâles, un air de « taureau triste » (Taine). Certains trouvent qu'il ressemble aux paysans qu'il sait si bien décrire. Il plaît aux femmes dont il est grand amateur.

Ces apparences si solides et si rustiques cachent la sensibilité nerveuse d'un organisme malade. Maupassant s'est efforcé de la combattre par des périodes de vie réglée au grand air d'Étretat, par la pratique d'exercices intensifs (haltères — canotage — voile). S'il a une vie mondaine à Paris, il apprécie davantage la compagnie de Flaubert, qu'il aime et admire, celle des gens de métier (les écrivains des Soirées de Médan) ou celle de la société secrète des farceurs qu'il a fondée. Là encore, les apparences sont trompeuses : blagueur espiègle, il est d'un pessimisme amer et poignant ; intelligent, il est bête et sans conversation dans les salons ; collectionneur de femmes, il ne trouvera pas l'amour dont il rêve. Au fil des années finiront par triompher ses démons intérieurs que les tendances et les préoccupations de l'époque ont insidieusement alimentés.

* Dossier proposé par Chantal Grosse.

LES ANNÉES SOMBRES

Époque spleenétique, désabusée, désespérée pour beaucoup. Maupassant déclare :

> La vie est « empoignante, sinistre, empestée d'infamies, tramée d'égoïsme, semée de malheurs, sans joies durables, et aboutissant fatalement à la mort toujours menaçante, à cette condamnation de tous nos espoirs que nous nous efforçons, par lâcheté, de ne pas croire sans appel ».

(Le Gaulois, — Octobre 1881.)

La condition humaine est définitivement mauvaise. Nous reviendrons sur cet aspect moins apparent révélé par les contes. C'est une constante de ce siècle, que les œuvres de Schopeahauer ont cristallisée : l'homme est prisonnier dans un monde piégé sans qu'il sache pourquoi, et y étouffe d'ennui ou de désespoir.

« Tout se répète sans cesse et lamentablement », dit Maupassant comme ce héros d'*A Vau-l'eau* (Huysmans) qui rumine :

> « La vie de l'homme oscille comme un pendule entre la douleur et l'ennui... il n'y a qu'à se croiser les bras et à tâcher de dormir. »

Conviction qu'on retrouve dans *Solitude*, *Suicides* et *Rêves*.

Cette incapacité à agir, par dégoût ou lassitude, cette maladie de la volonté se retrouvent chez beaucoup d'auteurs de la fin du siècle. Depuis Baudelaire (les *Spleen* des *Fleurs du Mal*), Flaubert, Zola, Gautier, puis les décadents en ont décrit les effets. On peut citer *Madame Bovary*, *Mademoiselle de Maupin* de Gautier, *A Rebours* de Huysmans, et même *Le Vice suprême* de Péladan où on peut lire :

> « A cette heure des histoires où une civilisation finit, [...] on fait bon marché de sa volonté. Vivre est si nauséeux qu'on s'abandonne sous le martellement de l'habitude à ce lent suicide : l'ivresse de l'inertie. »

Au premier rang des remèdes (fallacieux) se tient la femme. Son image se décompose en trois visages :

— La femme ensorceleuse. Digne descendante de la magicienne Circé qu'Ulysse rencontre dans l'*Odyssée*, elle est attachée à la perte de l'homme. Salomé (Oscar Wilde la met en scène, Gustave Moreau la peint), Léonora d'Este, héroïne du *Vice suprême*, perverses et fatales, cherchent à tuer ou à avilir les hommes qui leur résistent. Citons encore Péladan :

« Elle aime les chastes pour les corrompre, les indépendants pour les avilir, les forts pour les asservir. Idole, comme Shiva, son culte, c'est l'hécatombe. »
Qu'elle soit vivante ou morte, elle obsède (*La Chevelure*). Il n'y a pas à proprement parler de « femmes fatales » chez Maupassant, mais elles reviennent par-delà la tombe s'emparer des hommes qui les aiment (*Apparition*), elles sont possédées (*Conte de Noël*), elles portent des marques qu'on n'ose dire sataniques (*L'Inconnue*).

— La femme ordinaire, trompeuse dans la mesure où elle se révèle incapable d'incarner le rêve de l'homme (*Un cas de divorce*, *Sixtine* de R. de Gourmont), rusée et vulgaire (les femmes d'*A Rebours*, celles que décrit Baudelaire dans *Portraits de Maîtresses* ou dans *La Soupe et les Nuages*), impure et souillée (*Un cas de divorce*).

— La femme idéale, qui reste du domaine du rêve et de l'inaccessible (*Un cas de divorce* ou *Avatar* de Gautier), ou qui, quand elle existe, meurt très tôt (Edgar Poe).

Il est à noter que les éléments chargés de maléfices et de séduction (l'eau, la nuit) dans les contes de Maupassant, sont d'essence féminine.

Parmi les puissances trompeuses prend place la Nature, complice de la femme (rappelons Baudelaire : « La femme est naturelle c'est-à-dire abominable »), et responsable de ses égarements pour l'avoir créée telle qu'elle est, mais aussi piège, au même titre qu'elle, par la séduction de ses paysages qui, chez Maupassant, contribuent à éveiller des désirs dont les conséquences sont fatales, ou à nous faire oublier traîtreusement les tristes réalités de la condition humaine.

La haine de la Nature, si fréquente chez les écrivains « fin de siècle », aboutit à une double recherche : le culte de l'artificiel et celui des déviations. Ainsi la violation des lois de la Nature assure notre vengeance. Il suffit de relire les pages des *Curiosités esthétiques* (Baudelaire) et de *L'Ève future* (Villiers de l'Isle-d'Adam) où apparaît l'éloge de l'artifice pour s'en convaincre. Citons encore le chapitre XV d'*A Rebours* dans lequel le héros, Des Esseintes, se félicite de se nourrir par des lavements à la peptone :

« Son penchant vers l'artificiel avait maintenant, et sans même qu'il l'eût voulu, atteint l'exaucement suprême; on n'irait pas plus loin; la nourriture ainsi absorbée était à coup sûr la dernière déviation qu'on pût commettre. » Et le héros d'*Un cas de divorce* n'a rien à envier au Des Esseintes du chapitre VIII, contemplateur impudique d'orchidées monstrueuses.

Les décadents pourraient déclarer, comme Maupassant dans *L'Inutile Beauté* :

> « Ceux, parmi nous, qui sont impuissants à se tromper en s'exaltant, ont inventé le vice et raffiné les débauches, ce qui est une manière de berner Dieu et de rendre un hommage, un hommage impudique, à la beauté. »

Quel recours reste-t-il alors à l'homme enchaîné par son ignorance, limité par ses sens (*Lettres d'un fou*), isolé de ses semblables qu'il ne peut véritablement connaître (*Solitude*), incapable d'exaltation pour une vie vouée à la mort, pour un siècle voué au pragmatisme, pour une réalité toujours décevante ? Dans l'atmosphère délétère de la Grande Ville corruptrice (thème connu du XIXe siècle) s'épanouissent les fleurs du mal, se déploient les égarements des sens et du cerveau, les névroses et les détraquements.

En effet, les maladies du système nerveux trouvent dans les sensibilités exacerbées un terrain favorable. Aux témoignages fictifs des écrivains (Zola — Mendès -Bourget — Barbey d'Aurevilly — les Goncourt — Gourmont) s'ajoutent les ouvrages de psycho-pathologie, les travaux de Charcot, le développement de la psychiatrie ; on assiste aux premiers pas de la médecine aliéniste : le docteur Blanche, qui soigna Maupassant, aurait fait rédiger à ses malades leur journal ; Gérard de Nerval en a laissé un célèbre exemple (*Aurélia*) ; *La Chevelure*, *Un cas de divorce*, et *Le Horla* présentent le même procédé. Les œuvres des écrivains contiennent également, et Maupassant ne fait pas exception (*Conte de Noël*, *Le Tic*), des diagnostics et des descriptions cliniques (la névrose et ses symptômes dans *A Rebours* de Huysmans, *La Faustin* de Goncourt entre autres).

Les effets de la drogue sont décrits par les médecins : *Annales d'Hygiène*, 1886, mais aussi par les auteurs : Gautier dans *La Pipe d'opium* et *Le Club des Hachichins*, Nerval dans *Voyage en Orient* (Histoire du Kalif Hakem), Maupassant dans *Rêves*, Schwob dans *Cœur double*, Thomas de Quincey, Baudelaire, Catulle Mendès. L'éther est à la mode et on en retrouve les traces même dans un roman comme *Claudine s'en va* (Colette, 1903). Les « plaisirs artificiels » permettent de tromper le temps, l'ennui, la souffrance existentielle.

Quant aux perversions, elles sont liées à la sensualité, aux raffinements des émotions esthétiques, à l'érotisme et à la sexualité ; toutes les nuances en sont explorées. *Les Névroses* de Maurice Rollinat, recueil poétique, dont les divagations nous paraissent aujourd'hui outrées et un tant soit peu ridi-

cules, en offrent un excellent aperçu : fétichisme (les robes —
le maniaque), abondance de femmes vampires, goules ou
Circé, obsession de la mort, névroses obsessionnelles (*Les
Dents* — *Le Rasoir*), folie (*Le Fou* — *Céphalalgie*). On décrit
des êtres hybrides (l'androgyne de Péladan ou *Lokis* de
Mérimée). On retrouve les traces de ces nouveaux sujets dans
La Chevelure et *Un cas de divorce* qui ne sont pas sans rappeler
respectivement *Le Pied de la Momie* (Gautier) et les orchidées
de Des Esseintes pour qui d'ailleurs Maupassant éprouve une
vive attirance :

> « Pourquoi ce névrosé m'apparaît-il comme le seul homme
intelligent, sage, ingénieux, vraiment idéaliste et poète de
l'univers, s'il existait ? »

Il s'aménage lui aussi un jardin d'hiver, « une serre où il
cache ses fleurs favorites comme des femmes de harem »
(A.-M. Schmidt, *Maupassant*). L'ameublement et la décora-
tion de sa demeure semblent prendre modèle sur ceux de la
maison de Fontenay (*A Rebours*), eux-mêmes inspirés par les
créations extravagantes du plus célèbre dandy de l'époque,
Robert de Montesquiou.

LE FANTASTIQUE

L'étude des névrosés, maniaques et pervertis introduit les
écrivains au fantastique dans la mesure où celui-ci participe
davantage de l'insolite, de l'intrusion dans le réel de quelque
chose d'inexplicable, de mystérieux, que la science, la logique
ni le bon sens ne peuvent résoudre malgré les feints efforts des
narrateurs ; dans la mesure aussi où, la plupart du temps, ce
fantastique est intérieur, issu de l'esprit et du cœur même de
l'homme. C'est ce qui réunit Gautier, Mérimée, Poe, Nerval
(*Aurélia*), Nodier (*Smarra*), Villiers (*La Torture par l'espérance*
Véra).

Maupassant donne lui-même dans *La Peur* la définition du
fantastique tel qu'il le trouve porté à sa perfection chez
Tourgueniev :

> « Personne plus que le grand romancier russe ne sut
faire passer dans l'âme ce frisson de l'inconnu voilé, et,
dans la demi-lumière d'un conte étrange, laisser entrevoir tout un monde de choses inquiétantes, incertaines,
menaçantes. »

Le fantastique se manifeste donc de manière subtile, insi-
dieuse. Il est remarquable qu'il soit toujours présenté comme
pouvant être le fruit d'un cerveau dérangé ou obsédé, une

hallucination passagère ou définitive; il n'est jamais affirmé, même si les coïncidences sont étranges (*La Main d'écorché*), ou le preuves apparemment indéniables (*Le Horla*). C'est ce qui, finalement, le rend beaucoup plus vraisemblable.

On retrouve chez Maupassant des thèmes communs au fantastique de cette époque. M. Eigeldinger, dans sa préface aux *Contes fantastiques* de Gautier (GF) relève les catégories propres aux récits de l'auteur. Citons-en quelques-unes qui nous paraissent s'apparenter aux contes de ce recueil :
—   « Les contes déterminés par la composante érotique » (*La Chevelure*).
—   « Les visions oniriques et hallucinatoires dues à l'usage de la drogue, au délire qui confine à la maladie mentale » (*Rêves, Un cas de divorce*).
—   « La thématique du dédoublement. Le Moi du héros perd le sentiment de son identité… » (*Le Horla*).
—   « Résurrection de la femme morte par l'action du désir et vampirisme » (*Apparition, La Chevelure*).
—   « Magnétisme… » (*Un fou?, Magnétisme*).
Pourquoi ces thèmes se rejoignent-ils d'un auteur à l'autre?
—   Mis à part ceux qui touchent aux intérêts scientifiques du moment, certains sont liés aux croyances ancrées en l'homme, même le plus sceptique et le plus rationnel, croyances ancestrales que Maupassant évoque avec nostalgie dans *La Peur*.

Le retour des morts, croyance si ancienne qu'on oublie que le rite de la pierre tombale et de l'enterrement est aussi destiné à les empêcher de venir hanter les vivants, est bien souvent évoqué par Poe, Schwob et Maupassant. Les morts reviennent, ou on les craint (*La main d'écorché — Auprès d'un mort — Le Tic*). Les chambres closes, portes et volets condamnés, ne peuvent les arrêter (*La Peur — L'Auberge — Apparition*).
—   D'autres font partie de la nature profonde de l'homme; ainsi en est-il de la sexualité. Todorov, dans *Introduction à la littérature fantastique*, expose les variantes de ce thème, depuis *Le Moine* de Lewis et *Manuscrit trouvé à Saragosse* de Potocki jusqu'à *Spirite* de Gautier. Chez Maupassant, l'érotisme conduit souvent à l'obsession (*Magnétisme*) qui peut devenir folie (*La Chevelure — Un cas de divorce*), ou faire côtoyer la mort (*La Tombe*). Les jouisseurs de femmes (*Lui?*) ou d'objets (*Qui sait?*) subissent le même châtiment : voulant posséder, ils finissent par l'être eux-mêmes.

Le fantastique se manifeste par l'intervention de puissances souvent occultes qui cherchent à piéger l'homme. L'issue peut être la folie ou la mort.

Ces puissances sont plus ou moins dangereuses, plus ou moins fatales.

I. *La Nature*, d'abord, contient des éléments traîtres à l'homme :

La Nuit.

Les ténèbres ont toujours été le lieu privilégié des fantômes et des fantasmes, des cauchemars et des monstres nés de la peur de l'homme. Pensons au *Caprice* de Goya illustré par cette légende :

« Le sommeil de la raison enfante des monstres. »

Ici, la nuit a un rôle plus insidieux : elle recèle des beautés merveilleuses (*La Nuit — Sur l'eau*) pour mieux inquiéter et affoler. C'est la nuit que l'enfant des marins fait des rêves prémonitoires, la nuit que les rêves érotiques s'épanouissent, la nuit encore que se passent les histoires étranges de *La Peur*, de *L'Auberge*, ou *Le Loup*. C'est la nuit qu'on assassine (*La Main d'écorché*), la nuit que les morts reviennent et que les Invisibles se manifestent, la nuit que des prodiges inadmissibles pour la raison s'accomplissent (*Qui sait?*). Elle a deux alliés : le froid et la solitude. Elle draine avec elle la mort ou le goût de la mort (*Promenade — Solitude*).

L'Eau...

L'eau est aussi souvent maléfique ou mortelle. L'eau des rivières (*Sur l'eau*), la Seine (*La Nuit — Le Horla*), l'eau profonde et stagnante, mais aussi tout ce qui la rappelle : la pluie, la brume, la neige, ou le flot doré d'une chevelure de femme. Là encore, le froid, la nuit, la solitude ajoutent à ses sortilèges. Chaque fois que Maupassant la choisit pour des comparaisons ou des métaphores, c'est dans un contexte d'épouvante. C'est elle enfin que le Horla boit toutes les nuits.

La Nature réserve à l'homme des frayeurs que ni la raison ni la science ne sauraient conjurer : le tambour des sables (*La Peur*) ou le loup fantastique (*Le Loup*) en sont des exemples.

II. *Le Corps humain*, le corps de l'autre, peut receler aussi des éléments fantastiques : main, chevelure, yeux, cadavre, tous attirent, retiennent, envoûtent.

Les mains de J. Parent (*Un fou?*), celle de l'écorché sont douées d'un pouvoir effrayant. La main garde les stigmates d'une aventure insolite (*Le Tic*), elle étrangle (*Le Loup*).

Si les yeux de la femme exercent un attrait irrésistible, sa chevelure est fascinante (*Apparition — La Chevelure*). On dirait que Maupassant se souvient de Swinburne, ce poète anglais scandaleux rencontré à Étretat, qui écrit dans *Laus Veneris* :

> « Ah, with blind lips I felt for you, and found
> About my neck your hands and hair enwound,
> The hands that stifle and the hair that stings,
> I felt them fasten sharply without sound. »

> « Ah, d'une lèvre aveugle je t'ai cherchée à tâtons, et trouvé autour de mon cou tes mains et tes cheveux enlacés, les mains qui étouffent et la chevelure qui mord, j'ai senti leur étreinte vive et muette. »

La chevelure féminine, celle de Lorelei, celle de Vénus, celle des femmes peintes par les préraphaélites (Rossetti et Burne-Jones, amis de Swinburne), a un contenu érotique qui lui assure un pouvoir fatal. Les métaphores qui la désignent sont révélatrices : tantôt ce sont des serpents (*Apparition*) comme la chevelure des Érinnyes ; tantôt c'est un « ruisseau charmant » (*La Chevelure*), elle est associée à l'eau maléfique comme dans *Nuit rhénane* (Apollinaire). Elle « s'enroule » autour de l'homme et l'entraîne dans un monde magique et ténébreux.

III. La manifestation surnaturelle la plus fréquente chez Maupassant reste celle des *Invisibles*, sorte d'extra-terrestres supérieurs à l'homme.

Cet autre menaçant prend parfois la forme visible du double, qui constitue un thème important de la littérature fantastique.

Depuis Narcisse (dont on peut lire l'histoire dans *Les Métamorphoses* d'Ovide), voir son reflet est signe de mort. En effet, le double est toujours hostile, et il tente de s'approprier la personnalité du Moi originel et de le dissoudre. Il est en fait un rival. Les références ne manquent pas. Les cas cliniques de dédoublement de la personnalité se retrouvent transposés sur un mode romanesque dans la littérature. L'homme est double, dès l'origine, car partagé entre le bien et le mal. Quand cette dualité se concrétise, le double s'incarne et cherche à se substituer au héros. C'est le cas du *Docteur Jekyll et de Mister Hyde* (Stevenson), des *Élixirs du Diable*, de la *Princesse Brambilla* (Hoffmann), de *William Wilson* (Poe), du *Chevalier double* (Gautier), du *Kalif Hakem* (Nerval, *Voyage en Orient*). On peut se reporter à l'étude d'Otto Rank : *Don Juan et le double*.

On retrouve cette obsession chez Maupassant. Le double

prend la place du héros dans son fauteuil (*Lui?*), efface son reflet familier dans la glace, devient autonome, invisible, différent. Son ultime représentation est le Horla, amené par l'eau, comme Dracula, pour vampiriser toute l'humanité. Il hante le narrateur, veut s'emparer de son corps et de son âme.

La lutte est vaine, les recours aléatoires : le mariage (*Lui?*), le voyage (*Le Horla*), l'internement (*Lettre d'un fou*). Reste le suicide, puisque l'obsession ne peut être détruite.

Ces phénomènes provoquent un sentiment de peur intense, affreuse, torturante. Presque tous les contes pourraient s'intituler « La Peur », peur qui entretient le pouvoir de l'insolite, peur qui est le signe de la faiblesse humaine devant les puissances qui nous assiègent, peur toujours de ce qu'on ne comprend pas, cette peur dont enfin Maupassant a donné maintes fois la définition. Elle semble intérieure et latente, inhérente à l'espèce. L'homme la sécrète comme il sécrète ses hallucinations. Est-elle la conséquence des manifestations fantastiques, ou en est-elle la cause ?

Tout ce qui précède peut n'être en effet que le fruit de cerveaux provisoirement ou définitivement malades. Nous ne sommes ni dans un passé merveilleux (contes de fées), ni dans un avenir hypothétique (science-fiction), mais dans le présent le plus réel, le plus quotidien et le plus banal. Et le fantastique, si l'on y croit, en fait partie.

LE RÉALISME ET LE FANTASTIQUE

Tout concourt à nous faire pénétrer dans un monde familier, dans une réalité quotidienne : banalité des lieux connus, banalité des héros, banalité des occupations.

Bien plus, l'étrange est né (*Magnétisme*), ou expliqué par l'aliénation mentale. Maupassant étale avec insistance une objectivité sans faille. Dans *Conte de Noël*, il livre des faits vécus, observés, sans aucun commentaire partial. Il affirme un scepticisme total pour mieux souligner et authentifier la réalité du miracle.

> « Cela vous étonne de m'entendre parler ainsi, moi qui ne crois guère à rien. Et pourtant j'ai vu un miracle ! je l'ai vu, dis-je, vu de mes propres yeux vu, ce qui s'appelle vu. »

De même dans *Magnétisme*, la première histoire sert de garantie à la rationalité sceptique du conteur, ce qui renforce le caractère irrationnel de la seconde histoire et fait que l'on admet le merveilleux qu'elle révèle.

Dans *La Main d'écorché*, la disparition de la main est expliquée sous forme d'hypothèse :

> « Les médecins l'avaient sans doute enlevée pour ne point impressionner les personnes qui entreraient dans la chambre. »

La découverte du cadavre à la main coupée est présentée comme une coïncidence, son identité n'est pas affirmée ; seule la peur du narrateur maintient le climat d'angoisse. C'est donc le lecteur qui établit le rapport. S'il le fait, il admet le fantastique. Sinon, Maupassant ne peut être accusé d'interprétation abusive. L'ambiguïté demeure. Les points d'interrogation que l'auteur sème dans ses titres en sont un autre exemple.

Le discours fantastique relève de la même ambiguïté, par l'utilisation d'un procédé qu'on trouve également chez Nerval (*Aurélia*), Villiers (*Vera*), Mérimée (*La Vénus d'Ille*), Nodier. L'élément insolite, étrange ou surnaturel est introduit par des comparaisons, ou par le mode conditionnel. Il se réduit donc à des impressions dont on ne sait si elles sont réelles ou imaginaires ; prenons un exemple : dans *Sur l'eau*, on lit, à quelques lignes d'intervalle :

> « Il me sembla qu'elle faisait des embardées gigantesques… puis je crus qu'un être ou qu'une force invisible l'attirait… j'étais ballotté comme au milieu d'une tempête… J'étais comme enseveli… je me figurais qu'on essayait de monter dans ma barque… »

Un autre exemple de surnaturel traduit par le langage trouve son illustration dans *La Nuit* : le récit reflète la progression d'une panique dans un Paris nocturne devenu inquiétant à force de désolation.

Le rythme s'accélère, devient haletant, puis saccadé ; paragraphes plus courts, phrases brèves, interrogatives et exclamatives s'accumulent. Le langage s'appauvrit (répétitions), la syntaxe se détériore, la phrase perd son verbe, s'ouvre et se ferme sur le même constat d'échec, scandée par le même adverbe de négation :

> « Plus rien, plus rien, plus un frisson dans la ville, pas une lueur, pas un frôlement de son dans l'air. Rien ! plus rien ! plus même le roulement lointain du fiacre, — plus rien ! »

Les points de suspension, abondants dans les dernières lignes du texte, semblent illustrer la terreur du narrateur, devenu incapable de formuler ou de raisonner. Après la perte de tout repère dans l'espace et dans le temps, la perte du langage traduit l'enlisement, la paralysie de l'esprit sous l'effet de l'épouvante, comme un prélude à la mort.

Enfin, la comparaison des deux versions du *Horla* montre bien l'envahissement de la réalité par le surnaturel. Nous reprenons ici l'essentiel de l'article de M.-C. Bancquart (*Maupassant conteur fantastique*).

La première version est un récit *a posteriori* qui se veut objectif. La seconde version est intériorisée : la narration prend la forme d'un journal intime et les événements sont vécus à mesure qu'ils se produisent. La journée du 8 mai et celle du 2 août sont identiques, mais la résistance à l'invisible est bien moindre la deuxième fois et « la vampirisation est totale ». La solution de la maison d'internement (première version) ne saurait être satisfaisante. Le seul remède est le suicide.

Cette aggravation de l'emprise du surnaturel sur le monde réel semble marquer d'un sceau tragique la condition humaine.

SIGNIFICATION DU FANTASTIQUE CHEZ MAUPASSANT

La conception que Maupassant se fait de la condition humaine n'est pas dépourvue d'analogies avec la Tragédie.

Ses héros, ni bons ni méchants, sont souvent marqués par la violence et l'excès de leurs passions :

« ce qu'on aime avec violence finit toujours par vous tuer » déclare le narrateur de *La Nuit*.

Comme dans les tragédies classiques, des puissances fatales se déchaînent soudainement, et prennent au piège la victime impuissante (à ce sujet, on peut consulter l'ouvrage de M. Besnard-Goursodon, *Le Piège*), et tous les efforts qu'elle accomplit pour s'échapper ne font que resserrer les mailles du filet qui l'enserre. La situation s'aggrave toujours après un répit trompeur, c'est toujours quand on se croit sauvé que l'on s'achemine plus sûrement vers sa perte. Les héros pourraient s'écrier, comme Oreste :

« Puisqu'après tant d'efforts ma résistance est vaine

Je me livre en aveugle au destin qui m'entraîne. »

Le thème de la claustration, si fréquent chez Maupassant est un autre aspect du caractère tragique des contes. Les personnages sont ici prisonniers d'eux-mêmes, de leur peur ou de leur obsession. Ils luttent en vain dans des espaces clos : une auberge, une chambre, un fleuve bordé par le brouillard (*Sur l'eau*), une ville où l'on tourne en rond (*La Nuit*). Le salut lui-même semble alors dérisoire, puisque c'est une autre prison : l'asile d'aliénés ou le tombeau.

L'issue est unique : la mort de l'esprit et de l'âme, si l'on accepte la vampirisation, la mort physique, qui paraît la fin la plus douce :

> « Quand on a reconnu que la providence ment, triche, vole, trompe les humains comme un simple député ses électeurs… on quitte la place, qui est décidément mauvaise. » (*L'Endormeuse*.)

Quelles sont donc ces déités qui se jouent de l'homme ? La Nature, qui promet le bonheur pour mieux nous tromper ? La Vie, « dont le sens nous échappe sans cesse » ? Dieu surtout, que Maupassant accuse :

> « Meurtrier affamé de mort, embusqué dans l'Espace pour créer des êtres et les détruire, les mutiler, leur imposer toutes les souffrances, les frapper de toutes les maladies comme un destructeur infatigable qui continue sans cesse son horrible besogne. » (*L'Angélus*.)

Plus cruel encore que les dieux de l'Olympe, il ne nous laisse ni liberté ni choix. Condamné à la solitude éternelle, assiégé d'angoisses dans un monde violent et implacable, il ne reste pas même à l'homme la consolante certitude d'un au-delà meilleur, ni le sentiment apaisant de sa grandeur face à un destin fatal et absurde qu'il surpasse en l'acceptant.

BIBLIOGRAPHIE

Ouvrages de références :

M.-C. Bancquart, *Maupassant conteur fantastique* (Minard, Archives des Lettres modernes).

M. Besnard-Coursodon, *Le Piège, étude thématique et structurale de l'œuvre de Maupassant* (Nizet).

A.-M. Schmidt, *Maupassant par lui-même* (Seuil).

T. Todorov, *Introduction à la littérature fantastique* (Seuil-collection Points).

Otto Rank, *Don Juan et le double* (Petite bibliothèque Payot).

Lectures proposées :

Huysmans, *A Rebours* (GF).

Gautier, *Récits fantastiques* (GF).

Nodier, *Contes* (GF).

Mérimée, *La Vénus d'Ille et autres nouvelles*(GF).

Villiers de l'Isle-Adam, *Contes cruels* (GF), *Claire Lenoir et autres contes insolites* (GF).

Nerval, *Aurélia* (GF), *Voyage en Orient*(GF).

Hoffmann, *Contes fantastiques* (GF).

Poe, *Histoires extraordinaires* (GF).

Stevenson, *Le Cas étrange du docteur Jekyll et Mister Hyde et autres nouvelles* (10-18).

Schwob, *Cœur double* (10-18).

QUELQUES THÈMES

pour l'étude des Contes fantastiques de Maupassant.
  — Le rôle de la femme.
  — La condition humaine.

— Les procédés fantastiques.

— La rhétorique de Maupassant (composition — effets de style — métaphores privilégiées, etc.).

— Le double (comparaison avec d'autres auteurs, Gautier, Poe, Nerval, par exemple).

TABLE

GF Flammarion

98/09/66937-X-1998 – Impr. MAURY Eurolivres, 45300 Manchecourt.
N° d'édition FG040920. – Mars 1984. – Printed in France.